編輯説明

自上世紀九十年代始，我社陸續編輯出版一套綫裝本中華傳統文化普及讀物，名爲《文華叢書》。編者孜孜矻矻，兀兀窮年，歷經二十載，聚爲上百種，集腋成裘，蔚爲可觀。叢書以内容經典、形式古雅、編校精審，深受讀者歡迎，不少品種已不斷重印，常銷常新。

國學經典，百讀不厭，其中蘊含的生活情趣、生命哲理、人生智慧，以及家國情懷、歷史經驗、宇宙真諦，令人回味無窮，啓迪至深。爲了方便讀者閲讀國學原典，更廣泛地普及傳統文化，特于《文華叢書》基礎上，重加編輯，推出《經典國學讀本》叢書。

本叢書甄選國學之基本典籍，萃精華于一編。以内容言，所選均爲家喻户曉的經典名著，涵蓋經史子集，包羅詩詞文賦、小品蒙書，琳琅滿目；以篇幅言，每種規模不大，或數種彙于一書，便于誦讀；以形式言，採用傳統版式，字大文簡，讀來令人賞心悦目；以編輯言，力求精擇良善版本，細加校勘，注重精讀原文，偶作簡明小注，或酌配古典版畫，體現編輯的匠心。

當下國學典籍的出版方興未艾，品質參差不齊。希望這套我社經年打造的品牌叢書，能爲讀者朋友閲讀經典提供真正的精善讀本。

廣陵書社編輯部

二〇一七年十二月

〔清〕高步瀛 編

宋詩舉要

廣陵書社

中國·揚州

圖書在版編目（CIP）數據

宋詩舉要 / (清) 高步瀛編. -- 揚州 : 廣陵書社, 2019.1
（經典國學讀本）
ISBN 978-7-5554-1176-5

Ⅰ. ①宋… Ⅱ. ①高… Ⅲ. ①宋詩－注釋 Ⅳ. ①I222.744

中國版本圖書館CIP數據核字(2018)第288224號

書　　名　宋詩舉要
編　　者　(清)高步瀛
責任編輯　王　丹
出 版 人　曾學文
裝幀設計　鴻儒文軒

出版發行　廣陵書社
揚州市維揚路 349 號　郵編:225009
(0514) 85228081(總編辦)　85228088(發行部)
http://www.yzglpub.com　E-mail:yzglss@163.com
印　　刷　三河市華東印刷有限公司

開　　本　880 毫米 × 1230 毫米　1/32
印　　張　12.875
字　　數　354 千字
版　　次　2019 年 1 月第 1 版
印　　次　2019 年 1 月第 1 次印刷
書　　號　ISBN 978-7-5554-1176-5
定　　價　58.00 圓

出版説明

高步瀛（一八七三—一九四〇），字閬仙，謚貞文，河北霸縣人。先生九歲而孤，少年聰穎，從鄉里先生習，光緒甲午（一八九四）舉於鄉。後講學河北永清、完渚縣，主講定興書院，課試保定蓮池書院，期間從桐城派吴汝綸先生學習古文，其駢儷文深得嘉許，轉而由撰寫轉向研治。光緒辛丑（一九〇一）任教於畿輔大學堂、保定優級師範學堂，旋赴日本，卒業於弘文學院。歸國歷任圖書局編纂、學部主事、省視學、教育部編審處主任、社會教育司司長等職，在位期間力行導民智、變陋習之舉。張作霖入北京稱大元帥，先生則專以經史文辭教學爲生，先後任教於國立北平師範大學、私立中國大學、私立輔仁大學，與師友同好問學，雖國難家貧亦不辭辛勞。民國二十九年（一九四〇）卒，享年六十八歲。

先生自早年以文辭名，終以考據聞海内。（程金造《高步瀛先生傳略及後記》）其著作有《文選李注義疏》《古文辭類纂箋證》（六十四册及考證書），《史記舉要》，《周秦文舉要》四卷，《兩漢文舉要》，《魏晉文舉要》甲編三卷、乙編二卷，《唐宋文舉要箋證》甲編八卷、乙編四卷，《漢魏六朝詩舉要箋證》，《唐宋詩舉要》，《明清文舉要》甲編二卷、乙編二卷，《古今詩體注》四卷，《賦學舉要》四卷，《古文範注》二卷，《孟子注》四卷。其著述豐贍，以《文選李注義疏》和《古文辭類纂箋證》最爲學者所稱道。先生在注疏、箋證用力之多、涉獵之廣，近現代學者罕有其匹，遺憾的是其中大部未刊行於世。

《唐宋詩舉要》（以下簡稱《詩舉要》）與《唐宋文舉要》，皆爲先生在大學的講稿，後經整理於民國八年（一九一九）初版，北平直隸書局民國二十四年（一九三五）綫裝鉛印出版。其中，《詩舉要》八卷，録唐詩七十七家、詩作六百十九首，宋詩十七家、詩作一百九十七首。

《詩舉要》成書上世紀二十年代，是其少有的詩選本之一，卻繼承了自《古文辭類纂箋疏》以來的『箋疏』風格與體例。同時期王森然先生評語：『爲經學、史學箋注易，爲諸子箋注難，爲詞章箋注尤難。』詩則更難，難就難在其能熟練引用經史證據而不做主觀穿鑿附會的評論，『非有熟諳經史百家之功夫不辦。即熟習經史百家矣，而無詞章之興味亦不辦』。

就體例而言，先於卷首撮綜舉要交代詩體源流、歷代風格嬗變、代表性詩人（此部分歸于《唐詩舉要》）。交代詩人之名、生平簡介時，所引的材料，常常直接羅列并交代出處，而其羅列，並非不加判斷。如『陳伯玉（子昂）』條，交代其爲『開耀二年進士』，謂『從《唐才子傳》』。究其因，清人徐松《登科記考》，已就此問題考證過，先生直接引用羅列此據，不加更多解釋，則問題可澄清，選擇的精妙即呈現於此。

高先生讀書之富，從其《舉要》系列著作中引用文獻的考究可見一斑。所引用書目幾乎涵蓋經史子集中所有最經典的著作，《四庫全書存目》所收少量著作，亦在其引用之列。這些文獻材料在對同一首詩的注解中自然用之，並無特別喜好的痕跡，全以注解的自然流暢爲矢的，仿佛隨意拈來，卻恰切之極。尤其是對古詩句和相近時代作品的引用，清新自然，脫去古文晦澀難懂之通病。如對『垂缾得清甘，可嚥不可漱』，引韓愈《題合江亭》詩句『緑淨不可唾』。詩文意境的營造與風格的傳承，盡在其中了。囊括古書，從而給各類文體的綜合引用，旁見側出，更起到互見的作用。從而給讀者總體的形象。

就字詞解讀而言，對所選古詩中較生僻的字詞，大都言之有據，且能給出通俗易懂的解釋。如對『吾聞太山石，積日穿綫溜』中『溜』字的釋義，引《文選》枚乘《上書諫吴王》『太山之霤穿石』，案語云：霤溜字同。再如對五言古詩《棲賢三峽橋》『三峽橋』地名的解讀，引蘇子由《廬山棲賢寺僧堂記》，交代三峽橋得名來歷，又以《清統志》兩條佐證。在對資料的取捨上，能明確選擇最有説服力的，去蕪存精，止於所當止。舉一反三，作延展性的解讀，既爲古典文獻注解的經典作法，也給入門讀者提供了清楚的指引。在古文和白話文、新與舊交力的民國初年，更別有一番傳承與發揚的意義。

從知識的延展和糾正上看，以黄庭堅五言古詩《次韻道之子瞻送孟容詩》爲例，對於此詩創作時間，王直方《詩話》引《施注蘇詩》謂『送楊禮先（孟容）知廣安軍』，馮星實引《一統志》謂『楊孟容，眉山人，累官知懷安軍』，由此提出疑問：『據此與施注作廣安不同，未知孰是。』先生案語云：查注謂《送楊孟容》詩在元祐二年，馮星實、王見大皆從之。魯直此詩即次《送楊孟容》詩韻，亦當在二年，與黄子耕、任子淵在元年又不同，竊疑二年殆是。以同時代之時事旁注互證，其嚴謹細緻亦可見一斑。對前人學説，絶非簡單引用，而是有所鑒別。

總之，自《古文辭類纂箋證》開始，先生不苟同於前人注，貫通古今、窮根究源的治學方法幾乎貫穿所有著述中，其《舉要》箋疏文字，雖分附於各詩之下，但每一部分都近於獨立的考證文字，綿密細緻、井然有序。若論其瑕疵，則仁者見仁智者見智，或以爲引文出處不詳細，遂録與意引夾雜，此爲古文注疏通見之現象，瑕不掩瑜。

《詩舉要》出版三十餘年後，中華書局和上海古籍出版社曾就原書删改出版，删去其中引用的《十八家詩鈔》《經史百家雜鈔》，因此，原書中對於桐城派相關文學流派、人事的看法，及其來龍去脈亦隨之被破壞。此後長期不完整的《唐宋詩舉要》即流傳於世。後有整理者恢復了曾經被删去的部分，今日讀者所見，已大致接近原貌。

《唐宋詩舉要》全書洋洋灑灑近七十萬字，對今日潛心愛好者而言，絶非短時間可以閱盡。唐詩、宋詩於時代、於風格亦有差别，各自成册未嘗不可。故本社從全本《唐宋詩舉要》中别摘宋詩部分，保存最初成書之體例，以詩文夾注、保留圈點，爲閱讀的清朗而稍稍簡化符號系統。編排過程中參考前人著作成果頗多，謹以感謝，並請廣大讀者指正。

廣陵書社編輯部

二〇一八年十一月

目録

五言古詩

七言古詩

五言律詩

七言律詩

五言絶句

七言絶句

五言古詩

歐陽永叔（修）（二首）

歐陽修，字永叔，晚號六一居士，吉州廬陵人。天聖中進士，歷仕知諫院、翰林學士，至禮部侍郎、樞密院副使、參知政事，以觀文殿學士、刑部尚書知亳州，徙青州、蔡州，卒謚文忠。《宋史》有傳。○吴孟舉（之振）曰：『歐陽文忠詩如昌黎，以氣格爲主。昌黎時出排奡之句，文忠一歸之於敷愉，與其文相似也。』（《宋詩鈔》）方植之曰：『歐公情韻幽折，往反詠唱，令人低徊欲絶，一唱三歎而有遺音，如啖橄欖，時有餘味，但才力稍弱耳。』（《昭昧詹言》）

送唐生

一作《送唐秀才歸永州》。案《元豐九域志》：荆湖南路永州治零陵縣，今湖南零陵縣治。

京師英豪域，車馬日紛紛。唐生萬里客，一影隨一身。出無車與馬，但踏車馬塵。日食不自飽，讀書依主人。夜夜客枕夢，北風吹孤雲。翩然動歸思，旦夕來叩門。終年少人識，逆旅惟我親。來學媿道曹，贈歸慚槖貧。勉之期不止，多穫由力耘。指家大嶺北，重湖浩無垠。飛雁不可到，書來安得頻？

此等詩猶見盛唐步武。

大嶺謂五嶺也。《後漢書·吴祐傳》注引《裴氏廣州記》曰：『大庾、始安、臨賀、桂陽、揭陽是爲五嶺。』案：嶺本字作領，嶺其後出字耳。○《輿地紀勝》曰：『荆湖南路永州：湘水在零陵縣北一十五里，由衡陽入洞庭。』又曰：『荆湖北路岳州：三湖。《寰宇記》云：有青草、洞庭、巴丘三湖在焉。』○《輿地紀勝》曰：『荆湖南路衡州：回雁峯在州城南。或曰雁不過衡陽，或曰峯勢如雁之回。』徐靈期《南嶽記》曰：『南嶽周迴八百里，回雁爲首，嶽麓爲足。』○《漢書·蘇武傳》曰：『常惠教使者謂單于，言天子射上林中得雁足有繫帛書，言武等在某澤中。』

送胡學士知湖州

一本云《送胡宿武平學士》。《宋史·胡宿傳》曰：『宿字武平，常州晉陵人。登第爲揚子尉，以薦爲館閣校勘，進集賢校理，通判宣州，知湖州。』《元豐九域志》曰：『兩浙路湖州吳興郡昭慶軍節度：治烏程、歸安二縣。』案：二縣本清湖州府附郭首縣，今併爲吳興縣。

武平天下才，四十滯鉛槧。忽乘使君舟，歸榜不可纜。都門春漸動，柳色緑將暗。挂帆千里風，水闊江灩灩。吳興水精宫，樓閣在寒鑑。橘柚秋苞繁，烏程春甕釃。清談越客醉，屢舞吳娘豔。寄詩毋憚頻，以慰離居念。清麗。

《齊語》：『施伯對曰：夫管子天下之才也。』○《西京雜記》曰：『揚子雲好事，嘗懷鉛提槧，從諸計吏訪殊方絶域四方之語。』○韓退之《秋懷》詩曰：『有如乘風船，一縱不可纘。』○何遜《望月》詩曰：灩灩逐波輕。』○《述異記》上曰：『闔閭構水精宮，尤極珍怪，皆出水府。』○《文選》張景陽《七命》曰：『荆南烏程。』李善注引盛弘之《荆州記》曰：『渌水出豫章康樂縣，其間烏程鄉有酒官，取水爲酒，酒極甘美，與湘東酃湖酒年常獻之，世稱酃渌酒。』又引《吴録·地理志》曰：『吴興烏程縣酒有名。』《太平寰宇記》曰：『江南東道湖州烏程縣：按《郡國志》云：古烏程氏居此，能醖酒，故以名縣。』《廣韻·五十七釅》曰：『酒醋味厚，魚欠切。』○《劉子新論·薦賢篇》曰：『國之多賢，如託造父之乘，附越客之舟。』○白樂天《對酒自勉》詩曰：『夜舞吴娘袖，春歌蠻子詞。』《楚辭·九歌·大司命》曰：『將以遺兮離居。』

王介甫（安石）（三首）

王安石，字介甫，晚號半山，撫州臨川人。擢進士第。神宗時參知政事，拜中書門下平章事，封舒國公，改封荆，卒謚曰文。介甫慨宋舊政之弊，毅然變行新法，而朝野譁然。然其立法之意本甚善，特行之不得其人耳。世人遂罪及介甫，非也。《宋史》有傳。○

方曰：『向謂歐公思深，今讀半山，其思深妙更過於歐，學詩不從此入，皆粗才浮氣也。』又曰：『荆公才較爽健，而情韻幽深不逮歐公，二公皆從韓出，而雄奇排奡皆遜之，可見二公雖各用力於韓，而隨才之成就如此。』又曰：『半山本學韓公，今當參以摩詰。』

游土山示蔡天啟祕校

《太平寰宇記》曰：『江南東道昇州上元縣：土山在縣南三十里。按《丹陽記》，晋太傅謝安舊隱會稽東山，因築像之，無巖石，故謂土山也。有林木臺觀娛遊之所。』案：上元縣今併人江寧縣。《宋史·文苑傳》曰：『蔡肇，字天啟，潤州丹陽人，能爲文，最長詩歌。初事王安石，見器重，又從蘇軾游，聲譽益顯。』又《職官志》曰：『祕書省：祕閣置直閣，以朝官充，校理以京朝官充，常繕寫祕閣所藏。』

定林瞰土山，近乃在眉睫。誰謂秦淮廣？正可藏一艓。朝予欲獨往，扶憊强登涉。蔡侯聞之喜，喜色見兩頰。呼鞍追我馬，亦以兩驂挾。斂書付衣囊，裹飯隨藥笈。儵儵阿蘭若，土木老山脅。鼓鐘卧空曠，簨簴雕捷業。升堂廓無主，考擊誰敢輒？坡陀謝公冢，藏椁久穿劫。百金置酒地，野老今行饁。以上土山所有古迹。緬懷起東山，勝踐此稠疊。於時國累卵，楚夏血常喋。外實備艱梗，中仍費調燮。公能覺如夢，自喻一胡蝶。桓温適自斃，苻堅方天厭。且可緩九錫，寧當快一捷。彼哉斗筲人，得喪易矜怯。妄言屐齒折，吾欲刊史牒。傷心新城埭，歸意終難愜。漂搖五城舟，尚想浮河檝。千秋隴東月，長照西州堞。豈無華屋處？亦捉蒲葵箑。碎金諒可惜，零落隨秋葉。好事所傳玩，空殘法書帖。清談眇不嗣，陳迹恍如接。以上憑弔謝傳。東陽故侯孫，少不同鼓篋。一官初嶺海，仰視飛鳶跕。窮歸放款段，高卧停遠蹀。牽襟肘即見，著帽耳纔壓。數椽危敗屋，爲我炊陳浥。雖無膏污鼎，尚有羹濡筴。縱言及平生，相視開笑靨。邯鄲枕上事，且飲且田獵。或昏眠委翳，或妄走超躐。或叫號而寤，或哭泣而魘。幸哉同聖時，田里老安帖。易牛以寶劍，擊壤勝彈鋏。追憐衰晉末，此土方岌嶪。强偷須臾樂，撫事終愁慄。予雖天戮民，有械無棱槢。翁今貧而靜，内熱非復葉。予哀極今歲，儻與雞夢協。委蜕亦何恨？吾兒已長鬣。翁雖齒長我，未見白可鑷。祝翁尚難老，生理歸善攝。久留畏年少，譏我兩呫囁。束火扶路還，宵明狐兔懾。以上與友同遊。○吴先生曰：『著雞夢一語，則前文憑弔謝公皆以自況，此點睛法也。』蔡侯雄俊士，心憭形亦諜。異時能飛鞚，快若五陵俠。胡爲阡陌間，蹶足僅相躡？諒欲交響語，呿予不能嗋。以上勉天啟。奇險兀傲，韓公嗣音。

○此詩之韻凡三用之，而此首尤勝。

介甫《定林寺》詩李季章（壁）注曰：『定林有上下二寺，上定林寺舊基在蔣山應潮井後。按《建康實録》：上定林寺，宋元嘉十六年禪師竺法秀造，在下定林之後。乾道間，僧善鑑重建。下定林寺在蔣山寶公塔西北。按《塔寺記》：宋元嘉元年又置下定林寺，東去縣一十五里。』〇《莊子·庚桑楚篇》：『老子曰：向吾見若眉睫之間。』〇《太平寰宇記》曰：『昇州江寧縣：淮水北去縣一里，源從宣州東南溧水縣烏刹橋西流入百五十里。《輿地志》云：始皇巡會稽，鑿斷山阜，此淮即所鑿也，亦名秦淮。孫盛《晉春秋》云：是秦所鑿，王導令郭璞筮，即此淮也。』〇李注引《方言》：『艓，小舟，音葉。』今《方言》無此文，疑李氏誤記。《集韻》三十帖曰：『艓，舟名，達協切。』《莊子·大宗師》曰：『藏舟於壑。』〇《史記·范睢傳》曰：『坐須賈堂下，令兩黥徒夾而馬食之。』〇《翻譯名義·寺塔壇幢篇》曰：『阿蘭若或名阿練若，《大論》翻遠離處，薩婆多論翻閑靜處。』慧琳《一切經音義二十一》曰：『若，然也反。』〇《禮記·檀弓上》曰：『有鐘磬而無簨簴。』鄭注曰：『橫曰簨，植曰簴。』《考工記》曰：『梓人爲筍虡。』鄭注曰：『樂器所縣，橫曰簨，植曰虡。』簨與簨、簴與虡並同，簨字亦作栒作筍，《詩·有瞽》毛傳曰：『業，大版也，所以飾栒爲縣也，捷業如鉅齒，或曰畫之。』虡本字作虡，《說文》曰：『鐘鼓之柎也。』重之作鐻，又作虡。○《詩·山有樞》曰：『子有鐘鼓，弗鼓弗考。』毛傳曰：『考，擊也。』○《文選·上林賦》曰：『罷池陂陀。』郭璞注曰：『言旁頹也，陂音婆，陀音駝。』案：坡、陂字通。○《輿地紀勝》曰：『建康府：謝安墓在上元縣東十里石子岡北。陳始興王叔陵傳：晉世王公貴人多葬梅嶺，及叔陵所生母彭氏卒，啟求梅嶺，乃發故太傅謝安舊墓，棄去安柩，以藏其母。』○《晉書·謝安傳》曰：『又於土山營墅，樓館林竹甚盛，每攜中外子侄往來游集，肴饌亦屢費百金。』○《晉書·謝安傳》曰：『中丞高崧戲之曰：卿累違朝旨，高卧東山，諸人每相與言：安石不肯出，將如蒼生何！蒼生今亦將如卿何！』○《文選》枚叔《上書諫吴王》曰：『必若所欲爲，危於累卵。』李善注引《說苑》曰：『晉靈公造九層臺，荀息聞之求見曰：臣能累十二博棊加九鷄卵棊上。公曰：危哉！』○李曰：『庾翼病，表子爰之行荆州刺史，委以後任。何充曰：荆楚國之西門，地勢險阻，得人則中原可定，失人則社稷可憂，豈可以白面少年當之哉？桓温英略過人，有文武器幹，西夏之任，無出桓温者，觀此則西夏即荆州之地。』〇《漢書·文帝紀》曰：『今已誅諸吕，新喋血京師。』服虔曰：『喋音蹀。』如淳曰：『殺人流血滂沱爲喋血。』顔注曰：『喋音大頰反，本字當作蹀，蹀，謂履涉之耳。』〇外謂苻堅，中謂桓温。〇《莊子·齊物論》曰：『昔者莊周夢爲胡蝶，栩栩然胡蝶也，自喻適志與，不知周也。』〇《謝安傳》曰：『簡文帝疾篤，桓温上疏薦安宜受顧命，及帝崩，温入赴山陵，止新亭，大陳兵衛，將移晋室。呼安及王坦之，欲於坐害之。坦之甚懼，問計於安，安神色不變曰：晋祚存亡，在此一行。既見温，坦之流汗沾衣，倒執手板，安從容就席，坐定謂温曰：安聞諸侯有道，守在四鄰，明公何須壁後置人邪？温笑曰：正自不能不爾耳。遂笑語移日。及温病篤，諷朝廷加九錫，使袁宏具草，安見輒改之，由是歷旬不就，會温薨，錫命遂寢。』〇《謝安傳》曰：『時苻堅强盛，疆埸多虞，諸將敗退相繼。安遣弟石及兄子玄等應機征討，所在克捷。拜衛將軍、開府儀同三司，封建昌縣公。堅後率衆號百萬，次于淮、肥，京師震恐，加安征討大都督。玄入問計，安夷然無懼色，答曰：已別有旨。既而寂然。玄不敢復言，乃令張玄重請。安遂命駕出山墅，親朋畢集，方與玄圍棊賭別墅，安常棊劣於玄，是日玄懼，便爲敵手而又不勝。安顧謂其甥羊曇曰：以墅乞汝。安遂游涉至夜乃還，指授將帥，各當其任。玄等既破堅，有驛書至，安方對客圍棊，看書既竟，便攝放牀上，了無喜色，棊如故。客問之，徐答云：小兒輩遂已破賊。既罷還内，過戶限，心喜甚，不覺屐齒之折。』《左》隱元年曰：『多行不義必自斃。』十一年曰：『天而既厭周德矣。』《論語・雍也篇》曰：『天厭之。』李曰：『厭，於琰切，今公作入聲使。』〇《論語・子路篇》曰：『斗筲之人何足算也！』鄭注曰：『筲，竹器，容斗二升者也。』《說文》作䈰，曰：『一曰飯器，容五升。』〇《謝安傳》曰：『時會稽王道子專權，而姦諂頗相扇構。安出鎮廣陵之步丘，築壘曰新城以避之。帝出祖于西池，獻觴賦詩焉。安雖受朝寄，然東山之志始末不渝，每形於言色。及鎮新城，盡室而行，造汎海之裝，欲須經略粗定，自江道還東。雅志未就，遂遇疾篤，上疏請量宜旋旆，遂還都，聞當輿入西州門，自以本志不遂，深自慨失。』又曰：『新城築埭於城北，後人追思之，名爲召伯埭。』《太平寰宇記》曰：『淮南道揚州廣陵縣：召伯埭有斗門，縣東北四十里臨合瀆渠。按《晉書》：太元十一年，太傅謝安鎮廣陵，于城東北二十里築壘名曰新城。城北二十里築堰，名邵伯埭。蓋安新築，即後人追思安德，比于邵伯，因以立名。』《清統志》曰：『江蘇揚州府：新城在甘泉縣北十八里，邵伯鎮在甘泉縣北四十五里，邵伯埭在邵伯鎮下閘西岸。』○李曰：『唐德宗時，浙江觀察使韓滉於石頭築五城。細考上下文意，疑是荆公觀石頭舟師，遐想劉牢之渡河之檝而云耳。五城即石頭城、冶城、臺城、苑城、新城。』又曰：『隴東謂漢三輔，隴西謂天水諸郡。隴者所以限東西也。今特指隴東者，言公志在掃清關輔，困於讒詖，遠圖未就而死，所稱月照西州堞，其旨深、其詞悲矣。』步瀛案：隴，壟之通借字，蓋謂丘壟，以對下西州，故用壟東相配耳。李季章指關輔言，似鑿。○《謝安傳》曰：『羊曇者，太山人，知名士也。爲安所愛重。安薨後，輟樂彌年，行不由西州路，嘗因石頭大醉，扶路唱樂，不覺至州門。左右白曰：此西州門，曇悲感不已，以馬策扣扉，誦曹子建詩曰：生存華屋處，零落歸山丘。慟哭而去。』○《謝安傳》曰：『安少有盛名，時多愛慕，鄉人有罷中宿縣者，還詣安，安問其歸資，答曰：有蒲葵扇五萬。安乃取其中者捉之，京師士庶競市，價增數倍。』○《謝安傳》曰：『桓溫嘗以安所作《簡文帝謚議》以示坐賓曰：此謝安石碎金也。』○《謝安傳》曰：『安善行書。』張懷瓘《書斷》曰：『安石隸、行、草並入妙。』李曰：『閣帖中亦有公尺牘。』○《謝安傳》曰：『嘗與王羲之登冶城，羲之謂曰：今四郊多壘，宜思自效，而虛談廢務，浮文妨要，恐非當今所宜。安曰：秦任商鞅，二世而亡，豈清言致患邪？』○東陽故侯，孫、李氏無注，此疑謂沈道原也。《梁書·沈約傳》曰：『隆昌元年，出爲寧朔將軍、東陽太守。梁高祖受禪，爲尚書僕射，封建昌縣侯。』故以爲況。曾子固《仁壽縣太君吴氏墓誌銘》曰：『七子者，曰安仁、安道、安石、安國、安世、安禮、安上，女三人，長適沙縣張奎，次適天長朱明之，次適揚州沈季長。』道原蓋季長字也。介甫《瘧起示道原詩》李注曰：『道原姓沈，公之妹婿。』案：介甫又有《定林示道原》《對棊與道原至草堂寺》《同沈道原游八功德水》等詩，則此同游者爲道原可知矣。○《禮記·學記》曰：『入學鼓篋。』鄭注曰：『鼓篋，擊鼓警衆，乃發篋出所治經業也。』○韓退之《潮州刺史謝上表》曰：『嶺海之陬。』案：嶺謂五嶺，海謂南海。唐之嶺南道，宋之廣南路也。蓋沈嘗出仕廣南也。』○《後漢書·馬援傳》曰：『援從容謂官屬曰：吾從弟少游常哀吾慷慨多大志。曰：士生一世，但取衣食裁足，乘下澤車，御款段馬，爲郡掾史，守墳墓，鄉里稱善人，斯可矣。致求盈餘，但自苦耳。當吾在浪泊、西里間，虜未滅之時，下潦上霧，毒氣重蒸，仰視飛鳶跕跕墮水中，卧念少游平生時語，何可得也？』李賢注曰：『款猶緩也，言形段遲緩也。跕跕，墮貌也。跕音都牒、泰牒二反。』○見肘已見杜子美《述懷》詩注。○李曰：『唐代宗時，禁民阜衫、壓耳帽以異官健。』（《通鑑》卷二百二十五：唐代宗大曆十二年，定諸州兵皆有常數，其召募給家糧春冬衣者謂之官健。）《説文》曰：『浥，溼也。』《曲禮上》曰：『羹之有菜者用梜。』鄭注曰：『梜猶箸也，今人或謂箸爲梜提。』《釋文》曰：『《字林》作筴，云箸也。』○《古詩》曰：『淚痕猶尚在，笑靨自然開。』○李注引《異聞集》曰：『開元中道人呂公常往來邯鄲，有書生姓盧，同止逆旅。主人方煮黃粱，共待其熟。盧生不覺長嗟。呂問之，具言生世之困。呂取囊中枕以授盧曰：枕此當榮適如願。生俛首即夢入枕穴中，遂見其家。未幾登第，歷臺閣，出入將相五十年，子孫皆顯仕。忽欠伸而寤，黃粱猶未熟。謝曰：先生以此窒吾欲耳。自此不復求仕。』案：今《枕中記》大略相同。○《莊子·齊物論》曰：『夢飲酒者旦而哭泣，夢哭泣者旦而田獵。』○《說文新附》曰：『魘，夢驚也，於琰切。』○《漢書·循吏·龔遂傳》曰：『爲渤海太守，民有帶持刀劍者，使賣劍買牛，賣刀買犢。』○《史記·孟嘗君傳》：『馮驩彈其劍而歌曰：長鋏歸來乎，食無魚。』○《廣韻》三十三業曰：『岌嶪，山貌。』案：此猶言岌岌，危也。○《莊子·大宗師》：『孔子曰：丘，天之戮民也。』○《莊子·在宥篇》曰：『吾未知聖知之不爲桁楊椄槢也。』《釋文》曰：『椄，徐音變；槢，徐徒變反。司馬云：椄槢，械楔。』○內熟已見杜子美《奉先詠懷》詩注引《莊子·人間世篇》，《釋文》曰：『葉公子高，（葉音攝）楚大夫，爲葉縣尹，僭稱公。』○《謝安傳》曰：『悵然謂所親曰：

昔桓温在時，吾常懼不全，忽夢乘温輿，行十六里，見一白鷄而止。乘温輿者代其位也。十六里止，今十六年矣。白鷄主酉，今太歲在酉，吾命殆不起乎！尋薨，年六十六。』○《莊子·知北遊》曰：『孫子非汝有，是天地之委蜕也。』○《南史·齊本紀》曰：『廢帝鬱林王諱昭業，文惠太子長子也。高帝爲相王，鎮東府，時年五歲，牀前戲，高帝方令左右拔白髮，問曰：兒言我誰耶？答曰：太翁。高帝笑謂左右曰：豈有爲人作曾祖而拔白髮者乎？即擲鏡鑷。』○《文選·吴都賦》曰：『土壤不足以攝生。』劉淵林注曰：『攝，持也。』○《史記·魏其武安傳》：『灌夫罵曰：乃效兒女呫囁耳語！』集解：『韋昭曰：呫囁，附耳小語聲。』○《説文》曰：『憭，慧也。』《莊子·列禦寇》曰：『形諜成光。』郭注曰：『舉動便辟而成光儀也。』○杜子美《麗人行》曰：『黄門飛鞚不動塵。』○《漢書·游俠·原涉傳》曰：『郡國諸豪及長字五陵諸爲氣節者皆歸慕之。』顔曰：『五陵謂長陵、安陵、陽陵、茂陵、平陵也。』○《文選·東都賦》曰：『馬踠餘足。』李善注曰：『踠，屈也。』○韓退之《賀張十八秘書得裴司空馬》詩曰：『落日已曾交轡語。』○《莊子·秋水篇》曰：『公孫龍曰：呿而不合。』《釋文》曰：『呿，起據反。司馬云：開也。李音祛，又巨劫反。』《天運篇》：『孔子曰：予口張而不能嗋。』《釋文》曰：『嗋，許劫反，合也。』

和沖卿雪詩並示持國

《宋史·吴充傳》曰：『充字沖卿，建州浦城人。熙寧元年，知制誥，同知諫院。河北水災地震，爲安撫使，使還，王安石參知政事。充子安持，其婿也，引嫌解諫職。八年，進樞密使。安石去，遂代爲同中書門下平章事。』《韓億傳》曰：『其先真定靈壽人，徙開封之雍丘。億八子：綱、綜、絳、繹、維、縝、緯、緬。』《韓維傳》曰：『維字持國，熙寧七年召爲學士承旨。王安石罷，會絳入相，加端明殿學士，知河陽，復知許州。』

地卷江海浮，天吹河漢湧。北風散作花，巧麗世無種。霾昏得照耀，塵滓歸掩擁。荒林無空枝，幽瓦有高壠。分纔一毛輕，聚或千鈞重。飛揚目已眩，摧壓聽還兇。漁舟平繫舷，樵屩沒歸踵。空令物象瑩，豈免川塗壅。爭光嫦娥妒，失色羲和恐。賴逢陽氣蒸，轉作水波溶。舞庭稱賀嚴，掃路傳呼寵。衡游謝壯少，避卧甘閒冗。吳侯絶俗唱，韓子當敵勇。勝負觀兩豪，吾衰但陰拱。

吳先生曰：『公歸後，柄國者務反公所爲，故詩中往往有不平之氣。』

《説文》曰：『屩，草履也。』○李義山《喜雨》詩曰：『洛水妃虚妬。』○韓退之《苦寒》詩曰：『羲和送日出，恇怯頻窺覘。』○《宋書·符瑞志》曰：『大明五年元日，雪降殿庭前，時右衛將軍謝莊下殿，雪集衣邊，白上以爲瑞。』○《開元天寶遺事》曰：『巨豪王元寶每至冬月大雪之際，令僕夫自本家坊巷口掃雪爲逕路，躬親立於坊巷前迎揖賓客，就本家具酒炙宴樂之，爲暖寒之會。』○《穆天子傳》（卷五）曰：『丙辰天子南遊于黄口室之丘，日中大寒，北風雨雪。』○《後漢書·袁安傳》注引《汝南先賢傳》曰：『時大雪積地丈餘，洛陽令令人除雪入戶，見安僵卧。』○《漢書·英布傳》：隨何曰：『陰拱而觀其孰勝。』顏注曰：『斂手曰拱，言不動搖坐觀成敗也。』

送鄭叔熊歸閩

《萬姓統譜》（卷一百七）曰：『鄭叔豹，福清人。兄叔熊亦好談兵，王安石有詩送之歸閩。』

鄭子喜論兵，魁然萬人敵。嘗持一尺箠，跨馬河南北。方今邊利害，口手能講畫。疑師穀城翁，方略已自得。天兵卷甲老，壯士不肉食。低回向詩書，文字鋭鎸刻。科名又齟齬，棄置非人力。黄塵彫罽裘，逆旅同偪仄。秋風吹残汴，霰雪已驚客。浩歌随東舟，别我無惨惻。閩生今好游，往往老妻息。南陔子所慕，天命豈終塞？吴先生曰：『瑰瑋之姿，鬱怒之氣。』

《史記·項羽本紀》：『籍曰：劍一人敵不足學，學萬人敵。』○《莊子·天下篇》曰：

『一尺之捶，日取其半，萬世不竭。』《释文》引司焉彪注曰：『捶，杖也。』案：捶箠字通。○韓退之《柳子厚墓誌銘》曰：『其經承子厚口講指畫爲文詞者，悉有法度可觀。』○《史記·留侯世家》曰：『老父出一編書曰：讀此則爲王者師矣。後十年興，十三年孺子見我濟北，穀城山下黄石卽我矣。』○《後漢書·班超傳》曰：『超詣相者問其狀，相者指曰：生燕頷虎頸，飛而食肉。』○《廣韻》曰：『齟齬，不相當也。』○杜牧之《洛中送冀處士東游詩》曰：『贈以蜀馬箠，副之胡罽裘。』○杜子美《偪仄行》曰：『偪仄復偪仄。』○《聖賢羣輔録》曰：『孔奮在官，唯母極甘美，妻息菜食。』○《詩序》曰：『《南陔》，孝子相戒以養也。』

蘇子瞻（軾）（七首）

蘇軾，字子瞻，一字和仲，眉州眉山人。仕至端明殿學士，謚文忠。嘗貶黄州，築室東坡，自號東坡居士。《宋史》有傳。○敖器之（陶孫）曰：『東坡如屈注天潢，倒連滄海，變眩百怪，终歸雄渾。』（《詩評》）劉後村曰：『坡詩翕张開闔，千變萬態，蓋自以其氣魄力量爲之，他人無許大氣魄力量，恐不可學。』（《詩話》）方植之曰：『李、杜、韓、蘇並稱，以其七言歌行瑰詭縱蕩，窮態盡變，所以爲大家。至五言則蘇未能與三家並立也。』吴北江曰：『東坡善談名理，自見才思。』

真興寺閣 鳳翔八觀之一

查初白（慎行）曰：『《鳳翔志》：真興寺閣，宋節度使王彦超建，在城中，高十餘丈。』

（《補注》）

山川與城郭，漠漠同一形，市人與鴉鵲，浩浩同一聲。紀曉嵐曰：『奇恣縱橫，不可控制。』吴曰：『起四語奇創。』此閣幾何高？何人之所營？側身送落日，引手攀飛星。當年王中令，斫木南山赬。寫真留閣下，鐵面眼有棱。身强八九尺，與閣兩崢嶸。古人雖暴恣，作事今世驚。登者尚呀喘，作者何以勝？

曷不觀此閣？其人勇且英。王見大曰：『通幅一派蠢氣，是此題本旨。』

趙堯卿（夔）曰：『楊億詩：危樓高百尺，手可摘星辰。』（王注引）馮星實（應榴）曰：『《事實類苑》載楊文公數歲吟詩云云。』（合注）○《宋史·王彥超傳》曰：『大名臨清人。顯德初，加同平章事。六年夏，移鎮鳳翔。恭帝嗣位，加檢校太師，西面緣邊副都部署。宋初加兼中書令，代還。乾德二年復鎮鳳翔。』○陳希仲曰：『赬，赤色，猶赭山也。』（王注引）○《世説新語·容止篇》曰：『劉尹道桓公鬢如反猬皮，眉如紫石棱。』《晉書·桓温傳》作眼如紫石棱。○李太白《送張遙之壽陽幕府》詩曰：『張子勇且英。』

送鄭戶曹

《宋史·鄭僅傳》曰：『字彥能，徐州彭城人。第進士，爲大名府司戶參軍。留守文彥博以爲材，奏改司法，遷冠氏令。』施德初（元之）曰：『是時爲冠氏令。』（施注）○《宋史·職官志》曰：『戶曹參軍掌戶籍、賦税、倉庫、受納。』又曰：『京府諸曹參軍事爲從八品。』

水繞彭祖樓，山圍戲馬臺。古來豪傑地，千歲有餘哀。隆準飛上天，重瞳亦成灰。白門下呂布，大星隕臨淮。尚想劉德輿，置酒此徘徊。爾來苦寂寞，廢圃多蒼苔。河從百步響，山到九里回。山水自相激，夜聲轉風雷。蕩蕩清河壖，黃樓我所開。秋月墮城角，春風搖酒杯。遲君爲座客，新詩出瓊瑰。樓成君已去，人事固多乖。他年君倦遊，白首賦歸來。登樓一長嘯，使君安在哉！吳曰：『收語豪邁。』

《太平寰宇記》曰：『河南道徐州彭城縣：古之大彭國地。按《彭門記》云：殷之賢臣彭祖，顓頊之玄孫，至殷末壽及七百六十七歲，今墓猶存。』又曰：『彭祖廟，魏神龜二年刺史王延明移於子城東北樓下，俗呼爲彭祖樓。』又曰：『戲馬臺在孫南三里，項羽築戲馬臺於北。宋武北征至彭城，遣長史王虞等立第舍于項羽戲馬臺。重九日，公引賓佐登此臺，會將佐百僚賦詩以觀志，作者百餘人，謝靈運詩最工。』○《漢書·高帝紀》

曰：『高祖，沛豐邑中陽里人也。爲人隆準而龍顔。』注：『應劭曰：隆，高也。李斐曰：準，鼻也。』《清統志》曰：『江蘇徐州府：漢高祖故宅在豐縣。』○《史記・項羽本紀》曰：『項籍者，下相人也。字羽。』又曰：『項王自立爲西楚霸王，都彭城。』又曰：『項王軍壁垓下，兵少食盡。』又曰：『項王身亦被數十創，乃自刎而死。』太史公曰：『吾聞之周生曰，舜目蓋重瞳子，又聞項羽亦重瞳子。』○《魏志・吕布傳》曰：『布自稱徐州刺史，太祖自征布，圍之三月，布與其麾下登白門樓，兵圍急，乃下降。』《水經・泗水注》曰：『下邳城有三重，其大城南門謂之白門。魏武擒陳宫于此處矣。（《卮林》曰：『白門所禽者乃奉先，非公臺也。』）中城，吕布所守也。』○施曰：『唐《李光弼傳》：封臨淮郡王，復歸徐州，遇疾薨。』杜子美《武衛將軍挽詞》：『嚴警當寒夜，前軍落大星。』李德載（厚）曰：『臨淮王李光弼鎮徐州，廣德二年有大星隕其地而光弼卒。』（王注引馮曰：『新、舊《唐書》皆無星隕事，再考。』）○《宋書・武帝本紀》曰：『高祖武皇帝諱裕，字德輿，彭城綏里人。』餘見上。○子瞻《百步洪》詩引曰：『王定國訪余於彭城，一日棹小舟與顏長道攜盼、英、卿三子游泗水，北上聖女山，南下百步洪，吹笛飲酒，乘月而歸。』《清統志》曰：『江蘇徐州府：百步洪在銅山縣東南二里，亦名徐州洪，泗水所經也。』○《寰宇記》曰：『徐州彭城縣：九里山，《元中記》云：彭城北有九里山，有穴潛通琅邪，又通王屋，俗呼爲黄池穴。』○施曰：『《九域志》：徐州泗水今呼爲清河。』（《答范淳甫詩》注，案：今《元豐九域志》無此語。）○《史記·河渠書》曰：『故盡河壖棄地。』集解引韋昭曰：『壖音而緣反，謂緣邊地。』索隱曰：『又音人兗反。』○蘇子由《〈黄樓賦〉敘》曰：『熙寧十年秋，河決於澶淵，水及彭城下，余兄子瞻適爲彭城守，廬於城上，調急夫發禁卒以從事，以身帥之，故大水至而民不潰。水既去，即城之東門爲大樓焉，堊以黄土，曰土實勝水，徐人相勸成之。』秦太虛《〈黄樓賦〉序》曰：『太守蘇公守彭城之明年，既治河決之變，民以更生，又因修繕其城，作黄樓於東門之上，以爲水受制於土，而土之色黄，故取名焉。』《清統志》曰：『黄樓在銅山縣城東門。』○《廣韻·六至》曰：『遲，待也，直利切。』案：遲、遟字同。（《說文》，遟，遲之籀文。）○劉夢得《洛中酬福建陳判官見贈》詩曰：『偶逢詞客與瓊瑰。』○杜子美《醉時歌》曰：『先生早賦歸去來。』○《晉書·劉琨傳》曰：『琨乃乘月登樓清嘯。』白樂天《垂釣》詩曰：『臨水一長嘯。』

寒食雨二首

此元豐五年子瞻在黄州作。馮曰：『《三希堂法帖》有此二首墨跡刻石。』

自我來黄州，已過三寒食。年年欲惜春，春去不容惜。今年又苦雨，兩月秋蕭瑟。卧聞海棠花，泥汙燕脂雪。暗中偷負去，夜半真有力。何殊病少年，病起頭已白。詞清味腴。

《宋史·蘇軾傳》曰：『徙知湖州，上表以謝，又以事不便民者不敢言，以詩託諷，庶有補於國。御史李定、舒亶、何正言摭其表語，並媒蘖所爲詩，以爲訕謗，逮赴臺獄，欲置之死。鍛鍊久之不決。神宗獨憐之，以黄州團練副使安置。』王宗稷《蘇文忠公年譜》

曰：『元豐三年庚申，先生年四十五，責黃州，以二月一日至黃州。五年壬戌，先生年四十七，先生庚申二月來黃，至是三寒食矣。』○杜子美《曲江對雨》詩曰：『林花著雨燕脂溼。』○《莊子·大宗師篇》曰：『藏舟於壑，藏山於澤，謂之固矣，然夜半有力者負之而走，昧者不知也。』

春江欲入戶，雨勢來不已。小屋如漁舟，濛濛水雲裏。固是極寫荒涼之境，以喻感慨，然但就春雨言，已畫所不及。空庖煮寒菜，破竈燒溼葦。那知是寒食？但見烏銜紙。君門深九重，墳墓在萬里。也擬哭途窮，死灰吹不起。結語雙關喻意。○《唐宋詩醇》評曰：『二詩後作尤精絕，結四句固是長歌之悲，起四句乃先極荒涼之境，移村落小景以作官舍，情況大可想矣。』施曰：『白樂天《寒食吟》：風吹曠野紙錢飛。』馮曰：『《封氏聞見記》：紙錢魏晉以來始有其事。』○《楚辭·九辯》曰：『君之門兮九重。』○《晉書·阮籍傳》曰：『時率意獨駕，不由逕路，車迹所窮，輒慟哭而反。』杜子美《陪章留後待御宴南樓》詩曰：『此身醒復醉，不擬哭途窮。』○《史記・韓長孺傳》曰：『安國坐法抵罪，蒙獄吏田甲辱安國，安國曰：死灰獨不復然乎？田甲曰：然即溺之。』案：宋正輔（援）引此（見王注引）是也。王見大謂此從烏銜紙跟下，舊注非是，殊不然。死灰不起，雖結寒食雨，然亦用韓長孺事自況也。

魚蠻子

《老學菴筆記》（卷一）曰：『張芸叟（舜民）作《漁父》詩曰：家在耒江邊，門前碧水連。小舟勝養馬，大罟當耕田。保甲原無籍，青苗不著錢。桃源在何處？此地有神仙。蓋元豐中謫官湖湘時所作。東坡取其意爲《魚蠻子》云。』王見大曰：『時張芸叟至黃州，（《總案》曰：元豐五年六月張舜民謫郴州，繞道來謁。）公爲作此詞。』

江淮水爲田，舟楫爲室居。魚蝦以爲糧，不耕自有餘。異哉魚蠻子，本非左袵徒。連排人江住，竹瓦三尺廬。於焉長子孫，戚施且侏儒。擘水取魴鯉，易如拾諸塗。破釜不著鹽，雪鱗芼青疏。一飽便甘寢，何異獺與狙？人間行路難，踏地出賦租。不如魚蠻子，駕浪浮空虛。空虛未可知，會當算舟軍。蠻子叩頭泣，勿語桑大夫。

吳先生曰：『似昌黎。』

《漢書·五行志》（中之上）曰：『吳地以船爲家，以魚爲食。』○《論語·憲問篇》曰：『微管仲，吾其被髮左衽矣。』李唐卿（堯祖）曰：『江多以竹木爲排，浮水中，排上以葦竹瓦爲屋。』（王注引）○《漢書·王嘉傳》：嘉上疏曰：『孝文時吏居官者或長子孫。』○《晋語四》：『胥臣曰：戚施不可使仰，侏儒不可使援。』韋注曰：『戚施，瘁者。侏儒，短者。』《淮南子·脩務篇》高注曰：『籧除偃，戚施僂，皆醜貌也。』○劉夢得《有獺吟》曰：『下見盈尋魚，投身擘洪漣。』○《禮記·昏義》曰：『芼之以蘋藻。』○又杜子美《將赴草堂》詩曰：『信有人間行路難。』王龜齡（十朋）曰：『古樂府有《行路難》曲。』○踏地猶履畝，《春秋》：宣十五年，初稅畝。杜注曰：『今又履其餘畝而稅。』案：翁《補注》引《新唐書・食貨志》諸道置邸以收稅，謂之踏地錢。彼乃茶商所出，原文作搨地錢，與此異。○杜子美《寄李十四員外布十二韻》曰：『黄牛平駕浪。』○《史記・平準書》曰：『商賈人軺車二算，船五丈以上一算，匿不自占，占不悉，戍邊一歲，没入緡錢。』○《平準書》曰：『桑弘羊以計算用事侍中，弘羊，雒陽賈人子，以心計言利事析秋豪矣。』《漢書・百官公卿表》曰：『後元二年二月乙卯，搜粟都尉桑弘羊爲御史大夫。』

棲賢三峽橋廬山二勝之一

蘇子由《廬山棲賢僧堂記》曰：『元豐三年，余過廬山，入棲賢谷，谷中多大石，岌嶪相倚，水行石間，其聲如雷霆，又如千乘車行者，震掉不能自持，雖三峽之險不過也。故其橋曰三峽。』《清統志》曰：『江西南康府：三峽澗在星子縣廬山五老峯西，受大小支流九十九派，水行石間，聲如雷霆，擬於三峽之險。澗中有潭曰玉淵，衆流奔注，中流有白石如羊，其南爲三峽橋。』又曰：『三峽橋在星子縣北廬山歸宗寺。』

吾聞太山石，積日穿綫溜。況此百雷霆，萬世與石鬭。深行九地底，險出三峽石。長輸不盡溪，欲滿無底竇。跳波翻潛魚，震響落飛狖。清寒入山骨，草木盡堅瘦。空濛烟靄間，澒洞金石奏。彎彎飛橋出，瀲瀲半月㲉。玉淵神龍近，雨雹亂晴晝。垂缾得清甘，可嚥不可漱。清新出奇。

《文選》枚叔《上書諫吴王》曰：『太山之霤穿石。』案：霤溜字同。○《孫子·攻守篇》曰：『善守者藏於九地之下。』○《水經·江水》注曰：『江水又東逕廣溪峽，斯乃三峽之首也。』又曰：『江水又東逕巫峽，歷峽東逕新崩灘，其間首尾有六十里，謂之巫峽，蓋因山爲名也。』又曰：『江水又東逕西陵峽，所謂三峽，此其一也。』案：廣溪峽即瞿塘峽，在四川奉節縣東，巫峽在四川巫山縣東，西陵峽在湖北宜昌縣西，即巴東三峽也。其他三峽説尚多，辨論紛紜，今不取。○韓退之《贈崔立之評事》詩曰：『高浪駕天輪不盡。』○《列子·湯問篇》曰：『渤海之東有大壑焉，實維無底之谷。』○《爾雅·釋鳥》

曰：『鼯鼠夷由。』郭注曰：『狀如小狐，似蝙蝠，肉翅飛且乳，亦謂之飛生。』郝蘭皋（懿行）《義疏》曰：『《吴都賦》：狖鼯果然。狖，余幼切，即夷由也。夷由之雙聲，合之則爲狖矣。步瀛案：此詩言飛狖，意與郝氏説同，然《吴都賦》劉淵林注引《異物志》曰：『狖，猿類。』與鼯本爲二物，疑郝説未確。○白樂天《游悟真寺》詩曰：『草木多瘦堅。』○《莊子·德充符》《釋文》曰：『彀，張弓也。』韓退之《祭李使君文》曰：『見秋月之三彀。』○左太沖《吴都賦》曰：『不窺玉淵者，未知驪龍之所蟠也。』查艮庭（慎行）曰：『《廬山紀事》：棲賢寺東爲玉淵潭，在三峽澗中，諸水奔注潭中，驚涌噴空，潭上有白石，横亘中流，故名玉淵。』（補注）○韓退之《題合江亭》詩曰：『緑淨不可唾。』

高郵陳直躬處士畫雁（二首録一）

任文儒（居實）曰：『元豐八年乙丑作。』（王注引）施曰：『陳直躬，偕之子也。家故饒財，而偕與其弟獨喜學畫，其後伎日以進，家日以微，遂以爲業。士大夫既喜其畫，且愛其爲人，往往稱之。直躬亦世其學云。見《高郵志》。』查曰：『鄧椿《畫繼》：陳直躬，高郵人，坡公有題所《畫雁》二詩。』

野雁見人時，未起意先改。君從何處看？得此無人態。吴曰：『起四語坡公獨到妙處，他人所無。』無乃枯木形，人禽兩自在。北風振枯葦，微雪落璀璀。慘澹雲水昏，晶熒沙礫碎。弋人悵何慕？一舉渺江海。紀曉嵐曰：『一片神行，化盡刻畫之迹。』

《莊子·齊物論》曰：『形固可使如槁木而心固可使如死灰矣乎！』

黄魯直（庭堅）（四首）

黄庭堅，字魯直，洪州分寧人。與張耒、晁補之、秦觀稱蘇門四學士。嘗遊皖，樂山谷寺石牛洞之林泉，因自號山谷道人。又嘗謫涪州别駕，因自號涪翁。徽宗即位，起知太平州。趙挺之執政，復除名羈管宜州卒。《宋史》入《文苑傳》。○蘇子瞻曰：『魯直詩文如蝤蛑江瑶柱，格韻高絶，盤飧盡廢，不可多食，多食則發風動氣。』（《書魯直詩後》）

《朱子語類》（百四十）曰：『蜚卿問山谷詩，曰：精絶，知他是用多少工夫，今人卒乍如何及得，可謂巧好無餘自成一家矣。但只是古詩較自在，山谷則刻意爲之。』吴孟舉曰：『山谷會萃百家句律之長，究極歷代體製之變，自成一家，雖隻字半句不輕出，宋詩家宗祖江西詩派皆師承之。』吴北江曰：『山谷於遒鍊中見精采。』

子瞻詩句妙一世乃云效庭堅體蓋退之戲效孟郊樊宗師之比以文滑稽耳恐後生不解故次韻道之子瞻送孟容詩云我家峨眉陰與子同一邦即此韻

任子淵（淵）注《内集》及黄子耕（㽦）《山谷先生年譜》皆編此詩於元祐元年。○韓退之有《答孟郊》詩，洪善慶曰：『規模背時利，文字覷天巧，此效東野。酬樊宗師云：梁惟西南屏，山厲水刻屈，此效宗師。』（《五百家注》引）案：孟郊字東野，樊宗師字紹述，退之皆爲作墓誌銘。○《史記·滑稽傳》索隱曰：『滑謂亂也，稽同也，以言辯捷之人，言非若是，説是若非，能亂同異也。《楚辭》云：將突梯滑稽如脂如韋。（《卜居》）崔浩云：滑音骨，稽，流酒器也。轉注吐酒，終日不已，言出口成章，詞不窮竭，若滑稽之吐酒。故揚雄《酒賦》（《漢書·游俠傳》作《酒箴》）云：鴟夷滑稽，腹大如壺。（《漢書》大如二字誤倒。）盡日盛酒，人復藉沽，（《漢書》作借沽）是也。又姚察云：滑稽猶俳諧也，滑讀如字，稽音計，以言諧語滑利，其知計疾出，故云滑稽也。』○蘇子瞻《送楊孟容》詩，趙次公曰：『傳者云送知懷安軍，先生自謂效黄魯直體，觀《南昌集》所載信然。（《苕溪漁隱叢話前集》引王直方《詩話》云：東坡《送楊孟容》詩蓋效山谷體作也。）魯直云：子瞻詩句妙一世，乃收斂光芒，入此窘步以見效，蓋退之效孟郊、樊宗師之比，以文滑稽耳，恐後生不解，故追韻道之。』（王注引）施曰：『墨跡刻石成都府治，題云：送楊禮先知廣安軍。』馮曰：『《一統志》：楊孟容，眉山人，累官知懷安軍。元祐中乞致仕，哲宗書清節二字賜之。據此與施注作廣安不同，未知孰是。』步瀛案：查注謂《送楊孟容》詩在元祐二年，馮星實、王見大皆從之。魯直此詩即次《送楊孟容》詩韻，亦當在二年，與黃子耕、任子淵謂在元年又不同，竊疑二年殆是。

我詩如曹鄶，淺陋不成邦。公如大國楚，吞五湖三江。赤壁風月笛，玉堂雲霧窗。句法提一律，堅城受我降。枯松倒澗壑，波濤所舂撞。萬牛挽不前，公乃獨力扛。精警。諸人方嗤點，渠非晁張雙？但懷相識察，牀下拜老龐。小兒未可知，客或許敦厖。誠堪婿阿巽，買紅纏酒缸。結句新穎，但稍失之纖仄。

任子淵曰：『鄭氏《詩譜》云：周武王封叔振鐸於曹，今濟陰定陶是也。檜國居溱、洧之間，祝融氏名黎，其後八姓，惟妘姓檜者處其地焉。《左傳》：季子觀樂，自鄶以下無譏焉。（襄二十九年）注曰：季子聞鄶、曹二國歌不復譏之，以其微也。《周禮·大宗伯》注云：子男不執圭者未成國。』○任曰：『《周禮·職方氏》：揚州其川三江，其浸五湖。左太沖《吳都賦》曰：或吞江而納漢。《伽藍記》：王肅曰：羊比齊、魯大邦，魚比邾、莒小國。此詩略用其意。』○赤壁二句，任曰：『謂東坡無窮達之異也。東坡謫黃州凡五年，嘗游赤壁，有前後賦。山谷《題東坡贊》曰：東坡之酒，赤壁之笛。《赤壁賦》曰：客有吹洞簫者。赤壁之笛，意取此乎！』步瀛案：子瞻《〈李委吹笛詩〉序》曰『東坡生日置酒赤壁磯下』云云，赤壁笛當指此。○揚子雲《解嘲》曰：『歷金門，上玉堂有日矣。』韓退之《華山女》詩曰：『雲窗霧閣事恍惚。』○《史記·匈奴傳》曰：『令因杅將軍敖（公孫敖）築受降城。』○韓退之《劉生》詩曰：『洪濤春天禹穴幽。』○杜子美《古柏行》曰：『萬牛回首丘山重。』○韓退之《病中贈張十八》詩曰：『龍文百斛鼎，筆力可獨扛。』○杜子美《戲爲絶句》曰：『今人嗤點流傳賦。』○《宋史·文苑傳》曰：『晁補之，字無咎，濟州鉅野人。張耒，字文潛，楚州淮陰人。』○但懷一本作祖懷。○《蜀志·龐統傳》注引《襄陽記》曰：『龐德公，襄陽人，孔明每至其家，獨拜於牀下。』○後四句，任曰：『終上句相知之意，且欲爲其子求婚於蘇氏，抑東坡或嘗以此許之也。山谷在黔中與王瀘州帖云：小子相，今年十四，骨氣差厖厚。以此帖觀之，在京師時三四歲矣，阿巽蓋蘇邁伯達之女，東坡之孫，山谷雖有此言，其後契闊竟不成婚，嫁范子功之孫潩，潩字箕叟，敷文學士。蘇符仲虎，伯達之子也，其言云爾。《左氏》成十六年傳曰：民生敦厖。《說文》曰：缸，瓶也。今人定婚者多以紅綵纏酒壺云。』

寄陳適用

史公儀（容）曰：『適用名汝器，時知廬陵縣。』（《外集注》）案：史注《外集》及《年譜》，此詩皆編入元豐五年，時山谷知吉州太和縣。

日月如驚鴻，歸燕不及社。清明氣妍暖，亹亹向朱夏。輕衣頗宜人，裘竭就桅架。已非紅紫時，春事歸桑柘。空餘車馬跡，顛倒桃李下。吴北江曰：『句句生新，此喻朝政變更，非泛詠也。』新晴百鳥喧，各自有匹亞。林中僕姑歸，苦遭拙婦罵。氣候使之然，光陰促晨夜。解甲號清風，即有幽蟲化。吴曰：『以上紀時候一新。』朱墨本非工，王事少閒暇。幸蒙餘波及，治郡得黃霸。邑鄰陳太丘，威德可資借。決事不遲疑，敏手擘泰華。頗復集紅衣，呼僚飲休假。歌梁韻金石，舞地委蘭麝。寄我五字詩，句法窺鮑謝。亦歡簿領勞，行欲問田舍。相期黃公壚，不異秦人炙。吴曰：『以上言陳君寄詩約同退隱。』我初無廊廟，身願執耕稼。今將荷鋤歸，區芋畦甘蔗。觀君氣如虹，千輩可陵跨。自當出懷璧，往取連城價。賜第買歌僮，朱翠羅廣廈。富貴不相忘，寄聲相慰藉。吴曰：『以上答言陳有用世才，但願富貴毋相忘耳。』

杜牧之《歸燕》詩曰：『畫堂歌舞喧喧地，社去社來人不看。』○《楚辭·九辯》曰：『時亹亹而過中兮。』《文選·吴都賦》李善注引《韓詩》曰：『亹亹，進也。』（依顧千里、陳喬樅諸家訂。）○《曲禮上》曰：『男女不同椸枷。』鄭注曰：『椸可以枷衣者。』《釋文》曰：『椸，羊皮反，衣架也。枷本又作架。』○謝玄暉《春思》詩曰：『黃鳥弄儔匹。』○陸璣《毛詩疏》曰：『鵓鳩灰色無繡項，陰則屏逐其匹，晴則呼之，語曰，天將雨，鳩逐婦，是也。《禽經》曰：拙者莫如鳩。』史公儀曰：『歐陽公詩云：病識陰晴似勃姑。（《和聖俞春雨》）又云：天雨止鳩呼，婦還鳴且喜。（《鳴鳩》）勃姑、僕姑，皆鳩也。』○幽蟲化，史曰：『言蟬也。退之《聯句》（《城南》）：化蟲枯挏莖。』○《周書·蘇綽傳》曰：『始制文案程式，朱出墨入。』○《左》僖二十四年：『公子曰：其波及晉國者，君之餘也。』○《漢書·循吏傳》曰：『黄霸字次公，淮陽陽夏人也。爲穎川太守，得吏民心，戶口歲增，治爲天下第一。』○《後漢書·陳寔傳》曰：『寔字仲弓，潁川許人也。除太丘長，修德清淨，百姓以安。鄰縣人戶歸附者，寔輒訓導譬解，發遣各令還。』○《文選·西京賦》曰：『綴以二華，巨靈贔屭，高掌遠蹠，以疏河曲，厥跡猶存。』薛綜注曰：『巨靈，河神也。古語云，此本一山，當河，水過之而曲行，河之神以手擘開其上，足蹋離其下，中分爲二，以通河流，手足之跡今尚存也。』○僚，集作嘹，今依劉海峯《歷朝詩選》及《宋詩鈔》。《詩板》曰：『及爾同僚。』○《漢書·高帝紀上》顏注曰：『古者吏休假日告。』○《文選》江文通《擬古詩東城一何高篇》李善注引《七略》曰：『漢興，魯人虞公善雅歌，發聲盡動梁上塵。』《列子・湯問篇》：秦青曰：『昔韓娥東之齊匱糧，過雍門鬻歌假食，既去而餘音繞梁欐，三日不絶。』○《淮南・脩務篇》曰：『今鼓舞者繞身若環曾繞摩地。』○《晋書・石崇傳》曰：『婢妾數十人皆蘊蘭麝。』○鮑、謝，史曰：『明遠、靈運。』步瀛案：謝似宜兼數玄暉。○劉公幹《雜詩》曰：『沈迷簿領書，回回自昏亂。』○《魏志・陳登傳》曰：『許汜與劉備共論天下人，備曰：『君求田問舍，言無可采。』』○《世説新語・傷逝篇》曰：『王濬沖（戎）爲尚書令，著公服，乘軺車，經黄公酒壚下過，顧謂後車客：吾昔與嵇叔夜、阮嗣宗共酣飲於此壚，竹林之遊，亦預其末，自嵇生夭、阮公亡以來，便爲時所羈紲，今日視此雖近，邈若山河。』○《孟子・告子上》曰：『耆秦人之炙。』○《晋書・王羲之傳》：報殷浩書曰：『吾素自無廊廟志。』○左太沖《蜀都賦》曰：『瓜疇芋區，甘蔗辛薑。』○李長吉《高軒過》詩曰：『入門下馬氣如虹。』○史曰：『趙得和氏璧，秦願以十五城易之。藺相如使從者衣褐懷璧歸趙，見《相如傳》。』○《史記・陳涉世家》曰：『少時嘗與人庸耕，輟耕之壟上，悵悵久之曰：苟富貴，無相忘。』○

《後漢書・隗囂傳》曰：『建武三年，囂乃上書詣闕，光武報以殊禮，所以慰藉之良厚。』李賢注曰：『慰，安也；藉，薦也。言安慰而薦藉之。』

過家

《外集》及《年譜》皆編此詩於元豐六年。

絡緯聲轉急，田車寒不運。兒時手種柳，上與雲雨近。舍旁舊傭保，少換老欲盡。辛木鬱蒼蒼，田園變畦畛。招延屈父黨，勞問走婚親。歸來翻作客，顧影良自哂。一生萍託水，萬事雪侵鬢。夜闌風隕霜，乾葉落成陣。燈花何故喜？大是報書信。親年當喜懼，兒齒欲毀齔。繫船三百里，去夢無一寸。

字字矜鍊，佳處如食甘欖，味美於回。

崔豹《古今注》曰：『莎雞一名促織，一名絡緯，一名蟋蟀。促織謂鳴聲如急織，絡緯謂其鳴聲如紡績也。』○《漢書·司馬相如傳》曰：『與庸保雜作。』顔注曰：『庸即謂賃作者，保謂庸之可信任者也。』案：庸，傭之通借字。○《公羊》僖三十三年：『秦伯怒曰：若爾之年者，宰上之木拱矣。』何注曰：『宰，冢也。』曹子建《贈白馬王彪》詩曰：『山樹鬱蒼蒼。』○《説文》曰：『畛，井田間陌也。』《廣韻·二十一震》曰：『親，親家，七遴切。』○劉文房《湖上遇鄭田》詩曰：『舊業今已蕪，還鄉返爲客。』○《楚辭·九懷尊嘉》曰：『竊哀兮浮萍，汎淫兮無根。』王逸注曰：『自比如萍生水瀕，隨水浮游乍東西也。』○白樂天《約心》詩曰：『黑鬢絲雪侵。』○杜子美《獨酌成詩》曰：『燈花何太喜。』○《論語·里仁篇》曰：『父母之年不可不知也，一則以喜，一則以懼。』○《周禮·秋官·司厲》鄭注曰：『齔，毁齒也。男八歲、女七歲而毁齒。』

曉起臨汝

此詩當是山谷爲葉縣尉任滿去官時作。《外集補》及《年譜》均編入熙寧四年。《年譜》曰：『熙寧元年赴葉縣尉，九月到汝州，則終吏之期當在此歲。』《元豐九域志》曰：『京西北路汝州臨汝郡治梁縣。』案：今河南臨汝縣治。

缺月欲崢嶸，鳴鷄有期信。征人催夙駕，客夢未渠盡。野荒多斷橋，河凍無裂璺。羸馬踏冰翻，疑狐觸林遁。清風蕩初日，喬木囀幽韻。崧高忽在眼，岌峩臨數郡。玄雲默垂空，意有萬里潤。寒暗不成雨，卷懷就膚寸。自喻抱負。觀象思古人，動靜配天運。物來斯一時，無得乃至順。涼暄但循環，用捨誰喜慍？安得忘言者，與講《齊物論》？沈著。

《詩·定之方中》曰：『星言夙駕。』〇《詩》：『夜如何其。』鄭箋曰：『夜未央猶言夜未渠央也。』《釋文》曰：『渠，其據反。』〇《方言六》曰：『器破而未離謂之璺。』〇《漢書·文帝紀》顔注曰：『狐之爲獸，其性多疑，每渡冰河，且聽且渡，故言疑者而稱狐疑。』《元豐九域志》曰：『西京河南府登封縣有嵩山。』《清統志》曰：『河南河南府：嵩山在登封縣北，又名嵩高。』〇《公羊》僖三十一年曰：『觸石而出，膚寸而合，不崇朝而徧雨乎天下者唯泰山爾！』何休注曰：『側手爲膚。』案：指爲寸，言其觸石理而出，無有膚寸而不合。又曰：『河海潤于千里。』注曰：『亦能通氣得雨，潤澤及于千里。』《論語·衛靈公篇》曰：『則可卷而懷之。』○《莊子·養生主》曰：『適來，夫子時也；適去，夫子順也。』○《史記·高祖本紀》曰：『三王之道若循環，終而復始。』○《莊子·外物篇》曰：『得意而忘言。』○《莊子》有《齊物論》。案左太沖《魏都賦》曰：『齊萬物於一朝。』劉越石《答盧諶書》曰：『遠慕老莊之齊物。』《文心雕龍·論説篇》曰：『莊周齊物，以論爲名。』皆齊物二字連讀。王深寧（應麟）、錢辛楣（大昕）以物論連讀（見《困學紀聞》卷十、《養新録》卷十九），非是。

七言古詩

歐陽永叔（修）（五首）

王阮亭曰：『宋承唐季之後，至歐陽文忠公始拔流俗，七言長句，高處直追昌黎。』（《古詩選》）方植之曰：『學歐公作詩，全在用古文章法，如此則小才亦有把鼻塗轍可尋。及其成章，亦非俗士所解。』又曰：『歐公之妙全在逆轉順布，慣用此法，故下筆不猶人。』（《昭昧詹言》）

啼鳥

《居士集》目録原注曰：『慶曆六年。』案：是年永叔在滁州，詩中我遭讒口云云，所以發其不平也。

窮山候至陽氣生，百物如與時節爭。官居荒涼草樹密，撩亂紅紫開繁英。

花深葉暗耀朝日，日暖衆鳥皆嚶鳴。鳥言我豈解爾意，綿蠻但愛聲可聽。總敘鳥聲。南窗睡多春正美，百舌未曉催天明。黄鸝顔色已可愛，舌端啞咤如嬌嬰。竹林靜啼青竹笋，深處不見惟聞聲。陂田遶郭白水滿，戴勝穀穀催春耕。誰謂鳴鳩拙無用？雄雌各自知陰晴。雨聲蕭蕭泥滑滑，草深苔緑無人行。獨有花上提葫蘆，勸我沽酒花前傾。其餘百種各嘲哳，異鄉殊俗難知名。吴北江曰：『以上羅列衆鳥，璀錯有致。』我遭讒口身落此，每聞巧舌宜可憎。春到山城苦寂寞，把盞常恨無娉婷。花開鳥語輒自醉，醉與花鳥爲交朋。花能嫣然顧我笑，鳥勸我飲非無情。身閑酒美惜光景，惟恐鳥散花飄零。可笑靈均楚澤畔，《離騷》憔悴愁獨醒。吴曰：『收揭出主意。』

《詩·伐木》曰：『鳥鳴嚶嚶。』又曰：『嚶其鳴矣。』○《詩·小雅》曰：『綿蠻黄鳥。』○《爾雅翼》（卷十四）曰：『反舌春始鳴，至五月止，能變其舌，反易其聲以效百鳥之鳴，故名反舌。又名百舌。』《證類本草》（卷十九）引陳藏器曰：『百舌鳥，今之鶯，一名反舌也。』《本草綱目》（卷四十九）曰：『百舌處處有之，居樹孔窟穴中，狀如鴝鵒而小，身略長，灰黑，微有斑點，喙亦尖黑，行則頭俯，好食蚯蚓。立春後則鳴囀不已，夏至後則無聲，十月後則藏蟄，人或畜之，冬月則死。《月令》：仲夏反舌無聲，即此。陳氏謂即鶯，非矣。音雖相似，而毛色不同。』○陸元恪《毛詩疏》曰：『黄鳥，黄鸝留也，或謂之黄栗留，幽州人謂之黄鸎，或謂之黄鳥，一名倉庚，一名商庚，一名鵹黄，一名楚雀，齊人謂之摶黍。當葚熟時來在桑間，故里語曰：黄栗留看我麥黄葚熟。亦是應節趨時之鳥。』○《玉篇·女部》引《蒼頡篇》曰：『男曰兒，女曰嬰。』○青竹笋，鳥名，他書未見，疑即竹林鳥。（見杜子美《同谷七歌》注）此詩竹林非鳥名，則青竹笋蓋即竹林鳥之異名耳。○《爾雅·釋鳥》曰：『鵖鴔戴鵀。』郭注曰：『鵀即頭上勝，今亦呼爲戴勝。』郝蘭皋《義疏》曰：『即今之屨屨穀，小於鵓鳩，黄白斑文，頭上毛冠如戴華勝，戴勝之名以此。常以三月中鳴鳴自呼也。』○《爾雅・釋鳥》曰：『鶌鳩鶻鵃。』郭注曰：『似山鵲而小，短尾，青黑色，多聲。』《左》昭十七年孔疏引孫炎曰：『鶻鳩一名鳴鳩。』《吕氏春秋・季春紀》曰：『鳴鳩拂其羽。』高注曰：『鳴鳩，班鳩也。』《毛詩》陸疏曰：『鶻鳩一名班鳩，似鵓鳩而大，鵓鳩灰色無繡項，班鳩項有繡文斑然。』《爾雅翼》（卷十四）曰：『隹鳩一名祝鳩，又名鵓鳩，似班鳩而臆無繡采，又頭有贅，物之拙者不能爲巢，纔架數枝，往往破卵，無巢不能居，天將雨則逐其雌，霽則呼而反之。』又見黄山谷《寄陳適用詩》注。又案：鵓鳩與鳴鳩有别，此詩則渾同言之耳。○《證類本草》（卷十九）引陳藏器曰：『山菌子如小雞無尾。』《本草綱目》（卷四十八）曰：『菌子言其味美如菌也。蜀人呼爲雞頭鶻，南人呼爲泥滑滑，因其聲也。』又曰：『竹雞生江南川廣，處處有之，多居竹林，形比鷓鴣差小，褐色多斑赤文，其性好啼。諺云：家有竹雞啼，白蟻化爲泥。蓋好食蟻也，亦辟壁蝨。』○黄山谷《演雅詩》任注曰：『提壺，鳥名。』梅聖俞《四禽言》曰：『提壺盧，沽美酒。風爲賓，樹爲友。山花撩亂目前開，勸爾今朝千萬壽。』○讒口句，《詩・十月之交》曰：『讒口囂囂。』案《歐陽文忠公年譜》曰：『慶曆五年三月，時二府杜正獻（衍）、范文正（仲淹）、韓忠獻（琦）、富文忠公（弼）以黨論相繼去，公上書辨之。小人素已憾公，會公孤甥張氏犯法，諫官錢明逸因以財產事及公，下開封鞫治。府尹楊日嚴觀望傅會，上命戶部判官蘇安世入內供奉官王昭明監勘，得無他。八月甲戌，猶落龍圖閣直學士，罷都轉運按察使，降知制誥，知滁州。十月甲戌至郡。』○杜子美《秦州見敕目三十韻》詩曰：『不嫁惜娉婷。』○宋玉《登徒子好色賦》曰：『嫣然一笑。』○《楚辭·離騷》曰：『名余曰正則兮，字余曰靈均。』又《漁父》曰：『屈原既放，游於江潭，行吟澤畔，顏色憔悴。』又曰：『衆人皆醉我獨醒。』

明妃曲和王介甫作

《漢書·元帝紀》曰：『竟寧元年春正月，匈奴虖韓邪來朝。（《匈奴傳》虖作呼。）詔賜單于待詔掖庭王檣爲閼氏。』注：『應劭曰：郡國獻女未御見，須命於掖庭，故曰待詔。』王檣，王氏女，名檣，字昭君。文穎曰：本南郡秭歸人也。蘇林曰：『閼氏音焉支，如漢皇后也。』又《匈奴傳》曰：『竟寧元年，單于復入朝，自言願婿漢氏以自親，元帝以後宮良家子王牆字昭君賜單于，號寧胡閼氏，生一男。呼韓邪死，子雕陶莫皋立爲復珠絫若鞮單于，復妻王昭君，生二女。』《後漢書·南匈奴傳》曰：『昭君字嬙，南郡人也。初，元帝後時以良家子選入掖庭，時呼韓邪來朝，帝敕以宮女五人賜之。昭君入宮數歲不得見御，積悲怨，乃請掖庭令求行，呼韓邪臨辭大會，帝召五女以示之。昭君豐容靚飾，光明漢宮。顧景裴回，竦動左右，帝見大驚，意欲留之，而難於失信，遂與匈奴，生二子。及呼韓邪死，其前閼氏子代立，欲妻之。昭君上書求歸，成帝敕令從胡俗，遂復爲後單于閼氏焉。』案：昭君事見於史者如此，雖前、後《漢書》小有出入，然大體尚無異也。《西京雜記》（卷上）曰：『元帝後宮既多，不得常見，乃使畫工圖其形，案圖召幸，諸宮人皆賂畫工，多者十萬，少者亦不減五萬，獨王嬙自恃容貌不肯與。工人乃醜圖之，遂不得見。後匈奴入朝，求美人爲閼氏，於是上案圖，以昭君行，及去召見，貌爲後宮第一，善應對，舉止嫻雅，帝悔之。而名籍已定，方重信於外國，故不復更人。乃窮案其事，畫工皆棄市，籍其家資，皆巨萬。』案：此事史所未載，傳聞之詞，姑無深辨。《文選》（卷二十七）石季倫《〈王明君詞〉序》曰：『王明君者，本是王昭君，以觸文帝諱改焉。』（《樂府古題要解》曰：『晋文王諱昭，故晋人改爲明君。）匈奴盛請婚於漢，元帝以後宮良家子昭君配焉。昔公主嫁烏孫，令琵琶馬上作樂以慰其道路之思，其送明君亦必爾也。其造新曲多哀怨之聲，故敘之於紙云爾。』《樂府古題要解》曰：『漢人憐昭君遠嫁，爲作歌詩。石崇有妓曰緑珠，善歌舞，以此曲教之，而自製《王明君歌》，其文悲雅。我本漢家子是也。』是所謂琵琶怨曲皆後人所擬，非其自爲矣。又引《琴操》：『王昭君，齊國五穰女，端正嫻麗，年十七，獻之元帝。元帝以地遠，不之幸，以備後宮。積五六年，帝每遊後宮，昭君常怨不出。後單于遣使朝賀，帝宴之，盡召後宮，昭君乃盛飾而至。帝問欲以一女賜單于，誰能行者。昭君乃越席請往。時單于使在旁，帝驚恨不及。昭君至匈奴，單于大悦。昭君恨帝始不見遇，乃作怨思之歌。單于死，子世達立，昭君謂之曰：爲胡者妻母，爲秦者更娶。世達曰：欲作胡禮。昭君乃吞藥而死。』（《世説新語·賢媛篇》劉孝標注、《文選·恨賦》注、《王明君詞》注、《藝文類聚·人部十四》、《御覽·人事部百二十四》、《樂部九》皆引之，互有異同。）《樂府詩集》（卷五十九）謂《漢書·匈奴傳》不言飲藥而死，不知《後漢書》尚有求歸未得之文。沈文起（欽韓）《漢書疏證》以昭君飲藥事乃好事者飾之，是也。大抵《琴操》所言多妄。文穎謂昭君南郡秭歸人。范蔚宗以爲南郡人。秭歸縣，漢屬南郡也。而《琴操》獨云齊國玉穰女。俞理初（正燮）《癸巳存稿》（卷七）謂或齊國田王轉徙南郡，亦附會不足取。至其字或作牆，或作檣，或作嬙。錢曉徵（大昕）《養新録》（卷二）曰：『哀元年，宿有妃嬙嬪御焉。《唐石經》嬙作牆。案《説文》無嬙字，當依《石經》爲牆。』梁曜北（玉繩）《瞥記》（卷三）説同。又附諸藹云：王牆蓋取古美人毛嬙之名，未必古無嬙字。此循俗之言，不足取也。范書言昭君字嬙，孫玉塘（璧文）《攷古録》（卷七）謂攷應劭注，昭君實名牆，《辨古録》因《左傳》妃嬙嬪御附會爲官名，而不知傳實作牆也。又昭君，晋人避諱改爲明君，後人又稱明妃。江文通《恨賦》曰：『明妃去時，仰天歎息。』楊衒之《洛陽伽藍記》（卷三）

曰：『徐月華能爲明妃出塞之曲。』皆是。○《居士集》目録原注曰：『嘉祐四年。』案：
是年永叔五十三歲，介甫三十九歲，提點江西刑獄。

胡人以鞍馬爲家，射獵爲俗。泉甘草美無常處，鳥驚獸駭爭馳逐。誰將漢女嫁胡兒，風沙無情貌如玉。身行不遇中國人，馬上自作思歸曲。推手爲琵卻手琶，胡人共聽亦咨嗟。玉顔流落死天涯，琵琶卻傳來漢家。漢宫爭按新聲譜，遺恨已深聲更苦。纖纖女手生洞房，學得琵琶不下堂。不識黄雲出塞路，豈知此聲能斷腸？姚薑塢曰：『後四句頗具唐人風趣。』方曰：『思深，無一處是恒人胸臆中所有。』又曰：『以後一層作起，誰將句逆入明妃，玉顔二句逆入琵琶，收四語又用他人逆襯，所以爲思深筆曲也。』

《漢書·晁錯傳》：錯言守邊備塞曰：『胡人食肉飲酪，衣皮毛，非有城郭田宅之歸，居如飛鳥走獸，於廣壄美草甘水則止，草盡水竭則移。此胡人之生業而中國之所以離南有晦也。』李太白《戰城南》曰：『胡人以殺戮爲耕作。』○馬上句已見題注。石季倫又有《思歸引》。《宋書·樂志》引傅玄《琵琶賦》曰：『漢遣烏孫公主嫁昆彌，念其行道思慕，故使工人裁箏築爲馬上之樂，欲從方俗語，故名曰琵琶，取其易傳於外國也。』○《釋名·釋樂器》曰：『批把本出於胡中，馬上所鼓也。推手前曰批，引手卻曰把，象其鼓時，因以爲名也。』《類聚·樂部四》引批把作琵琶。○《楚辭·招魂》曰：『姱容修態，絙洞房些。』○《公羊》襄三十年曰：『婦人夜出，不見傅母不下堂。』○出塞已見題注。薛陶臣（逢）《獵騎詩》曰：『豈知萬里黄雲戍，血迸金瘡卧鐵衣？』○顧朝陽《王昭君》詩曰：『妾死非關命，祇緣怨斷腸。』

葉少藴（夢得）《石林詩話》（卷中）曰：『毗陵張子厚善書，余嘗於其家見歐陽文忠子棐以烏絲欄絹一軸求子厚書文忠《明妃曲》兩篇、《廬山高》一篇，略云：先君平日未嘗矜大所爲文，一日被酒，語棐曰：吾詩《廬山高》今人莫能爲，唯太白能之，《明妃曲》後篇太白不能爲，唯杜子美能之，至於前篇，則子美亦不能爲，唯吾能之也。』姚薑塢曰：

『公筆力既不及前人崛奇，其長句多不可人意，且經營地上語耳。乃欲擬太白飛仙耶？』（《援鶉堂筆記》卷四十）案：宋人好爲妄説，往往託於歐、蘇，抑或叔弼推尊其父之言，想永叔不當如此之妄也。

鵯鵊詞

《爾雅·釋鳥》曰：『鷑鳩鵧鷑。』郭注曰：『小黑鳥鳴自呼，江東名爲烏鴭。』郝蘭皋《義疏》謂鵧鷑聲轉爲批頰，即批鵊鳥是也。《淮南·説林篇》作鵻札，高注曰：『秦人謂之祝祝，蠶時晨鳴。』《廣雅·釋鳥》曰：『車搗，鶽札也。』（《淮南·廣雅》札皆誤禮，並依王懷祖校改。）王氏《疏證》謂『《廣雅》之鶽札即《淮南》之鵻札矣。』《荆楚歲時記》曰：『春分日有鳥如烏，先鷄而鳴，聲如架架格格，民候此鳥則入田，以爲催人駕犂格也。』《本草綱目》（卷四十九）曰：『鵯鵊訛作批鵊鳥，三月即鳴，今俗謂之駕犂，農人以爲候，五更輒鳴，曰架架格格，至曙乃止，故滇人呼作榨油郎，亦曰鐵鸚鵡，南人呼爲鳳皇皂隸，汴人呼爲夏鷄。古有催明之鳥名喚起者，蓋即此也。其鳥大如燕，黑色，長尾有歧，頭上戴勝，所巢之處其類不得再巢，必相鬬不已。』○方植之以此詩寄思君之意，吴北江謂此乃侍從内廷不得意而思歸田里之作。以詩意及事迹攷之，則吴説是也。案：《居士集》目録原注以此詩爲嘉祐年作。攷《年譜》，嘉祐元年永叔五十歲，自至和元年母喪服闋。除舊職龍圖閣直學士，遷翰林學士，屢求外出，雖見留，頗不得意，時有歸隱田里之思。每見與梅聖俞唱和詩中，如云：江西得請在旦暮，收拾歸裝從此始。終當卷簟攜枕去，築室買田清潁尾。（有《贈端谿緑石枕蘄州竹簟奉呈原父聖俞詩》，嘉祐四年作。）又云，有田清潁間，尚可事桑麻。安得一黄犢，幅巾駕柴車？（《清明風雨三日不出因書所見呈聖俞詩》，亦嘉祐四年作。）又云，田家此樂知者誰？我獨知之歸不早。乞身當及彊健時，顧我蹉跎已衰老。（《歸田四時樂詩》）。案《〈續思潁詩〉序》引此詩云：時年五十有二。《居士集》目録以爲嘉祐三年作。）皆作於嘉祐年間，與此可以互證，方説非是。

龍樓鳳闕鬱崢嶸，深宫不聞更漏聲。紅紗蠟燭愁夜短，緑窗鵯鵊催天明。

一聲兩聲人漸起，金井轆轤聞汲水。三聲四聲促嚴妝，紅靴玉帶奉君王。萬年枝軟風露溼，上下枝間聲轉急。南衙促仗三衛列，九門放鑰千官入。重城禁籞鎖池臺，此鳥飛從何處來？君不見潁河東岸村陂闊，山禽野鳥常嘲哳。田家惟聽夏雞聲，夜夜壠頭耕曉月。可憐此樂獨吾知，眷戀君恩今白髮。

語意深婉，情韻俱佳。

《後漢書·班固傳·兩都賦》李賢注曰：『崢嶸，高峻也，崢音仕耕反，嶸音宏。』○《藝文類聚·水部下》引戴延之《西征記》曰：『太極殿上有金井金博山鹿盧，交龍負山於井上，有金師子在龍下。』吴叔庠《行路難》曰：『玉欄金井牽轆轤。』《圖畫見聞誌》（卷一）曰：『靴本胡服，趙靈王好之，制有司衣袍者宜穿皂靴。唐代宗朝令宫人侍左右者穿紅錦靿靴。』《學齋呫畢》（卷二）曰：『古有舄有履有屨而無靴，故靴字不見於經，至趙武靈王作胡服，方變履爲靴，而至今服之。本朝徽宗政、宣間，嘗變靴爲履矣。至高宗時，務反政、宣之失，仍變履爲靴。』（案《宋史·輿服志》：徽宗重和元年，詔禮制局具冠服討論以聞，其見服韡先改用履。）〇《文選》謝玄暉《直中書省》詩曰：『風動萬年枝。』李善注引《晋宫闕名》曰：『華林園有萬年樹十四株。』《泊宅編》（卷一）曰：『徽宗興畫學，嘗自試諸生，以萬年枝上太平雀爲題，無中程者。或密叩中貴，答曰：萬年枝，冬青木也。太平雀，頻伽鳥也。』何義門曰：『即《詩·山有樞》疏中所謂萬年樹，蓋檍也。』案陸元恪《毛詩疏》曰：『杻，檍也。葉似杏而尖，白色，皮正赤，爲木多曲少直，枝葉茂好。二月中葉疏，華如楝而細蘂正白。蓋此樹今官園種之，正名曰萬歲，既取名於億萬，其葉又好，故種之。』陸所説與冬青木迥乎不同，疑《泊宅編》所述中貴之言未足信也。〇《新唐書·兵志》曰：『所謂天子禁軍者，南北衙兵也。南衙，諸衛兵是也。北衙者，禁軍也。』〇促仗，《居士集》卷一，孫謙益校曰：『碑本促作捉，似重磨再刻。案《唐書·儀衛志》：三衛番上分爲五仗。又云：帶刀捉仗，列立于東西廊，號曰内仗。又云：内外諸門以排道人帶刀捉仗而立，號曰立門仗。成都、眉州、綿州、衢州、大杭本並作促，吉州本及《時賢文纂》並作捉。』步瀛案：《唐六典》（卷二十四）曰：『左右衛大將軍將軍之職，掌統帥宫庭警衛之法令，以督其屬之隊仗，而總諸曹之職務。凡親、勳、翊五中將府及折衝府所隸者，皆總制焉。親府勳一府勳二府、翊一府翊二府等五府中郎將各一人，左右郎將各一人，中郎將掌領其府校尉、旅帥、親衛、勳衛、翊衛之屬，以府衛而總其府事，左右郎將貳焉。』王伯厚《小學紺珠》（卷八）曰：『三衛：親衛（府一）、勳衛（府二）、翊衛（府二）。』〇《禮記・月令》鄭注曰：『天子九門者：路門也，應門也，雉門也，庫門也，皋門也，城門也，近郊門也，遠郊門也，關門也。』唐京師九門：南面三門：中曰明德，左曰啟夏，右曰安化。東面三門：中曰春明，北曰通化，南曰延興；西面三門：中曰金光，北曰開遠，南曰延平。皆外城門也。（見《唐六典》《長安志》及新、舊《唐書・地理志》）宋東京外城十七門，裏城十門，宫城六門，而裏城太平興國四年定名南門曰朱雀、崇明，東門曰麗景、望春，西門曰宜秋、閶闔，北門曰景龍、安遠、天波，凡九門。至祥符五年，作保康門於朱雀門東，凡十門。（見《宋史・地理志》及《玉海》卷一百七十。）此云九門者，或沿古代天子九門，或沿唐京師九門，或沿宋太平興國時九門，未能定也。○《文選》張平子《西京賦》曰：『上林禁苑。』薛注曰：『禁，禁人妄入也。』《後漢書·章帝紀》注引《漢書音義》曰：『折竹以繩懸連之，使人不得往來，謂之籞。』○永叔《〈續思潁詩〉序》曰『皇祐二年，余方留守南都，已約梅聖俞買田于潁上。其詩曰：優游琴酒逐漁釣，上下林壑相攀躋。及身彊健始爲樂，莫待衰病須扶攜。此蓋余之本志也。時年四十有四。其後丁家艱，服除還朝，遂入翰林爲學士，忽忽七八年間，歸潁之志雖未遑也，然未嘗一日少忘焉』云云。案：宋京西北路潁州治汝陰縣，今安徽阜陽縣治。《清統志》曰：『安徽潁州府：潁水自河南陳州府沈邱縣東流入，經阜陽縣北，又東南經潁上縣，東南流入淮。』○夏鷄，《居士集》原注曰：『鵯鶋，京西村人謂之夏雞。』

代贈田文初

《外集》目録原注曰：『景祐四年作。』案《居士集》（卷四十二）有《送田畫秀才寧親萬州序》，目録亦注云：『景祐四年。』序云：『文初辭業通敏，爲文敦潔可喜。歲之仲春，自荆南西拜其親於萬州，維舟夷陵，予與之登高以望遠，遂遊東山，窺緑羅溪，坐磐石。文初愛之，數日乃去。』文初，田晝字，是時永叔爲夷陵令也。序又言文初之祖從諸將西平成都，及南攻金陵，功最多。然未言爲何人。《萬姓統譜》（卷三十七）載田晝事，乃《宋史·田晝傳》事，不作晝。晝字承君，晝字文初，各有意義，不容相溷。晝乃田況從子，永叔集中有與況書及詩，但未知晝即晝易名邪，抑兄弟行邪，或字雖相似而殊不相關邪？不可考矣。此詩題爲代贈，蓋託於舟中所眷者之辭。

感君一顧重千金，贈君白璧爲妾心。舟中繡被薰香夜，春雪江頭三尺深。
西陵長官頭已白，憔悴窮愁愧相識。手持玉斝唱陽春，江上梅花落如積。
津亭送别君未悲，夢闌酒解始相思。須知巫峽聞猿處，不似荆江夜雪時。

方曰：『此詩令人腸斷，情韻真是唐人。加入中間一層更闊大。』

《文選》謝玄暉《和王主簿怨情》詩曰：『生平一顧重，宿昔千金賤。』李善注引曹子建詩曰：『一顧千金重，何必珠玉錢？』〇《説苑·善説篇》曰：『襄成君始封之日，楚大夫莊辛説之曰：君獨不聞夫鄂君子晳之汎舟於新波之中也？榜枻越人擁楫而歌，於是鄂君子晳乃揄修袂，行而擁之，舉繡被而覆之。』〇《三國·吴志·吴主傳》曰：『黄武元年，改夷陵爲西陵。』《元豐九域志》曰：『荆湖北路峽州治夷陵縣。』案：今湖北宜昌縣東南。又案《年譜》曰：『景祐三年，天章閣待制權知開封府范仲淹言事忤宰相，落職知饒州，公切責司諫高若訥，若訥以其書聞。五月戊戌，降爲峽州夷陵縣令。十月至夷陵。』西陵長官，永叔自謂也。文初至夷陵爲四年二月，是年永叔三十一歲，頭已白，特極言之耳。〇《説文》曰：『斝，玉爵也。夏曰琖，殷曰斝，周曰爵。』劉孝標《廣絶交論》曰：『霑玉斝之餘瀝。』〇宋玉《對楚王問》曰：『其爲《陽春》《白雪》，國中屬而和者，不過數十人。』〇岑參《送裴侍御入京》詩曰：『惜别津亭暮。』〇《水經·江水注》曰：『江水又東逕巫峽，歷峽東，逕新崩灘，其間首尾百六十里，謂之巫峽，蓋因山爲名也。』

自三峽七百里中，兩岸連山，略無闕處。重巖疊嶂，隱天蔽日。每至霜初晴旦，林寒澗肅，常有高猿長嘯，屬引淒異，空谷傳響，哀轉久絶。故漁者歌曰：巴東三峽巫峽長，猿鳴三聲淚沾裳。』《清統志》曰：『四川夔州府：巫山在巫山縣東。』

答謝景山遺古瓦硯歌

《外集》目録原注曰：『景祐四年。』案：永叔《與謝景山書》曰『脩頓首再拜，景山十二兄法曹：昨送馬人還，得所示書，并《古瓦硯歌》一軸，近著詩文又三軸，不勝欣喜。景山留滯州縣，行年四十，獨能異其少時儁逸之氣，就於法度，根蔕前古，作爲文章，一下其筆，遂高於人』云云。（《外集》卷十八）《詩話》曰『閩人有謝伯初者，字景山，當天聖、景祐之間，以詩知名。余謫夷陵時，景山方爲許州法曹，以長韻見寄，頗多佳句』云云。是景山名伯初，《萬姓統譜》（卷一百五）曰：『謝伯景字景山，晉江人。天聖二年進士。』伯景之景字蓋誤。（近人作《人名大辭典》亦沿其誤）○《硯箋》（卷三）曰：『瓦出銅雀臺多斷折，間有全者，煮以歷青，發墨可用，好事者愛其古。』又曰：『銅雀瓦澄胡桃油埏，與衆瓦異。』

火數四百炎靈銷，誰其代者當塗高。窮姦極酷不易取，始知文景基扃牢。坐揮長喙啄天下，豪傑競起如蝟毛。董呂傕汜相繼死，紹術權備爭咆咻。力彊者勝怯者敗，豈較才德爲功勞？然猶到手不敢取，而使螟蝗生蝮蝻。子丕當初不自恥，敢謂舜禹傳之堯。得之以此失以此，誰知三馬食一槽？當其盛時爭意氣，叱咤靁雹生風飆。干戈戰罷數功閥，周蔑方召堯無皋。英雄致酒奉高會，巍然銅雀高岧岧。圓歌宛轉激清徵，妙舞左右回纖腰。一朝西陵看拱木，寂寞繐帳空蕭蕭。當時凄涼已可歎，而況後世悲前朝。高臺已傾漸平地，此瓦一墜埋蓬蒿。苔文半滅荒土蝕，戰血曾經野火燒。敗皮敝網各有用，誰使鐫鑱成凸凹？以上瓦硯之由來。○方曰：『起段從源頭説起，夾敘夾議，高臺二句逆入。』景山筆力若牛弩，句遒語老能揮毫。嗟予奪得何所用，簿領朱墨徒紛淆。走官南北未嘗捨，緹襲三四勤緘包。有時屬思欲飛灑，意緒軋軋難抽繰。舟行屢備水神奪，往往冥晦遭風濤。質頑物久有精怪，常恐變化成靈妖。名都所至必傳玩，愛之不換魯寶刀。長歌送我怪且偉，欲報慚愧無瓊瑤。以上謝其餽贈。○方曰：『舟行四句學韓之奇。』○吴曰：『此首頗有瑰瑋奇致，聲調亦響，但稍繁耳。』

《漢書·高帝紀贊》曰：『漢承堯運，協於火德。』《後漢書·光武帝紀贊》曰：『炎正中微，大盜移國。』又曰：『光武誕命，靈貺自甄。』《獻帝紀贊》曰：『終我四百，永作虞賓。』章懷注引《春秋演孔圖》曰：『劉四百歲之際，褒漢王輔皇王以期有名不就。』案：前漢自高帝元年至平帝五年，傳十二世，共二百十二年，爲王莽所篡。後漢自光武建武元年至獻帝建安二十五年，傳十二世，共一百九十六年，爲曹丕所篡。凡四百有八年。○

《魏志·文帝紀》裴注曰：『太史丞許芝條魏代漢，見讖緯於魏王曰：《春秋佐助期》曰：漢以許昌失天下。故白馬令李雲上事曰：許昌氣見於當塗高。當塗高者，昌於許。當塗高者，魏也；象魏者，兩觀闕是也。當道而高，大者魏，魏當代漢。今魏基昌於許，漢徵絕於許，乃今效見如李雲之言許昌相應也。』○《漢書·景帝紀贊》曰：『漢興，掃除煩苛，與民休息，至于孝文，加之以恭儉，孝景遵業，五六十載之間，至於移風易俗，黎民醇厚。周云成、康，漢言文、景，美矣。』鮑明遠《蕪城賦》曰：『觀基扃之固護。』○《漢書·賈誼傳》：誼復上疏曰：『高皇帝瓜分天下，以王功臣，反者如蝟毛而起。』○《後漢書·靈帝紀》曰：『中平六年夏四月丙辰，帝崩于南宮嘉德殿。戊子，皇子辯即皇帝位，改元爲光熹。九月甲戌，董卓廢帝爲弘農王。』《獻帝紀》曰：『九月甲戌，即皇帝位。初平元年春正月癸酉，董卓殺弘農王。三年夏四月辛巳，誅董卓，夷三族。五月，董卓部曲將李傕、郭汜等反。六月戊午，陷長安城，殺司空王允。興平元年二月，李傕與郭汜相攻。三月，李傕脅帝幸其營，攻宮室。建安二年春，袁術自稱天子。三月，袁紹自爲大將軍。三年，討李傕，夷三族。吕布叛。十二月癸酉，曹操擊吕布於徐州，斬之。五年九月，曹操與袁紹戰于官渡，紹敗走。是歲孫策死，弟權襲其餘業。十九年，劉備破劉璋，據益州。』〇《詩·蕩》曰：『女炰烋于中國。』鄭箋曰：『炰烋自矜氣健之貌。』《文選·魏都賦》曰：『吞滅咆烋。』劉淵林注曰：『咆烋猶咆哮也。』《集韻》五爻：烋咻並出，曰虚交切，或从口。〇《吕氏春秋·不屈篇》曰：『蝗螟農夫得而殺之，奚故？爲其害稼也。』高注曰：『蝗，螽也。食心曰螟，食葉曰螣。今兖州謂蝗曰螣。』〇《爾雅·釋蟲》曰：『蝝，蝮蜪。』郭注曰：『蝗子未有翅者。』〇《魏志·文帝紀》：『漢帝使兼御史大夫張音持節奉璽綬禪位，册曰：咨爾魏王，昔者帝堯禪位於虞舜，舜亦以命禹。天命不于常，惟歸有德。今王欽承前緒，光于乃德，僉曰爾度克協于虞舜，用率我唐典，敬遜爾位。』裴注引《魏氏春秋》曰：『帝升壇，禮畢，顧謂羣臣曰：舜、禹之事吾知之矣。』〇《晋書·宣帝紀》曰：『魏武嘗夢三馬同食一槽，甚惡焉。』〇《史記·功臣年表》曰：『用力曰功，明其等曰伐，積日曰閱。』〇《詩·采芑》曰：『方叔元老。』《江漢》

曰：『王命召虎。』《魏志·徐晃傳》注引《魏書》：文帝封朱靈爲鄃侯，詔曰：『威過方、邵。』○《藝文類聚·祥瑞部》引《春秋元命苞》曰：『堯爲天子，季秋下旬夢白虎遺吾馬喙子。（《御覽·時序部九》引馬作鳥。）其母曰扶始，升高丘，睹白虎，上有雲感己，生皋陶，索扶始問之，如堯言，明於刑法，罪次終始，故立皋陶爲大理。』○《魏志·武帝紀》曰：『建安十五年冬，作銅雀臺。』《水經·濁漳水注》曰：『漢高帝十二年，置魏郡，治鄴縣。魏武又以郡國之舊，引漳流自城西東入逕銅雀臺下。』《文選·魏都賦》李注曰：『銅爵園西有三臺，中央有銅爵臺，南則金虎臺，北則冰井臺。』《清統志》曰：『河南彰德府：三臺在臨漳縣西南鄴城内西北隅。』○《韓非子·十過篇》曰：『清商固最悲乎？師曠曰：不如清徵。』○陸士衡《弔魏武帝文》引《魏武遺令》曰：『吾婕妤妓人皆著銅雀臺，於臺堂之上施八尺牀繐帳，朝晡上脯糒之屬。月朝十五日，輒向帳作妓。汝等時時登銅雀臺望吾西陵墓田。』謝玄暉《銅雀臺同謝諮議賦》曰：『繐帷飄井幹，樽酒若平生。鬱鬱西陵樹，詎聞歌吹聲？』江文通《恨賦》曰：『拱木斂魂。』○《説苑·善説篇》：

『雍門子周曰：高臺既以壞，曲池既以漸。』○韓退之《進學解》曰：『敗鼓之皮。』○《後漢書·宦者傳》曰：『蔡倫造意，用樹膚麻頭及敝布魚網以爲紙，天下咸稱蔡侯紙。』○《廣韻·十一没》曰：『凸，出貌，陀骨切。』《三十一洽》曰：『凹，下也，烏洽切。』《集韻》五爻曰：『凹，窊也，於交切。』○李義山《贈四同舍》詩曰：『狂來筆力如牛弩。』○劉公幹《雜詩》曰：『沈迷簿領書。』○《周書·蘇綽傳》曰：『綽始制文案程式，朱出墨入，及計賬戶籍之法。』○《藝文類聚·地部》引《闕子》曰：『宋之愚人得燕石於梧臺之東，歸而藏之以爲寶。周客聞而觀焉，主人齋七日，端冕玄服以發寶，革匱十重，緹巾十襲。客見之掩口而笑曰：此特燕石也，其與瓦甓不殊。』○《文選·文賦》曰：『思乙乙其若抽。』李善注曰：『乙，難出之貌，音軋。』○舟行二句，隱用澹臺子羽事。○《穀梁》僖元年曰：『孟勞者，魯之寶刀也。』○《詩·木瓜》曰：『報之以瓊瑤。』

王介甫（安石）（三首）

方植之曰：『王半山用意深，用筆布置逆順深，章法疏密伸縮裁翦，有闊達之境，眼孔心胸大，不迫狹淺陋易盡。如此乃爲作家，而用字取材造句可法。』又曰：『荆公健拔奇氣勝六一，而深韻不及，兩人分得韓一體也。』

純甫出釋惠崇畫要予作詩

李雁湖（壁）《王荆文公詩注》曰：『純甫，公季弟也，名安上。』顧震滄（棟高）《王荆公年譜》曰：『父諱益，子七人：長安仁，字常甫。次安道，字勤甫。次即公。次安國，字平甫。次安世，字某。次安禮，字和甫。次安上，字純甫。』（《宋史・王安石傳》言安國安禮之弟，安禮紹聖二年卒，年六十二，當生于景祐元年甲戌。王介甫《平甫墓誌》言年止於四十七，以熙寧七年卒，當生于天聖六年戊辰，長於安禮且七歲，《宋史》誤矣。此依曾子固《尚書都官員外郎王公墓誌》之次是也。）○《圖畫見聞誌》（卷四）曰：『建陽僧慧崇工畫鵞雁鷺鷥，尤工小景，善爲寒江遠渚，蕭灑虛曠之象，人所難到也。』案：慧、惠字通。

畫史紛紛何足數？惠崇晚出吾最許。旱雲六月漲林莽，移我翛然墮洲渚。黃蘆低摧雪翳土，鳧雁靜立將儔侶。往時所歷今在眼，沙平水澹西江浦。暮氣沈舟暗魚罟，敧眠嘔軋如鳴櫓。頗疑道人三昧力，異域山川能斷取。方諸承水調幻藥，灑落生綃變寒暑。金坡巨然山數堵，粉墨空多真漫與。濠梁崔白亦善畫，曾見桃花淨初吐。酒酣弄筆起春風，便恐飄零作紅雨。流鶯探枝婉欲語，蜜蜂掇蘂隨翅股。一時二子皆絶藝，裘馬穿羸久羈旅。華堂豈惜萬黃金？苦道今人不如古。方曰：『起二句正點，以一句跌襯，旱雲四句接寫畫，卻深思沈著曲折奇險如此。往時四句又出一層，而先將此句冠之，與《孟子》無若宋人然句法同。沙平以下正昔所歷也。頗疑二句逆捲，筆力何等奇險！方諸二句敘耳，亦險怪不平如此。金坡二句一襯，濠梁六句一襯，一時以下賓主雙收作感慨結，通篇用全力千錘百鍊，無一字一筆懈，如挽百鈞之弩，此可藥世之粗才。』

《莊子·田子方篇》曰：『宋元君將畫圖，衆史皆至。』○李注曰：『崇非特善畫，又工詩，今十僧詩集，崇其一也。』○方植之曰：『雪，蘆花也。』○李曰：『李義山詩：湖光不受月，暮氣欲沈山。』（案：今李義山《戲贈張祕書》詩，湖作池，暮作野。）○薛陶臣《潼關河亭》詩曰：『櫓聲嘔軋中流渡。』○《智度論》曰：『得道者名曰道人。』《金剛經》曰：『佛說我得無諍三昧，人中最爲第一。』《維摩詰所說經·不思議品》曰：『又舍利弗住不可思議，解脱菩薩斷取三千大千世界，如陶家輪著右掌中，擲過恒沙世界之外，其中衆生不覺，不知己之所往，又復還置本處，都不使人有往來想，而此世界本相如故。』○《周禮·秋官·司烜氏》：『以鑒取明水於月。』鄭注曰：『鑒，鏡屬取水者，世謂之方諸。』《淮南子·天文篇》曰：『方諸見月則津而爲水。』高注曰：『方諸，陰燧大蛤也。熟摩令熱，月盛時以向月下，則水生，以銅盤受之，下水數滴，先師說然也。』《華嚴經音義上》引許注曰：『方諸，五石之精，作圓器似杯，仰月則得水也。』《御覽·天部四》引許注曰：『諸，珠也。方，石也。以銅盤受之下水數升。』又《地部二十三》引《淮南·萬畢術》曰：『方諸取水，方諸形若杯，無耳，以五石合冶，以十二月壬子夜半作之，以承水即來。』與許注合。《楞嚴經》（卷三）曰：『諸大幻師求大陰精，用和幻藥。是諸師等，於白月晝，手執方諸，承月中水。』〇李曰：『江南中主時，建業僧巨然祖述董源筆法，尤工秋嵐遠景，不爲奇峭，源及巨然畫筆皆宜遠觀，其筆甚草草，近視之幾不類物象，遠觀則景物粲然，幽情遠思，如覩異境。』又曰：『《金坡遺事》：玉堂後北壁兩堵董羽畫水，正北一壁吴僧巨然畫山水，皆有遠思，一時絶筆也。有二小壁畫松，亦奇妙。』又曰：『據《畫譜》言：巨然用筆甚草草，此可見其真趣，不應有粉墨空多之譏。反覆詩意，本謂巨然畫格甚高，而拙工事彩繪者乃爲世俗所與也。』步瀛案：李解漫與，非也。漫與就畫者言，謂巨然山只數堵，筆墨自高，俗工粉墨空多，真乃漫然與之耳。杜子美《江上值水如海勢》詩曰：老去詩篇渾漫與，是也。此又以巨然襯惠崇，言惠崇之畫與巨然畫山皆有遠思，他人粉墨雖多，真漫與耳。李又曰：『按唐制，翰林院在右銀臺門內。開元時又置學士院，在翰林院之南，始改供奉爲學士。至德後隨上所在而遷，駕在大內，則明福門置院，駕在興慶宮，則金明門內置院，德宗時又移院於金鑾坡上，今詩云金坡本此。』○《圖畫見聞誌》（卷四）曰：『崔白字子西，濠梁人。工畫花竹翎毛，體製清贍。雖以敗荷鳧雁得名，然於佛道鬼神山林人獸無不精絶。熙寧初，命白與艾宣、丁貺、葛守昌畫垂拱殿御扆，鶴竹各一扇，而白爲首出。』○二子，惠崇、崔白也。○李長吉《將進酒》曰：『桃花亂落如紅雨。』○豈，李注本作直。

明妃曲（二首録一）

明妃初出漢宮時，淚溼春風鬢腳垂。低徊顧影無顔色，尚得君王不自持。歸來卻怪丹青手，入眼平生幾曾有？意態由來畫不成，當時枉殺毛延壽。託意甚高，非徒以翻案爲能。一去心知更不歸，可憐著盡漢宮衣。寄聲欲問塞南事，只有年年鴻雁飛。家人萬里傳消息，好在氈城莫相憶。君不見咫尺長門閉阿嬌，人生失意無南北！吳北江曰：『矜鍊深雅，殆勝歐作。』

沈休文《十詠・領邊繡》曰：『聊承雲鬢垂。』白樂天《王昭君》詩曰：『滿面胡沙滿鬢風。』○畫工已見歐詩注。《西京雜記》又曰：『畫工有杜陵毛延壽，爲人形，醜好老少必得其真。安陵陳敞、新豐劉白、龔寬並工爲牛馬飛鳥，亦肖人形好醜，不逮毛延壽。下杜陽望亦善畫，尤善布色，樊育亦善布色，同日棄市。京師畫工於是殆稀。』《日知録》（卷二十五）曰：『畫工之圖后宮，乃平日而非匈奴求美人時。且毛延壽特衆中之一人，又其得罪以受賂，而不獨以昭君也。後來詩人謂匈奴求美人乃使畫工圖形，而又但指毛延壽一人，且没其受賂事，失之矣。』步瀛案：介甫此詩却無此失。○《漢書・蘇武傳》曰：『常惠教使者謂單于，言天子射上林中得雁，足有繫帛書，言武等在某澤中。』石季倫《王明君》詞曰：『願假飛鴻翼，乘之以南征。』盧昇之《王昭君》詩曰：『願逐三秋雁，年年一度歸。』○《漢書・西域傳》：公主作歌曰：『穹廬爲室兮旃爲牆。』案：旃與氈同。張文和《送和蕃公主》詩曰：『氈城南望無迴日。』○《漢書・外戚傳》曰：『孝武陳皇后，長公主嫖女也。擅寵驕貴十餘年而無子，又挾婦人媚道，頗覺，罷退居長門宮。』方曰：『此等題各有寄託，借題立論，太白只言其乏黄金，乃自歎也。公此詩言失意不在近君，近君而不爲國士之知，猶泥塗也。六一則言天下至妙，非悠悠者能知，以自喻其懷，非俗衆可知。』

案：永叔、介甫《明妃曲》皆有二篇（永叔再和《明妃曲》亦未録），所録者皆前篇也。叔弼託永叔之言，謂杜子美亦不能爲，固爲過情之譽。黄山谷跋介甫此篇，謂可與李翰林、王右丞並驅爭先，亦不免溢美。平心而論，實皆不失爲佳構。永叔《再和明妃曲》云：耳目所及尚如此，萬里安能制夷狄？議論既庸腐，詞亦質直少味。介甫後篇云：漢恩自淺胡自深，人生樂在相知心。持論乖戾。范元長（沖）對高宗論此詩，直斥爲壞人心術，無父無君。（李注引）雖不免深文周内，然亦物腐蟲生，偏激之論有以致之。蔡元鳳（上翔）《王荆公年譜考略》（卷七）雖多方辯護，然不能揜其疵也。李雁湖曰：『詩人務一時爲新奇，求出前人所未道，而不知其言之失也。』可謂持平之論已。

送程公闢守洪州

《宋史·循吏傳》曰：『程師孟，字公闢，吴人。進士甲科，累知南康軍、楚州，提點夔路刑獄，徙河東路，爲度支判官，知洪州。』李注曰：『公闢入爲三司判官，刑部郎中，出知洪州，時嘉祐七年五月。』《太平寰宇記》曰：『江南西路洪州：漢爲豫章郡。』《元豐九域志》曰：『江南西路洪州豫章郡：鎮南軍節度，治南昌、新建二縣。』案：即今江西南昌、新建二縣。○李注本守洪州作之豫章。

畫船插幟搖秋光，鳴鐃伐鼓水洋洋。豫章太守吴郡郎，行指斗牛先過鄉。先敘公闢至吴。鄉人出郭航酒漿，炰鼈鱠魚炊稻粱。芡頭肥大菱腰長，醽醻喧呼坐滿牀。怪君三年滯瞿塘，又驅傳馬登太行。纓旄脱盡歸大梁，飜然出走天南疆。九江左投貢與章，揚瀾吹漂浩無旁。老蛟戲水風助狂，盤渦忽坼千丈强。君聞此語悲慨慷，以上送者慮赴洪水程之險。迎吏乃前持一觴。鄙州歷選多儁良，鎮撫時有諸侯王。拂天高閣朱鳥翔，西山蟠繞鱗鬣蒼。下視城塹真金湯，雄樓傑屋鬱相望。中戶尚有千金藏，漂田種秔出穰穰。沈檀珠犀雜萬商，大舟如山起牙檣。輸瀉交廣流荊揚，輕裾利屣列名倡。春風踏謡能斷腸，平湖灣塢煙渺茫。樹石珍怪花草香，幽處往往聞笙簧。地靈人傑古所臧，勝兵可使酒可嘗。十州將吏隨低昂，談笑指麾回雨暘。非君才高力方剛，豈得跨有此一方？無爲聽客欲霑裳。以上託爲迎吏之詞，見洪州大可有爲。使君謝吏趣治裝，我行樂矣未渠央。以勸勉作結。○方曰：『本意作夸美詞，嫌淺俗酬應氣無味，故託爲吏詞以爲曲折。』又曰：『一賓一主，《解嘲》《客難》之局，而用之於贈人，皆避淺俗平直也。足以爲式。』

梁簡文帝《〈南郊頌〉序》曰：『鳴鐃韻響。』○《詩·采芑》曰：『鉦人伐鼓。』案：《臨川集》伐作傳。○李注曰：『公闢，吴人，故稱吴郡郎。』○《漢書·地理志》曰：『吴地，斗分壄也。今之會稽、九江、丹陽、豫章、廬江、廣陵、六安、臨淮郡，盡吴分也。』《晋書·天文志》上載州郡躔次曰：『斗牽牛須女，吴、越、揚州、豫章入斗十度。』王子安《秋日登洪府滕王閣餞别序》曰：『龍光射牛斗之墟。』○《詩·六月》曰：『炰鱉膾鯉。』○《吕氏春秋·恃君篇》曰：『夏日則食菱芡。』《説文》曰：『芡，鷄頭也。』《證類本草》（卷二十三）引《圖經》曰：『鷄頭實生水澤中，葉大如荷，皺而有刺，花下結實，其形類鷄頭，故以名之。』○《説文》曰：『蔆，芰也。』案：字亦作菱。《證類本草》（卷二十三）引《圖經》曰：『芰，菱實也。葉浮水上，花黄白色，花落而實生，漸向水中乃熟。實有二種，一種四角，一種兩角，兩角中又有嫩皮而紫色者，謂之浮菱，食之尤美。』（《酉陽雜俎》卷十九引《武陵記》謂四角三角曰芰，兩角曰蔆。《廣雅·釋草疏證》王伯申斥其妄爲分别。）○韓退之《陸渾山火》詩曰：『熙熙釂醻笑語言。』案：此謂爲夔州路提點刑獄時。《宋史·循吏傳》曰：『瀘戎數犯渝州邊，使者治所在萬州，相去遠，有警率浹日乃至，師孟奏徙於渝。夔部無常平粟，建請置倉，適凶歲，振民不足，即矯發他儲，不俟報。吏懼，白不可。師孟曰：必俟報，饑者盡死矣。竟發之。』○《禮記・玉藻》曰：『士曰傳遽之臣。』鄭注曰：『傳遽以車馬給使者也。』○《太平寰宇記》曰：『河東道澤州晋城縣：太行山在縣南三十六里。河北道懷州河内縣：太行山在縣北二十五里。』案：太行古稱爲天下之脊，起河南濟源縣，入山西晋城縣，迤而東北，跨陵川、壺關、平順、潞城、黎城、武鄉、遼縣、和順、平定、昔陽，河南之汲縣、武安，河北之井陘，獲鹿諸縣界中皆有太行山，延袤千餘里焉。此詩云登太行，蓋指從河東而言也。○《漢書・蘇武傳》曰：『武仗漢節，卧起操持，節旄盡落。』○《寰宇記》曰：『河南道開封府(原注曰：『今理開封、浚儀二縣。』案：金改浚儀曰祥符，明併開封於祥符，民國初改祥符曰開封。)：戰國時爲魏都。《史記》云：魏惠王自安邑徙都大梁。(《魏世家》)即今西面浚儀縣故城是也。』(在今開封縣西北。)《水經・贛水篇》曰：『贛水出豫章南野縣西，北過贛縣東。』酈注曰：『劉澄之曰：縣東有章水，西有貢水，縣治二水之間，合贛字，因以名縣焉，是爲謬也。劉氏專以字説水，而不知遠失其實矣。』案《太平寰宇記》曰：『江南西道虔州：貢水源出雩都縣新樂山，從東南流入縣界，經州西北流八十里至縣郭東北二十里，與章水合流。章水源出大庾縣界聶都山，從南康縣東北流合西扶、良熱等水，流三十里入縣郭，與貢水合焉。』引《虔州圖經》曰：『章、貢二水合流爲贛，其間置邑，因爲贛縣。』與劉説合。酈善長駁之，非也。《清統志》曰：『江西贛州府：贛水在贛縣，章、貢二水於此合流。』○王文考《魯靈光殿賦》曰：『朱鳥舒翼以峙衡。』○李曰：『諸侯王謂滕王，本朝太宗第六子元僎，亦嘗爲鎮南節度、洪州管内觀察處置等使。』○李曰：『柳子厚《馬退山茅亭記》：是山崒然起於莽蒼之中，亘數百里，尾蟠荒陬，首注大溪，亦言鱗鬣之類。』○李曰：『《蒯通傳》：皆爲金城湯池。（《漢書》）洪州州城之西爲大江，大江之外爲西山，西山特高，雖隔江，下視州城如金湯。』○李曰：『杜牧《鍾陵》詩：垂樓萬幕青雲合。可見其盛。』○漂田殆即葑田也。《農書》（卷上）曰：『若深水藪澤則有葑田，以木縛爲田坵，浮繫水面，以葑泥附木架上而種藝之，其木架田坵隨水高下浮泛，自不洴溺。』○《御覽·香部二》引《竺法真登羅山疏》曰：『旃擅出外國，辛芳酷烈，乃白檀香。』又引《古今注》曰：『紫旃木出扶南林邑，色紫赤，亦謂紫檀也。』（今本《古今注》卷下無林邑字、赤字。）又引《南州異物志》曰：『沈水香出日南，欲取當先斫欀樹着地，積久外皮朽爛，其心至堅者置水則沈，名沈香。』○《後漢書·馬援傳》曰：『初援在交阯，常餌薏苡實，軍還載之一車，時人以爲皆明珠文犀。』○杜子美《城西陂泛舟》詩曰：『春風自信牙檣動。』○《古詩爲焦仲卿妻作》曰：『交、廣市鮭珍。』案：交州，後漢置，三國吴分立廣州，而徙交州治龍編縣。五代時自立爲國。宋初内附，封交趾郡王，孝宗時封爲安南國王。宋廣南路廣州治南海、番禺二縣。（今南海縣移治佛山。）○《禹貢》曰：『荆及衡陽惟荆州。』又曰：『淮海惟揚州。』○《史記·貨殖傳》曰：『趙女鄭姬揄長袂，躡利屣。』○李曰：『踏謡，踏歌也。』案：《樂府詩集》（卷八十二）有崔液、謝偃、張説《踏歌詞》，劉禹錫《踏歌行》。○《世説新語·捷悟篇》注引《南徐州記》曰：『徐州人多勁悍，號精兵，故桓温常曰：京口酒可飲，箕可用，兵可使。』○王子安

《秋日登洪州滕王閣餞別序》曰：『人傑地靈，徐孺下陳蕃之榻。』○《元豐九域志》：江南西路州六（洪、虔、吉、袁、撫、筠），軍四（興國、南安、臨江、建昌）。詩曰十州，蓋統州軍而言。○杜子美《奉寄章十侍御》詩曰：『指揮能事迴天地。』○《書·洪範》曰：『曰雨曰暘。』○《齊策四》曰：『於是約車治裝。』《史記·曹相國世家》曰：『參告舍人趣治行。』○《詩·庭燎》鄭箋曰：『夜未央猶言夜未渠央也。』《離騷》王注曰：『央，盡也。』

蘇子瞻（軾）（二十首）

王阮亭曰：『蘇文忠七言長句之妙，自子美、退之後，一人而已。』姚南青曰：『東坡詩詞意天得，常語快句，乘雲馭風如不經慮而出之也。凄澹豪麗，並臻妙詣。至於神來氣來，如導師説無上妙諦，如飛天仙人下視塵界。』方植之曰：『坡公之詩，每於終篇之外恒有遠景，匪人所測，於篇中又各有不測之遠境，其一段忽從天外插來，爲尋常胸臆中所無有，不似山谷僅能句上求遠也。』吴北江曰：『恣意揮斥而機趣横生，由其才力超絶，故爾横溢爲奇。昔人評蘇詩以爲天馬行空，最得其似。』

辛丑十一月十九日既與子由別於鄭州西門之外馬上賦詩一篇寄之

王注引趙彥材（次公）曰：『是歲仁宗皇帝嘉祐六年也。先生生於丙子，時年二十六，以《潁濱遺老傳》（子由自傳）考之，先生與子由俱以賢科中第，尋除簽書鳳翔判官，子由除商州推官。以策訐直忤時政，告未即下，而先生先赴。時老泉被命修禮書，留京師，先生既當赴官，子由送至鄭州而還京師，侍老泉之側也。』

案《元豐九域志》：京西北路鄭州滎陽郡治管城縣。即今河南鄭縣治。

不飲胡爲醉兀兀？吳摯甫先生曰：『突兀。』此心已逐歸鞍發。歸人猶自念庭闈，今我何以慰寂寞？登高回首坡隴隔，惟見烏帽出復沒。紀曉嵐曰：『妙寫難狀之景。』苦寒念爾衣裘薄，獨騎瘦馬踏殘月。路人行歌居人樂，僮僕怪我苦悽惻。亦知人生要有別，吳先生曰：『頓挫。』但恐歲月去飄忽。寒燈相對記疇昔，夜雨何時聽蕭瑟？紀曰：『收筆又繞一波，高手總不使直筆。』君知此意不可忘，愼勿苦愛高官職。吴先生曰：『筆筆突兀而起，此奇氣也。』

白樂天《對酒》詩曰：『所以劉阮輩，終年醉兀兀。』○趙彦材曰：『歸人指子由。』○杜子美《九日》詩曰：『爲客裁烏帽。』○白樂天《答張籍》詩曰：『憐君馬瘦衣裘薄。』○《禮記・檀弓上》：『予疇昔之夜。』鄭注曰：『疇，發聲也。』○子瞻自注曰：『嘗有夜雨對牀之言，故云爾。』王注曰：『韋蘇州《與元常全真二生》詩：那知風雨夜，復此對牀眠？次公曰：子由與先生在懷遠驛，常讀韋詩至此句，惻然感之。乃相約早退，共爲閒居之樂。正在京師同侍老泉時近事。故今詩及之。其後子由與先生於彭城相會，作三小詩。其一曰：逍遥堂後千尋木，長送中宵風雨聲。誤喜對牀尋舊約，不知漂泊在彭城。至先生《在東府雨中作示子由》詩有曰：對牀空悠悠，夜雨今蕭瑟。蓋皆感歎追舊之言也。』（《王直方詩話》又舉子由使虜，在神水館賦詩云：夜雨從來對榻眠，茲行萬里隔胡天。東坡在御史獄有云：他年夜雨獨傷神。其《同轉對》有云：對牀貪聽連宵雨。又云：對牀欲作連夜雨。又云：對牀老兄弟，夜雨鳴竹屋。見《苕溪漁隱叢話前集》卷三十八。）許彥周《詩話》曰：『燕燕于飛，差池其羽。之子于歸，遠送于野。瞻望弗及，泣涕如雨。（《詩序》曰：燕燕，莊姜送歸妾也。）此真可泣鬼神矣。張子野長短句云：眼力不如人，遠上溪橋去。東坡《送子由》詩云：登高回首坡隴隔，惟見烏帽出復沒。皆遠紹其意。』

石鼓歌 鳳翔八觀之一

冬十二月歲辛丑，我初從政見魯叟。舊聞石鼓今見之，文字鬱律蛟蛇走。
細觀初以指畫肚，欲讀嗟如箝在口。韓公好古生已遲，我今況又百年後。
强尋偏旁推點畫，時得一二遺八九。我車既攻馬亦同，其魚維鱮貫之柳。
古器縱橫猶識鼎，眾星錯落僅名斗。模糊半已似瘢胝，詰曲猶能辨跟肘。
娟娟缺月隱雲霧，濯濯嘉禾秀稂莠。漂流百戰偶然存，獨立千載誰與友？

上追軒頡相唯諾，下揖冰斯同鷇㝅。吴北江曰：『以是初見石鼓。』憶昔周宣歌鴻雁，當時籀史變蝌蚪。厭亂人方思聖賢，中興天爲生耆耉。東征徐虜闞虓虎，北伏犬戎隨指嗾。象胥雜沓貢狼鹿，方召聯翩賜圭卣。遂因鼓鼙思將帥，豈爲考擊煩矇瞍。何人作頌比《崧高》？萬古斯文齊《岣嶁》。勳勞至大不矜伐，文武未遠猶忠厚。欲尋年歲無甲乙，豈有名字記誰某？吴曰：『以上追溯原委。』自從周衰更七國，竟使秦人有九有。掃除詩書誦法律，投棄俎豆陳鞭杻。當年何人佐祖龍？上蔡公子牽黄狗。登山刻石頌功烈，後者無繼前無偶。皆云皇帝巡四國，烹滅彊暴救黔首。六經既已委灰塵，此鼓亦當遭擊掊。傳聞九鼎淪泗上，欲使萬夫沈水取。暴君縱欲窮人力，神物義不污秦垢。是時石鼓何處避？無乃天工令鬼守。興亡百變物自閒，富貴一朝名不朽。細思物理坐歎息，人生安得如汝壽？吳曰：『以上以秦皇刻石陪説，而嘉其不爲暴秦所污。』○姚姬傳曰：『渾轉瀏亮，酣恣淋漓。』吳曰：『此蘇詩之極整練者。句句排偶，而俊逸之氣自不可掩，所以爲難。』

王見大（文誥）《蘇詩總案》（卷三）曰：『嘉祐六年辛丑十二月十四日，到鳳翔府簽判任。十六日謁文宣王廟，歷觀岐陽石鼓。』○趙彦材曰：『魯叟指言孔子。李白《贈裴十七》詩云：魯叟悲匏瓜，石鼓時在孔子廟。』張平子《西京賦》曰：『隱轔鬱律。』五臣注：呂延濟曰：『皆險曲貌。』○王注引程季長（縯）曰：『虞世南學書，嘗於被下以指畫肚。』案張懷瓘《書斷》（卷三）曰：『王紹宗與人書云：吳中陸大夫將余此虞七，聞虞眠布被中，恒手畫腹皮，與余正同也。』○《説文·竹部》曰：『箝，籋也。』韓退之《苦寒》詩曰：『口角如銜箝。』趙曰：『箝在口，以言讀之難也。』○韓公好古句見《石鼓歌》。○馮星實《合注》引景德（四年）修《廣韻》敕曰：『偏旁由是差譌。』又引王右軍《題衛夫人筆陣圖後》（《法書要録》卷一）曰：『但得其點畫爾。』○我車二句下子瞻自注曰：『其詞云：我車既攻，我馬既同。又云：其魚維何？維鱮維鯉。何以貫之？維楊與柳。惟此六句可讀，餘多不可通。』○眾星句，趙曰：『以言眾字不可識，而獨識六句，若古器中之鼎，眾星中之斗耳。』○《説文》曰：『瘢，痍也。』又曰：『胝，腄也。』又曰：『跟，足踵也。』又曰：『肘，臂節也。』趙曰：『言字中之漫滅缺損者，如瘡痏之瘢痕，手間之胼胝，與夫形體不全，但餘足跟臂肘者耳。』○《尚書》序曰：『周公作《嘉禾》。』《詩·大田》曰：『不稂不莠。』毛傳曰：『稂，童粱也。莠，似苗也。』《説文》曰：『蓈，禾粟之莠生而不成者（依段校）謂之童蓈。』重文作稂，又曰：『禾粟下揚生莠。』是稂爲莠之未成者，莠則已成者，是禾粟間一種相似之草也。又狼尾草謂之莨，狗尾草謂之莠，與禾中稂莠異。○趙曰：『又以言字之見存者，如雲霧中之缺月，稂莠間之嘉禾也。』○王注引程季長曰：『軒，軒轅也。頡，蒼頡也。斯，李斯也。冰，李陽冰也。頡爲黃帝史，因觀鳥跡始作書契，古文是也。秦相李斯取籀文或頗省改，謂之小篆。諸山刻石、荆玉璽文及銅人銘皆斯所書，唐李陽冰獨得斯用筆意。』○《爾雅·釋鳥》曰：『生哺鷇。』郭注曰：『鳥子須母食之。』《説文》曰：『鷇，鳥子生哺者。』大徐音口豆切。又曰：『㝅，乳也。』（段注曰：『謂既生而乳哺之也。』）《玉篇》音奴豆切。○《詩序》曰：『鴻雁，美宣王也。萬民離散，不安其居，而能勞來還定安集之，至於矜寡無不得其所焉。』○《漢書·藝文志》：小學家有《史籀》十五篇。原注曰：『周宣王太史作《大篆》十五篇，建武時亡六篇矣。』許叔重《説文解字敘》曰：『宣王太史籀著《大篆》十五篇，與古文或異。』○《詩序》曰：『烝民，尹吉甫美宣王也。任賢使能，周室中興焉。』○《詩·常武》曰：『進厥虎臣，闞如虓虎。』又曰：『濯征徐國。』○趙曰：『案《國語》（《周語上》）：穆公將征犬戎，祭公謀父諫不聽。而《詩》載宣王北伐，則曰北伐玁狁（《六月》）而已。嗾，蘇后切，使犬之聲也。《左傳》載晉靈公欲殺趙盾，曰：嗾夫獒焉。』案：見宣二年。又《史記·蕭相國世家》：『上曰：夫獵追殺獸兔者狗也，而發蹤指示獸處者人也。』○《周禮·秋官》：象胥之職曰：『掌蠻夷閩貉戎狄之國，使掌傳王之言而論説焉，以和親之。』《周語上》曰：『穆王征犬戎得四白狼四白鹿以歸。』○方召已見歐陽永叔《答謝景山遺古瓦》詩注。《詩·江漢》曰：『釐爾圭瓚，秬鬯一卣。』毛傳曰：『卣，器也。』鄭箋曰：『王賜召虎以鬯酒一罇，使以祭其宗廟，告其先祖。』《釋文》曰：『卣音酉，中尊也。』○《禮記·樂記》曰：『聽鼓鼙之聲則思將帥之臣。』○《詩·山有樞》曰：『子有鐘鼓，弗鼓弗考。』毛傳曰：『考，擊也。』又《靈臺》曰：『矇瞍奏公。』毛傳曰：『有眸子而無見曰矇，無眸子曰瞍。』○《詩序》曰：『《崧高》，尹吉甫美宣王也。天下復平，能建國親諸侯，褒賞申伯焉。』《詩》曰：『吉甫作誦，其詩孔碩。』○《中山經》郭注曰：『衡山俗謂之岣嶁山。』韓退之《岣嶁山》詩曰：『岣嶁山尖神禹碑。』朱晦菴《考異》曰：『岣嶁者，衡山南麓别峯之名。今衡山實無此禹碑，此詩所記蓋當時傳聞之誤，故其卒章自爲疑詞以見微意。』世綵堂本注曰：『東坡《中隱堂》詩云：岣嶁何須到，韓公浪自悲。謂此詩也。』○《詩序》曰：『《行葦》，忠厚也。周家忠厚，仁及草木。』○趙曰：『宣王在位四十六年，而史册無載石鼓之事，宣王之詩，其見於經所作者，有曰仍叔，（《雲漢》）有曰尹吉甫，（《崧高》《烝民》）今石鼓之上又無名氏，故云爾也。』○趙曰：『七國，秦、楚、韓、趙、燕、魏、齊也。其後秦并六國，遂有天下。』○《詩·玄鳥》曰：『奄有九有。』毛傳曰：『九有，九州也。』○《史記·秦始皇本紀》曰：『三十四年，丞相李斯曰：臣請史官非秦記皆燒之，非博士官所職，天下敢有藏詩書百家語者，悉詣守尉雜燒之。有敢偶語詩書棄市，以古非今者族。所不去者醫藥卜筮種樹之書。若欲學法令，以吏爲師。制曰可。』○《論語·衛靈公篇》曰：『俎豆之事則嘗聞之矣。』○《後漢書·蔡邕傳論》曰：『抱鉗杻。』○《史記·李斯傳》曰：『李斯者，楚上蔡人也。二世二年七月，具斯五刑論，腰斬咸陽市。斯出獄，與其中子俱執，顧謂其中子曰：吾欲與若復牽黃犬，俱出上蔡東門逐狡兔，豈可得乎？』趙曰：『上蔡公子，李斯也。』○《史記·秦始皇本紀》曰：『二十八年，東行郡縣，上鄒嶧山，刻石頌秦德。又南登琅邪，立石，刻頌秦德。二十九年，登之罘刻石。三十二年，刻碣石門。』○之罘刻石辭曰：『烹滅强暴，振救黔首。』○六經句，崔曰：『灰塵言焚書。』○《莊子·逍遥篇》曰：『吾爲其無用而掊之。』《釋文》引司馬云：『擊，破也。』○

《秦始皇本紀》曰：『還過彭城，齋戒禱祠，欲出周鼎泗水，使千人没水求之弗得。』○《左》襄二十四年：穆叔曰：『既没，其言立，此之謂不朽。』○《文選·古詩》曰：『壽無金石固。』

王維吴道子畫鳳翔八觀之一

《歷代名畫記》（卷九）曰：『吴道玄，陽翟人。初名道子，玄宗召入禁中，改名道玄。張懷瓘云：吴生之畫，下筆有神，是張僧繇後身也。可謂知言。』又（卷十）曰：『王維，字摩詰，太原人。工畫山水。』王注引師民瞻（尹）曰：『開元寺有道子畫佛，在雙林下入涅槃像。』又引趙堯卿（夔）曰：『摩詰畫兩叢竹於開元寺。』《邵氏聞見後録》（卷二十八）曰：『鳳翔府開元寺大殿九間，後壁吴道玄畫，自佛始生修行説法至滅度，山林宫室人物禽獸數千萬種，極古今天下之妙。如佛滅度，比丘衆躃踊哭泣，皆若不自勝者。雖飛鳥走獸之屬，亦作號頓之狀。獨菩薩淡然在旁如平時，略無哀戚之容。豈以其能盡死生之致者歟？曰畫聖宜矣。其識開元三十年云：今鳳翔爲敵所壞，前之邑屋皆丘墟矣。』王見大曰：『道元（清避諱以元代玄）雖畫聖，與文人氣息不通。摩詰非畫聖，與文人氣息通。此中極有區別。自宋、元以來，爲士大夫畫者，瓣香摩詰則有之，而傳道元衣鉢者則絶無其人也。公畫竹實始於摩詰。今讀此詩，知其不但詠之論之，并已摹之繪之矣。不久與文同遇於岐下，自此畫日益進，而發源則此詩也。』（《集成》）

何處訪吴畫？普門與開元。開元有東塔，摩詰留手痕。吾觀畫品中，莫如二子尊。以上敘吴、王二子畫。道子實雄放，浩如海波翻。當其下手風雨快，筆所未到氣已吞。亭亭雙林間，彩暈扶桑暾。中有至人談寂滅，悟者悲涕迷者手自捫。蠻君鬼伯千萬萬，相排競進頭如黿。以上論吴畫。摩詰本詩老，佩芷襲芳蓀。今觀此壁畫，亦若其詩清且敦。祇園弟子盡鶴骨，心如死灰不復温。門前兩叢竹，雪節貫霜根。交柯亂葉動無數，一一皆可尋其源。

以上論王畫。吳生雖妙絶，猶以畫工論。摩詰得之於象外，有如仙翮謝籠樊。吾觀二子皆神俊，又於維也斂衽無閒言。以上品第二家之畫。○紀曰：『奇氣縱橫，而句句渾成深穩，道元、摩詰畫品未易低昂，作詩若不如此，則節節板對，不見變化之妙耳。』方曰：『神品妙品，筆勢奇縱，神變氣變，渾脱瀏亮，一氣奔赴中又頓挫沈鬱。』吳曰：『論畫入妙，詩格亦超妙不羣。』

趙彦材曰：『普門、開元，二寺名。』《清統志》曰：『陝西鳳翔府：普門寺在鳳翔東門外，寺壁有吳道子畫佛像。開元寺在鳳翔縣城内北街，亦有吳道子畫像，東壁有王維畫墨竹，今俱不存。』○《釋迦譜》（卷九）曰『佛在拘尸那城，力士生地阿夷羅跋提河邊娑羅雙樹間，與大比丘衆八十億百千人俱，前後圍繞。二月十五日，臨涅槃時，以佛神力出大音聲，乃至有頂隨其類音，普告衆生』云云。又曰：『爾時世尊於晨朝時，從其面門放種種光，徧照三千大千佛之世界。』又曰：『佛滅度已，諸比丘悲慟殞絶，自役於地，爾時阿那律告比丘止止勿悲。』○《海外東經》曰：『湯谷上有扶桑，十日所浴。』《楚辭·九歌·東君》曰：『暾將出兮東方，照吾檻兮扶桑。』王注曰：『謂日始出東方，其容暾暾而盛大也。』案：此喻佛之圓光。趙堯卿曰：『《名畫斷》云：大凡佛之圓光皆須尺寸先定，然後規圓而成。惟吴生終一筆。又云：畫成矣，最後方畫圓光，風落電轉，規成月圓。』○《維摩詰所説經弟子品》曰：『法本不然，今則無滅，是寂滅義。』○《釋迦譜》（卷九）言：佛涅槃時，八十百千諸比丘、六十億比丘尼、一恒河沙菩薩摩訶薩以至千億恒河沙地諸鬼王、十萬億恒河沙諸天王及四天王等，皆來佛所。詩所謂蠻王鬼伯指此。《古今注》（卷中）《蒿里歌》曰：『鬼伯一何相催促？』○王摩詰《偶然作》詩曰：『宿世謬詞客，前身應畫師。』孟東野《看花》詩曰：『惟應待詩老。』○《離騷》曰：『扈江蘺與辟芷兮，紉秋蘭以爲佩。』謝靈運《入彭蠡湖口》詩曰：『挹露馥芳蓀。』○《釋迦譜》（卷八）曰：『佛告阿難，今此園地須達所買林樹華果祇陀所，有二人同心，共立精舍，應當與號太子祇樹給孤獨園，名字流布，傳示後世。』○僧齊己《寄鄭谷》詩曰：『瘦應成鶴骨。』○《莊子·齊物論》曰：『形固可使如槁木，心固可使如死灰乎？』○杜子美《謁玄元皇帝廟》詩曰：『畫手看前輩，吴生遠擅場。』又曰：『妙絶動宫牆。』○《舊唐書·閻立本傳》曰：『太宗嘗與侍臣泛舟於春苑，池中有異鳥，隨波容與，太宗擊賞，召立本令寫焉。時閣外傳呼畫師閻立本，時已爲主爵郎中，奔走流汗，俛伏池側，手揮丹粉，不勝媿赧。』○《魏志·荀彧傳》注引《荀粲傳》：粲曰：『斯則象外之意，繫表之言，固蘊而不出矣。』○《書斷》（卷上）引《序仙記》曰：『王次仲，上谷人。少有異志，入學屢有靈奇，年未弱冠，變頡書爲今隸書。始皇遣使召之，三徵不至。始皇大怒，制檻車送之，於道化爲大鳥，出在檻外，翻然長引，至於西山落二翮於山上，今爲大翮、小翮山。』案：蘇以仙翮爲喻，未必即用王次仲事，以注家多引此以證，事亦不誤，故姑存之。○潘安仁《秋興賦》曰：『且斂衽以歸來。』○《國史補》（卷上）曰：『後輩言筆札者，歐、虞、褚、薛或有異論，至於張長史（旭）無間言矣。』

遊金山寺

王注引高子勉（荷）曰：『《圖經》：金山龍游寺屹立江中，爲諸禪刹之冠，舊名澤心。

梁武帝天監四年，親臨澤心寺設水陸會。聖朝天禧初，真宗夢游此，賜今額。』《太平寰宇記》曰：『江南東道潤州丹徒縣：金山澤心寺在城東南揚子江。按《圖經》云：本名浮玉山，因頭陀開山得金，故名金山寺。』《清統志》曰：『江蘇鎮江府：江天寺在金山，舊名澤心寺，又名龍游寺，通名金山寺。』王見大《蘇詩總案》曰：『熙寧四年辛亥十一月三日，公游金山訪寶覺、圓通二老，夜宿金山寺，望江中炬火作詩。』（案：此赴杭州通判任。）

我家江水初發源，宦游直送江入海。聞道潮頭一丈高，天寒尚有沙痕在。中泠南畔石盤陀，古來出没隨濤波。試登絶頂望鄉國，江南江北青山多。方曰：『望鄉不見，以江南北之山隔之也，非泛寫景。』羈愁畏晚尋歸楫，山僧苦留看落日。微風萬頃鞾文細，斷霞半空魚尾赤。是時江月初生魄，二更月落天深黑。江心似有炬火明，飛焰照山棲鳥驚。悵然歸卧心莫識，非鬼非人竟何物。吴曰：『機軸與《後赤壁賦》同，而意境勝彼。』江山如此不歸山，江神見怪驚我頑。我謝江神豈得已，有田不歸如江水。方曰：『奇妙。』吴曰：『公詩佳處全在興象超妙，此首尤其顯著者。』

《家語·三恕篇》曰：『夫江始於岷山，其源可以濫觴。』《漢書·地理志》：蜀郡湔氐道，原注曰：『《禹貢》：嶓山在西徼外，江水所出，東南至江都入海。』案：岷、嶓字同。岷山在今四川松潘縣西北。施注曰：『公，蜀人也，故云我家。』○東坡《書傳》（《禹貢》）謂三江自豫章而下，入於彭蠡而東至海，爲南江，自蜀岷山至於九江彭蠡以入於海爲中江，自嶓冢導漾東流爲漢，過三澨大別以入於江，匯爲彭蠡以入於海爲北江。此三江自彭蠡以上爲二，自夏口以上爲三，江、漢合於夏口，與豫章之江皆匯於彭蠡則三江爲一，過秣陵、京口以入於海，不復三矣。然《禹貢》猶有三江之名，曰北曰中者，以味别也。蓋此三水性不相入，江雖合而水味異，故至于今有三泠之名。人徒見《禹貢》有三江、中、北之名，而不悟一江三泠合流而異味也。（又見邵博《見聞後録》卷三，案：《禹貢》三江當從《漢志》爲定，後人紛紛之説皆非是。東坡合流異味之説，《蔡傳》已駁之，今以與本詩可證，故引之耳。）〇賓丹列（羣）《金山寺》詩曰：『西江中泠波四截。』《清統志》曰：『江蘇鎮江府：中泠泉在丹徒縣西北石簰山東。』〇《荀子·富國篇》楊注曰：『盤石，盤薄大石也。』《釋名·釋山》曰：『山旁曰陂，言陂陀也。』案：盤陀與盤薄陂陀義同。〇翁覃溪（方綱）《蘇詩補注》曰：『《武成》：既生魄，（僞古文）謂十五日之後也。《禮記》：月三日而成魄，（《鄉飲酒義》）謂月之初三日也。東坡此詩自指初三而非十五日之後明矣。然《禮記》但云成魄，無生魄之文。《鄉飲酒義·釋文》曰：魄，普百反，《説文》作霸，云月始生魄然也。徐楚金《繫傳》曰：承大月二日，承小月三日。《周書》曰：哉生魄也。據此則徐氏牽合爲一。』〇非鬼非人句，子瞻自注曰：『是夜所見如此。』王注引汪信民（革）曰：『先生嘗云：山林藪澤晦明之夜，則野火生焉，散布如人秉燭，其色青，異乎人火。』施注曰：『《嶺表異物志》：海中遇陰晦波如然火滿海，以物擊之，迸散如星火，有月即不復見。木玄虛《海賦》云：陰火潛然，豈謂此乎？』〇施注曰：《左傳》

僖二十四年：晉文公謂咎犯曰：『所不與舅氏同心者，有如白水。』《三國・孫權傳》：魏文帝詔曰：『此言之誠，有如大江。』查注曰：《晉書・祖逖傳》：逖渡江，中流擊楫而誓曰：『祖逖不能清中原而復濟者，有如大江。』《詩話總龜》：東坡遊金山結四句蓋與江神指水爲誓耳。《送程六表弟》云：『江水在此吾不食。』即此意。

臘日遊孤山訪惠勤惠思二僧

王注引吴知叔（憲）曰：『《杭州圖經》云：孤山去錢塘治四里，湖中獨立一峯。』施注曰：『惠勤，餘杭人。東坡通守錢塘，見歐陽文忠公於汝陰而南，公曰：西湖僧惠勤甚文而長於詩，子求人於湖山間而不可得，則往從勤乎？東坡到官三日，訪勤於孤山之下，遂賦此詩。』《咸淳臨安志》卷七十）曰：『王安石《送惠思》詩云：緑淨堂前湖水緑，歸時正復有荷花。花時亦見餘杭姥，爲道仙人憶酒家。今於潛西菩明智寺有惠思所作《浴堂記》。』《清統志》曰：『浙江杭州府：孤山在錢塘縣西二里，裏外二湖之間，一嶼聳立，旁無聯附，爲湖山勝絶處。』《蘇詩總案》曰：『熙寧四年十一月二十八日，到杭州通判任，居於北廳。十二月一日，游孤山，訪惠勤、惠思，作詩。』

天欲雪，雲滿湖，樓臺明滅山有無。水清石出魚可數，林深無人鳥相呼。清景如繪。臘日不歸對妻孥，名尋道人實自娛。道人之居在何許？寶雲山前路盤紆。孤山孤絶誰肯廬？道人有道山不孤。紙窗竹屋深自暖，擁褐坐睡依團蒲。天寒路遠愁僕夫，整駕催歸及未晡。出山迴望雲木合，但見野鶻盤浮圖。茲遊淡薄歡有餘，到家怳如夢蘧蘧。作詩火急追亡逋，清景一失後難摹。紀曰：『忽疊韻，忽隔句韻，音節之妙，動合天然。』方曰：『神妙。』

王摩詰《漢江臨汎》詩曰：『山色有無中。』〇柳子厚《小石潭記》曰：『潭中魚可百許頭，皆若空游無所依。日光下澈，影布石上，佁然不動，俶爾遠逝。』〇杜子美《倦夜》詩曰：『水宿鳥相呼。』〇《風俗通·祀典篇》曰：『夏曰嘉平，殷曰清祀，周曰大蜡，秦改爲臘。臘者，獵也，言田獵取獸以祭祀其先祖也。』○王注引吕伯恭（祖謙）曰：『《圖經》云：寶雲寺，乾德二年吴越王錢氏建，寺有寶雲菴山。』○司馬長卿《子虛賦》曰：『其山則盤紆岪鬱。』○顧逋翁（況）《宿山中僧》詩曰：『蒲團坐如鐵。』○張平子《思玄賦》曰：『爰整駕而亟行。』○《淮南子·天文篇》曰：『日至於悲谷，是謂晡時。』《玉篇》曰：『晡，申時也。』○古人名斑鳩曰鶻鵃，後以鷙鳥名鶻，則鴟之類也。《禽經》曰：『鷙鳥之善搏者曰鶚骨，曰鶻暸，曰鷂。』陸農師（佃）《埤雅》（卷八）曰：『鶻拳堅處大如彈丸，俯擊鳩鴿食之，捷於鷹隼。』施注曰：『柳子厚《浮圖鶻説》有鷙曰鶻，穴於長安薦福浮圖有年矣。』○《翻譯名義集》（卷二十）曰：『窣堵波，《西域記》云浮圖，又曰偷婆，皆訛也。此翻方墳，亦翻圓塚，亦翻高顯，亦翻靈廟，又梵名塔婆。』案：餘見岑參《登慈恩寺浮圖》詩題注。○《莊子·齊物論》曰：『昔者莊周夢爲胡蝶，栩栩然胡蝶也。俄然覺，則蘧蘧然周也。』成玄英疏曰：『蘧蘧，驚動之貌也。』○《北齊書·後主紀》曰：『取求火急，皆須朝徵夕辦。』

戲子由

《宋史·蘇轍傳》曰：『轍字子由，與兄軾同登進士科，又同策制舉。神宗時，王安石以執政與陳升之領三司條例，命轍爲之屬。呂惠卿附安石，轍與論多相牾。青苗法行，轍以書詆安石，力陳其不可。安石怒，將加以罪，升之止之，以爲河南推官。會張方平知陳州，辟爲教授。』《蘇詩總案》曰：『熙寧四年，時方行青苗、免役、市易，浙西兼行水利、鹽法，地方騷然，使者所至發摘官吏。公以學官無吏責，作《戲子由》詩。詩有「平生所慚今不恥，坐對疲氓更鞭箠」句，以合除夕録囚之作，又證以上文侍中（彥博）《榷鹽書》，始知因決配鹽犯而發，乃十二月作也。』

宛丘先生長如丘，宛丘學舍小如舟。常時低頭誦經史，忽然欠伸屋打頭。斜風吹帷雨注面，先生不愧旁人羞。任從飽死笑方朔，肯爲雨立求秦優？眼前勃谿何足道，處置六鑿須天遊。讀書萬卷不讀律，致君堯舜知無術。

心所痛疾而反言出之，語雖戲謔而意甚憤懣。勸農冠蓋鬧如雲，送老虀鹽甘似蜜。門前萬事不掛眼，頭雖長低氣不屈。曾曰：『以上戲子由。』餘杭別駕無功勞，畫堂五丈容旂旄。重樓跨空雨聲遠，屋多人少風騷騷。平生所慚今不恥，坐對疲氓更鞭箠。道逢陽虎呼與言，心知其非口諾唯。形容刻苦。居高志下真何益，氣節消縮今無幾。曾曰：『以上自嘲。』文章小伎安足程，先生別駕舊齊名。如今衰老俱無用，付與時人分重輕。吴曰：『總收。』又曰：『恢詭有奇趣。』

宛丘指陳州，子瞻《潁州初別子由詩》曰『始我來宛丘』，即謂陳州也。《太平寰宇記》曰：『河南道陳州宛丘縣：秦漢時爲陳縣，漢屬淮陽國。高齊省陳郡，移項縣理於此。隋文帝立陳州，改項縣爲宛丘縣。』案：今河南淮陽縣治。○丘與舟對言，則丘謂土高之丘。施注以丘斥孔子，引《孔子世家》孔子長九尺有六寸證之，非是。○學舍，趙彦材曰：『時子由爲學官。』案《宋史·職官志》曰：『慶曆四年，詔諸路、州、軍、監各令立學，學者二百人以上許更置縣學，自是州郡無不有學。始置教授，以經術行義訓道諸生，掌其課試之事。』〇《曲禮上》曰：『君子欠伸。』孔疏曰：『志疲則欠，體疲則伸。』〇《漢書·東方朔傳》：朔對曰：『朱儒長三尺餘，奉一囊粟、錢二百四十，臣朔長九尺餘，亦奉一囊粟、錢二百四十。朱儒飽欲死，臣朔飢欲死。』〇《史記·滑稽傳》曰：『優旃者，秦倡侏儒也。秦始皇時，置酒而天雨，陛楯者皆沾寒，優旃見而哀之。居有頃，殿上上壽，優旃臨檻大呼曰：陛楯郎！汝雖長何益，幸雨立，我雖短也，幸休居。於是始皇使陛楯者得半相代。』〇《莊子·外物篇》曰：『心有天游，室無空虛，則姑婦勃谿。心無天游，則六鑿相攘。』《釋文》曰：『司馬云：勃谿，反戾也。六鑿相攘，謂六情攘奪。』〇《魏志·陳矯傳》曰：『子本歷位郡守九卿，不讀法律而得廷尉之稱。』杜子美《奉贈韋左丞》詩曰：『致君堯舜上。』韓退之《齪齪》詩曰：『致君豈無術？』周竹坡（紫芝）《烏臺詩案》曰：『是時朝廷新興律學，軾意非之，以爲法律不足以致君於堯、舜。今時又專用法律而忘詩書，故言我讀萬卷書不讀法律，蓋聞法律之中無致君堯、舜之術也。』案：置法律學在熙寧六年，此詩作於熙寧四年，則尚在其前矣。○《宋史·神宗紀》曰：『熙寧二年四月，遣使諸路察農田水利賦役。』詩云勸農，蓋指此。班孟堅《西都賦》曰：『冠蓋如雲。』○韓退之《送窮文》曰：『太學四年，朝齏暮鹽。』《烏臺詩案》曰：『譏諷朝廷新差提舉官所至苛細生事，發摘官吏，惟學官無吏責也。轍爲學官，故有是句。』○韓退之《贈張籍》詩曰：『吾老嗜讀書，餘事不掛眼。』○《宋史·職官志》曰：『通判職掌倅貳郡政，凡民兵錢穀戶口賦役獄訟聽斷之事，可否裁決，與守臣通簽書施行，所部官有善否及職事脩廢，得刺舉以聞。』《文獻通考·職官考十七》曰：『漢所置郡佐，只丞及長史而已。其後又有治中、別駕，至魏、晉間始有司馬，本主武之官，自後長史、司馬與治中別駕迭爲廢復。然歷代皆並設二員，至唐而司馬多以處遷謫，蓋視爲冗員。故宋只設通判一官佐郡守，不仍前代之舊云。』又《輿地考四》曰：『臨安府，隋平陳置杭州。煬帝初，州廢，置餘杭郡。唐爲杭州，或爲餘杭郡，屬江南道。宋屬浙西路。』○《史記·秦始皇本紀》曰：『作前殿阿房，上可以坐萬人，下可以建五丈旗。』○《文選》張平子《思玄賦》曰：『寒風淒其永至兮，拂穹岫之騷騷。』舊注曰：『騷騷，風勁貌。』庾子山《小園賦》曰：『風騷騷而樹急。』○《烏臺詩案》曰：『是時多徙配犯鹽之人，例皆饑貧，言鞭箠此等貧民，平生所慙，今不復恥矣。以譏朝廷鹽法太急也。』○《論語·陽貨篇》曰：『孔子時其亡也，而往拜之，遇諸塗。』又：『孔子曰：諾，吾將仕矣。』《集注》引孔安國曰：『陽貨，陽虎也，季氏家臣，而專魯國之政。』《曲禮上》曰：『必慎唯諾。』《釋文》曰：『唯，於癸反，應辭也。』《烏臺詩案》曰：『是時張靚、俞希旦作鹽司，意不喜其爲人，然不敢與爭議，故毀詆之爲陽虎也。』○杜子美《貽柳少府詩》曰：『文章一小技，於道未爲尊。』○熙寧四年，子瞻年三十六，子由年三十三，不得爲衰老。此特甚其詞以寫其牢騷耳。

法惠寺橫翠閣

王注引林子仁（敏功）《杭州圖經》：『法惠寺在天井巷，吴越王錢氏建，舊額興慶寺，治平二年改賜今額。』查注曰：『《西湖遊覽志》：自清波門外折而南，爲方家峪，峪畔舊有法惠院，慶曆間法言作西軒於此。横翠閣失考。』案：據蘇詩諸家編次，此詩當爲熙寧六年正月作。

朝見吴山横，暮見吴山從。吴山故多態，轉側爲君容。幽人起朱閣，空洞更無物。惟有千步岡，東西作簾額。以上寫景，以下寫情。春來故國歸無期，人言秋悲春更悲。已泛平湖思濯錦，更看横翠憶峨眉。雕欄能得幾時好？不獨憑欄人易老。百年興廢更堪哀，懸知草莽化池臺。遊人尋我舊遊處，但覓吴山横處來。吴曰：『奇氣横溢。』

《咸淳臨安志》（卷二十二）曰：『吴山在城中，吴人祠子胥山上，因名曰胥山。』《清統志》曰：『浙江杭州府：吴山在府城内（今杭縣）西南隅。』〇《詩·伯兮》曰：『豈無膏沐，誰適爲容？』子瞻《和何長官六言》詩曰：『青山自是絶色，無人誰與爲容？』又《次韻答馬忠玉》詩曰：『祇有西湖似西子，故應宛轉爲君容。』意並同。○《世説新語·排調篇》曰：『王丞相枕周伯仁膝，指其腹曰：卿此中何所有？答曰：此中空洞無物，然容卿輩數百人。』○李長吉《宫娃歌》曰：『彩鸞簾額著霜痕。』○《楚辭·九辯》曰：『悲哉，秋之爲氣也！』《淮南子·繆稱篇》曰：『春女思，秋士悲。』庾子山《〈思舊銘〉序》曰：『士之悲也，寧有春秋之異？』○《輿地廣記》曰：『兩浙路杭州仁和縣有臨平湖，傳言此湖塞，天下亂，此湖開，天下平。吴孫皓天璽元年，吴郡言臨平湖自漢末穢塞，今更開通。（《吴志》三《嗣主傳》）斯晋氏平吴一天下之符也。』《清統志》曰：『浙江杭州府：臨平湖在仁和縣臨平山東南五里。』（仁和與錢塘今并爲杭縣。）○《文選·蜀都賦》曰：『貝錦斐成，濯色江波。』劉淵林注引譙周《益州志》曰：『成都織錦既成，濯於江水，其水分明，勝於初成，他水濯之，不如江水也。』《太平寰宇記》曰：『益州華陽縣濯錦江即蜀江水，至此濯錦，錦彩鮮潤於他水，故曰濯錦江。』

書韓幹牧馬圖

《唐朝名畫録》曰：『韓幹，京兆人也。明皇天寶中，召入供奉，能狀飛黄之質，圖噴玉之奇。開元後，四海清平，外國名馬重譯累至，明皇擇其良者，與中國之駿同頒畫寫之，陳閎貌之於前，韓幹繼之於後，寫渥洼之狀若在水中，移騕褭之形出於圖上，故韓幹居神品宜矣。』

南山之下，汧渭之間，想見開元天寶年。方曰：『起跳躍而出，如生龍活虎。』八坊分屯隘秦川，四十萬匹如雲煙。騅駓駰駱驪騮騵，白魚赤兔騂皇鶾。龍顱鳳頸獰且妍，奇姿逸態隱駑頑。碧眼胡兒手足鮮，歲時翦刷供帝閑。柘袍臨池侍三千，紅妝照日光流淵。樓下玉螭吐清寒，往來蹙踏生飛湍。以上皆以真事襯。○并寫宫人，才思横溢。衆工舐筆和朱鉛，又以衆工襯一句。先生曹霸弟子韓。已到題矣，上四字仍用襯。廄馬多肉尻脽圓，肉中畫骨誇尤難。金羈玉勒繡羅鞍，鞭箠刻烙傷天全，又以畫廄馬作襯。不如此圖近自然。方曰：『一句入題，筆力奇橫。』平沙細草荒芊綿，驚鴻脱兔爭後先。王良挾策飛上天，何必俯首服短轅？別出一意作結，總不肯使一平筆。○紀曰：『通首傍襯，只結處一著本位，章法奇絶。』方曰：『渾雄遒妙。』

《史記·秦本紀》曰：『非子居犬丘，好馬及畜，善養息之。周孝王召使主馬於汧、渭之間。』正義曰：『汧音牽，言於二水之間，在隴州以東。』《元和郡縣志》曰：『關内道隴州汧源縣：秦城在州東南二十五里，秦非子養馬汧、渭之間有功，周孝王封爲大夫。』案：秦城在今陝西隴縣東南，則此詩南山不應指終南、太白也。秦嶺山在隴縣西南，疑南山指此。○《新唐書·兵志》曰：『唐之初起，得突厥馬二千匹，又得隋馬三千於赤岸澤，徙之隴右。監牧之制始於此。用張萬歲領群牧，自貞觀至麟德四十年間，馬七十萬六千。置八坊岐、豳、涇、寧間，地廣千里。一曰保樂，二曰甘露，三曰南普閏，四曰北普閏，五曰岐陽，六曰太平，七曰宜祿，八曰安定。八坊之田千二百三十頃，募民耕之，以給芻秣。自萬歲失職，馬政頗廢。開元初，國馬益耗，命王毛仲領内外閑廄，馬稍稍復，始二十四萬，至十三年乃四十三萬。』杜子美《天育驃騎歌》曰：『當時四十萬匹馬。』○《詩·魯頌·駉》曰：『有騅有駓。』毛傳曰：『蒼白雜毛曰騅。』《爾雅·釋畜》郭注曰：『即今騅馬也。』毛傳曰：『黄白雜毛曰駓。』《釋畜》同。郭曰：『今之桃華馬。』《頌》曰：『有駰有騢。』毛傳曰：『陰白雜毛曰駰。』《釋畜》同。郭曰：『陰淺黑，今泥驄。』《頌》曰：『有驒有駱。』毛傳曰：『白馬黑鬣曰駱。』《釋畜》同。《頌》曰：『有驪有黄。』毛曰：『純黑曰驪。』疏引孫炎《釋畜》注曰：『驪，黑色也。』騮同駵。《頌》曰：『有駵有雒。』毛曰：『赤身黑鬣曰駵。』《釋畜》曰：『駵馬白腹騵。』郭曰：『駵，赤色黑鬣。』《釋文》曰：『騵音原。』《頌》曰：『有騵有魚。』毛曰：『二目白曰魚。』《釋畜》同。郭曰：『似魚目也。』王伯申（引之）《經義述聞》（卷二十八）曰：『謂二目毛色白曰魚也。』《魏志·呂布傳》曰：『布有良馬曰赤兔。』裴注引《曹瞞傳》曰：『時人語曰：人中有呂布，馬中有赤兔。』《魯頌·駉》曰：『有騂有騏。』毛曰：『赤黃曰騂。』孔疏曰：『謂赤而微黃。』皇已見上。毛曰：『黃白曰皇。』《釋畜》曰：『黃白騜。』皇騜同。《廣韻·二十五寒》曰：『鶾，胡安切。駿鶾，蕃大馬，出《異字苑》。』○趙曰：『劉琬《馬賦》：龍頭鳥目，麟腹虎胸。杜《胡馬行》：鳳臆麟鬐未易識。』○《周禮·夏官》：『校人，掌王馬之政，天子十有二閑，馬六種。』《新唐書·兵志》曰：『又有掌閑，調馬習上，又以尚乘掌天子之御。左右六閑：一曰飛黃，二曰吉良，三曰龍媒，四曰騊駼，五曰駃騠，六曰天苑。總十有二閑，爲二廄，一曰祥麟，二曰鳳苑，以繫飼之。』○《唐六典》（卷十一）殿中監尚衣注曰：『自隋文帝制柘黃袍及中帶以聽朝，至今遂以爲常。』○白樂天《長恨歌》曰：『後宮佳麗三千人。』○王文考《魯靈光殿賦》曰：『蟠螭宛轉而承楣。』○《莊子·田子方篇》曰：『宋元君將畫圖，衆史皆至，舐筆和墨，在外者半。』杜牧之《長安雜題》詩曰：『舐筆和鉛欺賈、馬。』○杜子美《丹青引贈曹將軍霸》曰：『弟子韓幹早入室，亦能畫馬窮殊相。幹唯畫肉不畫骨，忍使驊騮氣凋喪？』○《漢書·東方朔傳》：朔對曰：『結股腳，連尻騅。』顏注曰：『騅，䳛也，音誰。』○《莊子·馬蹏篇》曰：『伯樂曰：我善治馬，燒之剔之，刻之雒之，連之以羈馽，編之以皁棧，馬之死者十二三矣。』○曹子建《洛神賦》曰：『翩若驚鴻。』《孫子·九地篇》曰：『後如脱兔。』《廣雅·釋畜》：『馬屬有飛兔、飛鴻。』○《史記·天官書》曰：『天駟旁一星曰王良，王良策馬，車騎滿野。』《左傳》哀二年：『郵無恤御簡子。』杜注曰：『郵無恤，王良也。』○《世説新語·輕詆篇》注引《蔡充别傳》曰：『充故詣王公，謂曰：朝廷欲加公九錫，但聞有短轅犢車長柄麈尾。』

韓幹馬十四匹

《烏臺詩案》曰：『熙寧十年二月到京，三月初一日王詵約來日出城外相見，次日軾與詵相見，次日王詵送韓幹畫馬十二匹共六軸，求軾題跋，不合作詩云：王良挾策飛上天，何必俛首服短轅？意以騏驥自比，譏諷執政大臣，無能盡我之才，如王良之能御者，何必折節干求進用也？其詩即不係朝旨降到册子内。』

《容齋五筆》（卷七）曰：『韓公《人物畫記》云：凡馬之事二十有七焉，馬大小八十有二，而莫有同者焉。秦少游謂其敘事該而不煩，放倣之而作《羅漢記》。坡公賦《韓幹十四馬》詩云云。詩之與記，其體雖異，其爲布置鋪寫則同。誦坡公之語蓋不待見畫也。』查注引樓鑰《攻媿集·題趙尊渥注圖序》謂龍眠臨書坡詩於後，馬實十六匹。坡詩云十四匹，豈誤耶？王見大曰：『據公詩馬十四匹，樓所見并非臨本也。』

二馬並驅攢八蹄，二馬宛頸鬉尾齊。一馬任前雙舉後，一馬卻避長鳴嘶。方曰：『起四句分敘。』老髯奚官騎且顧，前身作馬通馬語。方曰：『二句一束夾，此爲章法。』又曰：『夾敘中忽入老髯一句，閒情逸致，文外之文。』後有八匹飲且行，微流赴吻若有聲。方曰：『欲活。』前者既濟出林鶴，後者欲涉鶴俛啄。方曰：『二句總寫八匹。』最後一匹馬中龍，不嘶不動尾搖風。方曰：『二句補遒足。』韓生畫馬真是馬，蘇子作詩如見畫。世無伯樂亦無韓，此詩此畫誰當看？方曰：

『章法之妙，非太史公與退之不能知之。』

李長吉《許公子鄭姬歌》曰：『兩馬八蹄蹋蘭苑。』○《列女傳・貞順傳・魯寡陶嬰歌》曰：『宛頸獨宿兮，不與衆同。』○《韓非子・説林下》曰：『伯樂教二人相踶馬，相與之簡子廏觀馬，一人舉踶馬，其一人從後而循之，三撫其尻而馬不踶。此自以爲失相。其一人曰：子非失相也。此其爲馬也，踒肩而腫膝，夫踶馬也者，舉後而任前，腫膝不可任也，故後不舉。』○王注引程季長曰：『奚官養馬之役者。』○《論衡・實知篇》曰：『廣漢楊翁仲（施注引仲作偉）聽鳥獸之音，乘蹇馬之野，田間有放眇馬，相去鳴聲相聞，翁仲謂其御曰：彼放馬知此馬而目眇。其御曰：何以知之？曰：罵此轅中馬蹇，此馬亦罵之眇。其御不信，往視之，目竟眇焉。』○《漢書・東方朔傳》：朔曰：『尻益高者，鶴俛啄也。』○最後一匹，王見大曰：『此一匹即八匹之一，非十五匹也。』

送李公恕赴闕

施注曰：『李公恕時爲京東轉運判官，召赴闕。公恕一再持節山東，東坡詩中見之。子由亦有詩送行云：幸公四年持使節，按行千里長相見。』案：查、馮、王諸家注，皆以此詩元豐元年戊午在徐州任作。

君才有如切玉刀，見之凜凜寒生毛。願隨壯士斬蛟蜃，不願腰間纏錦條。用違其才志不展，方曰：『倒入。』坐與胥吏同疲勞。忽然眉上有黄氣，方曰：『奇。』吾君漸欲收英髦。立談左右俱動色，一語徑破千言牢。吴曰：『以上先敘公恕之爲人。』我頃分符在東武，脱略萬事惟嬉遨。盡壞屏障通内外，仍呼騎曹爲馬曹。君爲使者見不問，方曰：『倒入。』反更對飲持雙螯。酒酣箕坐語驚眾，雜以嘲諷窮詩騷。世上小兒多忌諱，獨能容我真賢豪。方曰：『倒入。』〇吴曰：『以上敘彼此交誼。』爲我買田臨汶水，逝將歸去誅蓬蒿。安能終老塵土下，俯仰隨人如桔槔？方曰：『遒轉奇縱，熟此可得下筆之法。』又曰：『通身用逆。』吳曰：『英俊之氣見於眉定，此長公天資颯爽處也。』

《列子·湯問篇》曰：『周穆王大征西戎，西戎獻昆吾之劍，長尺有咫，鍊鋼赤刃，切玉如切泥焉。』《十洲記》曰：『流洲在西海中，多山川積石，名爲昆吾，冶其石成鐵作劍，光明洞照，如水晶狀，割玉物如割泥。』○《新唐書·鄭從讜傳》（附《鄭餘慶傳》後）曰：『士皆寒毛惕伏。』吳曰：『寒氣生於毛髮也。』○杜子美《趙公大食刀歌》曰：『蒼水使者捫赤絛。』○《晉書·殷浩傳》曰：『桓温每輕浩，嘗謂郄超曰：浩有德有言，向使作令僕，足以儀刑百揆，朝廷用違其才耳。』○韓退之《鄖城晚飲》詩曰：『眉間黃色見歸期。』馮注引《玉管照神書》曰：『黃氣喜徵。』○揚子雲《解嘲》曰：『或立談間而爲侯。』○韓退之《平淮西碑》曰：『萬口和附，并爲一談，牢不可破。』○《輿地廣記》曰：『京東東路密州諸城縣：本漢東武、諸城二縣地。』《清統志》曰：『山東青州府：東武故城即今諸城縣治。』《蘇詩總案》曰：『熙寧七年九月告下，公以太常博士直史館權知密州軍州事，罷杭州通守任。十一月十三日到密州任。』○《後漢書·馬援傳》曰：『拜援隴西太守，諸曹時白外事，援輒曰：此丞掾之任，何足相煩？頗哀老子使得遨游。』○《晉書·阮籍傳》曰：『拜東平相，籍乘驢到郡，壞府舍屏障，使内外相望，法令清簡。』○《世説新語·簡傲篇》曰：『王子猷（徽之）作桓車騎（沖）騎兵參軍。桓問曰：卿何署？答曰：不知何署，時見牽馬來，似是馬曹。』○《史記·曹相國世家》曰：『參游園中，聞吏醉歌呼，從吏幸相國召案之，乃反取酒張坐飲，亦歌呼與相應和。』○《世説新語·任誕篇》曰：『畢茂世（卓）云：一手持蟹螯，一手持酒桮，拍浮酒池中，便足了一生。』○《漢書·陸賈傳》曰：『尉佗箕踞見賈。』顔注曰：『箕踞謂伸其腳而坐，亦曰箕踞，其形似箕。』○魏文帝《典論·論文》曰：『孔融雜以嘲戲。』○《老子》曰：『天下多忌諱，而民彌貧。』○《水經·汶水篇》曰：『汶水出朱虚縣泰山。』酈注曰：『伏琛、晏謨並言水出縣東南峿山。山在小泰山東也。』《清統志》曰：『汶水源出臨朐縣南沂山，東流逕縣東南六十里，又東入安邱縣界，逕縣城北三里，又東北人濰水。』○《莊子·天運篇》：『師舍曰：子獨不見夫桔槔者乎，引之則俯，舍之則仰。』

百步洪并引（二首録第一首）

王定國訪余於彭城，一日，棹小舟，與顔長道攜盼、英、卿三子遊泗水，北上聖女山，南下百步洪，吹笛飲酒，乘月而歸。余時以事不得往，夜著羽衣佇立於黄樓上，相視而笑，以爲李太白死，世間無此樂三百餘年矣。定國既去逾月，復與參寥師放舟洪下，追懷曩遊，已爲陳跡，喟然而歎。故作二詩，一以遺參寥，一以寄定國，且示顔長道、舒堯文邀同賦云。

《清統志》曰：『江蘇徐州府：百步洪在銅山縣東南二里，亦名徐州洪。泗水所經也。』《明會典》：徐州洪亂石峭立，凡百餘步，故又名百步洪。舊志，水中若有限石，懸流迅疾，亂石激濤，凡數里始静，形如川字，中分三道，中曰中洪，西曰外洪，東曰月洪，亦曰裏洪。』○施曰：『王鞏，字定國，文正公旦之孫，懿敏公素之子，張文定公方平之婿。有雋才，長於詩，從東坡學爲文。』案：鞏，大名莘縣人。《宋史》附《素傳》。○彭城即徐州。時子瞻知徐州州軍事，已見《送鄭司戶》注。○顏復，字長道，魯人。顏子四十八世孫。熙寧中爲國子監直講，忤王安石罷。《宋史》有傳。○盼、英、卿三子皆徐妓也。賀方回有《和彭城王生悼盼盼》詩注曰：『盼盼馬氏，善書染，死葬南臺。』陳後山《〈南鄉子〉詞序》曰：『晁大夫增飾披雲，務欲壓黃樓。而張、馬二子皆當年尊下世所謂英英、盼盼者，盼卒英嫁，而盼之子瑩頗有家風，而曹妓未有顯者，黃樓不可勝也。作《南鄉子》以歌之。』朱少章（弁）《風月堂詩話》（卷上）曰『參寥自餘杭謁坡於彭城，一日遣官妓馬盼盼持筆紙就求詩焉』云云。張子賢《墨莊漫録》（卷三）曰『徐州有營妓馬盼者，甚慧麗，東坡守徐日，甚喜之。盼能學公書，得其彷彿』云云。卿卿姓及事跡皆無攷。○《太平寰宇記》曰：『河南道徐州彭城縣：泗水在縣東十步。』○查曰：『《徐州志》：桓山下臨泗水，舊名聖女山。』案《清統志》曰：『桓山在銅山縣東北二十七里，黃樓在徐州銅山縣城東門上。』已見《送鄭司戶》詩注。○施曰：『僧道潛，字參寥，於潛人。能文章，尤喜爲詩。蘇黃門每稱其體製絕類儲光羲，非近時詩僧所能及。』○馮曰：『《烏臺詩案》云：熙寧十年知徐州日，觀百步洪作詩一篇，有本州教授舒煥和詩云：先生何人堪並席？李郭相逢上舟日云云，當即所云同賦也。』案：子瞻有《雨中過舒教授》詩。施注曰：『舒字堯夫，公守徐，堯夫時爲教授。』

長洪斗落生跳波，輕舟南下如投梭。水師絶叫鳧雁起，亂石一綫爭磋磨。有如兔走鷹隼落，駿馬下注千丈坡。斷絃離柱箭脱手，飛電過隙珠翻荷。四山眩轉風掠耳，但見流沫生千渦。紀曰：『語皆奇逸，亦有灘起渦旋之勢。』嶮中得樂雖一快，何異水伯夸秋河？吴曰：『前半寫景奇妙。』我生乘化日夜逝，坐覺一念逾新羅。紛紛爭奪醉夢裏，豈信荆棘埋銅駝？覺來俯仰失千劫，回視此水殊委蛇。君看岸邊蒼石上，古來篙眼如蜂窠。方曰：『君看句忽合，此爲神妙。』但應此心無所住，造物雖駛如吾何？回船上馬各歸去，多言譊譊師所呵。王見大曰：『時與參寥同遊，故結到參寥。』吳曰：『後半善談名理。』〇姚姬傳曰：『此詩之妙，詩人無及之者，世惟有莊子耳。』

《史記·封禪書》曰：『成山斗入海。』《漢書·郊祀志》顔注曰：『斗，絶也。』〇王摩詰《欒家瀨》詩曰：『跳波自相濺。』〇《晋書·袁耽傳》曰：『遂入局，十萬一擲，直上百萬，耽投馬絶叫曰：竟識袁彦道否？』〇班孟堅《西都賦》曰：『目眩轉而意迷。』〇《梁書·曹景宗傳》：景宗曰：『覺耳後生風，鼻頭出火。』〇《莊子·達生篇》曰：『孔子觀於吕梁，縣水三十仞，流沫四十里。』〇《莊子·秋水篇》曰：『秋水時至，百川灌河，涇流之大，兩涘渚崖之間，不辨牛馬。於是焉河伯欣然自喜，以天下之美爲盡在己。』〇陶淵明《歸去來辭》曰：『聊乘化以歸盡。』〇王注引師民瞻曰：『《傳燈録》：有僧問從盛禪師：如何是覿面事？師曰：新羅國去也。（卷二十三）新羅在海外，一念已逾。即《莊子》所謂俯仰而拊四海也。』（《在宥篇》）〇《晋書·索靖傳》曰：靖有先識遠量，知天下將亂，指洛陽宫門銅駞歎曰：會見汝在荆棘中耳。』〇《楞嚴經》（卷四）曰：『經千百劫，常在生死。』又（卷二）曰：『佛言：大王（波斯匿王），汝年幾時見恒河水？王言：我生三歲，慈母攜我謁耆婆天，經過此流，爾時即知是恒河水。佛言：大王，汝三歲見此河時至年十三，其水云何？王言：如三歲時，宛然無異。乃至於今，年六十二，亦無有異。佛言：汝今自傷髮白面皺，其面必皺於童年，則汝今時觀此恒河與昔童時觀河之見有童耄不？王曰：不也。佛言：汝面雖皺，而此精神未曾皺，皺者爲變，不皺非變，變者受滅，彼不變者元無生滅。』《左》襄七年杜注曰：『委蛇，順貌。』《離騷》王注曰：『委蛇而長也。』○《金剛經》曰：『應無所住而生其心。』○《詩·晨風》釋文曰：『駛，疾也。』○杜子美《陪王侍御同登東山》詩曰：『迴船罷酒上馬歸。』○《法言·寡見篇》曰：『譊譊者，天下皆訟也。』○《漢書·食貨志下》顏注曰：『呵，責怒也。』

《容齋三筆》（卷七）曰：『韓、蘇兩公爲文章，用譬喻處重複連貫至於七八轉者，韓公《送石洪序》云：論人高下事後當成敗，若河決下流東注，若駟馬駕輕車就熟路，而王良、造父爲之先後也，若燭照數計而龜卜也。《〈盛山詩〉序》云：儒者之於患難，其拒而不受於懷也，若築河堤以障屋霤。其容而消之也，若水之於海、冰之於夏日。其翫而忘之以文辭也，若奏金石以破蟋蟀之鳴、蟲飛之聲。蘇公《百步洪》詩云：長洪斗落生跳波云云之類是也。』

舟中夜起

微風蕭蕭吹菰蒲，開門看雨月滿湖。紀曰：『初聽風聲，疑其是雨，開門視之，月乃滿湖，此從聽雨寒更盡，開門落葉深化出。』舟人水鳥兩同夢，大魚驚竄如奔狐。夜深人物不相管，我獨形影相嬉娛。暗潮生渚弔寒蚓，落月挂柳看懸珠。此生忽忽憂患裏，清境過眼能須臾。雞鳴鐘動百鳥散，船頭擊鼓還相呼。方曰：『空曠奇逸。』吴曰：『全不經意，妙合自然，《赤壁賦》亦如此。』

珠本又作蛛。○韓退之《謁衡嶽廟》詩曰：『猨鳴鐘動不知曙。』

郭祥正家醉畫石壁上郭作詩爲謝且遺二古銅劍

《宋史·文苑傳》曰：『郭祥正，字功父，太平州當塗人。舉進士。熙寧中以殿中丞致仕，後復出通判汀州，知端州。又棄去，隱於縣青山，卒。』《畫繼》（卷三）曰：『子瞻所作枯木，枝幹虹屈無端倪，石皴亦奇怪，如其胸中蟠鬱也。作墨竹從地一直起至頂。或問：何不逐節分？曰：竹生時何嘗逐節生耶？山谷《枯木道士賦》云：恢詭譎怪，滑稽於秋毫之穎，尤以酒爲神。故其觴次滴瀝，醉餘顰呻。取諸造物之爐錘，盡用文章之斧斤。又《題竹石》詩云：東坡老人翰林公，醉時吐出胸中墨。則知先生平日非乘酣以發真興則不爲也。』馮曰：『《續通鑑長編》：元豐七年三月，前汀州通判奉議郎郭祥正勒停。據此則先生作詩時正功甫勒停家居時矣。』《蘇詩總案》曰：『元豐七年七月，過郭祥正醉吟庵，畫竹石槩壁上，祥正有詩爲謝，且遺二古銅劍答詩。』

空腸得酒芒角出，吴曰：『突起。』肝肺槎牙生竹石。森然欲作不可回，吐向君家雪色壁。吴曰：『倒落。』平生好書仍好畫，吴曰：『逆接。』書牆涴壁長遭罵。不瞋不罵喜有餘，吴曰：『逆接。』世間誰復如君者？吴曰：『倒落。』一雙銅劍秋水光，吴曰：『逆接。』兩首新詩爭劍鋩。劍在牀頭詩在手，不知誰作蛟龍吼。

紀曰：『奇氣縱横，不可控制。』

《風俗通·聲音篇》曰：『物觸地而出戴芒角也。』○《魯靈光殿賦》曰：『枝掌杈枒而斜據。』槎牙與杈枒同。○不可回，馮注曰：『周益公題跋，回作留。』○劉夢得《答柳柳州》詩曰：『小兒弄筆不能嗔，涴壁書窗且當勤。』○白樂天《李都尉古劍》詩曰：『湛然玉匣中，秋水澄不流。』○杜子美《相從行》曰：『把筆開樽飲我酒，酒酣擊劍蛟龍吼。』

送沈逵赴廣南

馮曰：『《續通鑑長編》：熙寧六年十二月，詔新知永嘉縣沈逵相度成都府置市易務利害。九年十一月，詔大理寺丞沈逵改一官，與堂除，論前任信州推官興置銀坑之勞，當即此人也。其戰西羌事無可考。』案《元豐九域志》：廣南東路州一十五，縣四十，中都督府廣州南海郡清海軍節度治南海、番禺二縣。西路州二十三，軍三，縣六十四，下都督府桂州始安郡靜海軍節度治臨桂縣。

嗟我與君皆丙子，四十九年窮不死。方曰：『起筆突兀。』吴曰：『奇趣横生。』君隨幕府戰西羌，夜渡河冰斫雲壘。飛塵漲天箭灑甲，歸對妻孥真夢耳。我謫黄岡四五年，孤舟出没煙波裏。方曰：『六句分。』故人不復通問訊，疾病飢寒疑死矣。相逢握手一大笑，白髮蒼顔略相似。方曰：『四句合。』又曰：『相逢二句，神來氣來。』我方北渡脱重江，君復南行輕萬里。功名如幻何足計？學道有牙真可喜。句漏丹砂已付君，汝陽甕盎吾何恥？君歸趁我雞黍約，買田築室從今始。極頓挫抑揚之致。

施曰：『按公以景祐三年丙子生，至元豐七年甲子四十九歲。』案傅氏《紀年録》曰：『景祐三年十二月十九日卯時，公生於眉山縣紗縠行私第。』○《漢書·李廣傳》曰：『莫府省文書。』顔注曰：『莫府者，以軍幕爲義，古字通用耳。軍旅無常居止，故以帳幕言之。』○西羌當指西夏。《宋史·神宗紀》：元豐四年，熙河經制李憲、鄜延經略副使种諤，五年，鄜延路副總管曲珍等皆嘗敗夏人，但此未知何年何屬也。○《魏書·傅永傳》曰：『吴、越之兵，好以斫營爲事。』○《續通鑑長編》曰：『元豐二年十二月庚申，祠部員外郎直史館蘇軾責授檢校水部員外郎、黄州團練副使，本州安置，不得簽書公事。』王注引沈敦謨（希皋）曰：『至此凡五年。』○施曰：『劉禹錫《游桃源》詩：道芽期日就，塵慮乃冰釋。案：芽牙字通借，本又作涯。《莊子·養生主》曰：吾生也有涯。』○《晋書·葛洪傳》曰：『洪以年老，欲煉丹以祈遐壽，聞交趾出丹，求爲句漏令。』○趙曰：『汝陽汝州，甕盎以言其癭之狀也。先生《别黄州》詩曰：闊領先裁蓋癭衣，是已。』施曰：

『《莊子·德充符》：甕盎大瘦説齊桓公，桓公説之，而視全人，其脰肩肩。歐陽文忠公《汝癭》詩：君嗟汝癭多，誰謂汝土惡？汝癭雖云苦，汝民居自樂。傴婦懸甕盎，嬌嬰包卵㲉。無由辨肩頸，有類龜縮殼。』○施曰：『謝承《後漢書》：山陽范式字巨卿，與汝南張元伯爲友，春别京師，以秋爲期，至九月十五日，元伯白母殺雞爲黍，以待巨卿。母曰：山陽去此千里，何可必也？元伯曰：巨卿信士，不失期者。言未絶而果至。』（范曄《後漢書·獨行傳》作後二年之約，與此小異。）

寄吳德仁兼簡陳季常

《宋史·隱逸傳》曰：『吳瑛，字德仁，蘄州蘄春人。以父龍圖閣學士遵路任補太廟齋郎，至虞部員外郎，年四十六，即上書請致仕。』《陳希亮傳》曰：『希亮，字公弼，其先京兆人，遷眉州青神之東山。子慥，字季常，少時使酒好劍，稍壯折節讀書，晚年遯於光、黄間。』

東坡先生無一錢，十年家火燒凡鉛。黃金可成河可塞，只有霜鬢無由玄。方曰：『起妙品神到。』龍丘居士亦可憐，談空説有夜不眠。忽聞河東獅子吼，拄杖落手心茫然。誰似濮陽公子賢，飲酒食肉自得仙。平生寓物不留物，在家學得忘家禪。門前罷亞十頃田，清溪繞屋花連天。溪堂醉卧呼不醒，落花如雪春風顛。紀曰：『得此四語，意境乃活，如畫山水者烘以雲氣。初白謂筆有仙骨，故是太白後身。』我游蘭溪訪清泉，已辦布襪青行纏。稽山不是無賀老，我自興盡回酒船。恨君不識顏平原，恨我不識元魯山。銅駝陌上會相見，握手一笑三千年。吴曰：『音節琅然，可歌可誦。』又曰：『機趣橫生，而風采復極華妙。』

王宗稷《蘇文忠公年譜》曰：『元豐五年，先生年四十七，在黃州就東坡築雪堂，自號東坡居士。』○《雲笈七籤》（卷六十三）《金丹訣》曰：『設用凡鉛黑金汞銀爲河車，雄黃爲土，金銀爲母，並非至藥之源。』原注曰：『凡鉛者銅鐵草並有，鉛及鑛鉛並凡鉛也。』○《史記·封禪書》曰：『欒大言：臣之師曰，黃金可成而河決可塞，不死之藥可得，仙人可致也。』○趙曰：『龍丘居士指言季常也。』馮曰：『《東坡全集》有《臨江仙》詞一首，題云：龍丘子築室黃岡之北，號靜菴居士。』○《後漢書·西域傳論》曰：『空有兼遣之宗。』章懷注曰：『不執著爲空，執著爲有。』○獅本又作師，同。趙曰：『河東師子事，有王覗，字達觀，嘗從先生游，爲次公言季常之妻柳氏最悍妒，每季常設客，有聲伎，柳氏則以杖擊照壁大呼，客至爲散去。』查曰：『洪《容齋三筆》：陳季常自稱龍丘居士，（卷三作龍丘先生，查以意改。）好賓客，喜畜聲伎，然妻柳氏極凶妒，故東坡詩云云。河東獅子，指柳氏也。黃山谷有與季常簡云：審柳夫人時需醫藥，公暮年來想漸求清淨之樂，姬媵無新進矣，夫人復何所念而致疾耶？則柳氏妒名固彰著於外。是以二公皆言之。劉辰翁云：河東獅暗用杜子美詩河東女兒身姓柳（見杜子美《可歎詩》）爲戲。《西清詩話》亦河東是已，而獅子吼則不注出處。按《佛説長者女菴提遮獅子吼了義經》云：舍衛國城西有一村名曰長堤，有一婆羅門名婆私膩迦，有女名菴提遮，佛告舍利弗，是女非凡，已值無量諸佛，常能説如是獅子吼了義經。此則是女人事，東坡詩用事細切如此。』（見《鍾山札記》四，此引字句亦小異。案：以上皆查注。）王見大曰：『張文潛《宛丘集吴大夫墓志》稱德仁不喜聞人過，公素未識面，必不以柳姤告之也。佛説獅吼，皆喻法也。本集有柳簿者行二，季常之客，即真齡也。其遺鐵拄杖詩，有柳公手中黑蛇滑句，二人嘗訝公，而語多諧謔。又云：季常示病，正如小子圓覺，可謂害腳法師鸚鵡禪，五通氣球黄門妾。餘如秀英君則託諸醉，《脊記》則託諸戲，而季常雄冠之説亦云非實語，詩當參看。』案：王説是也，子瞻《方山子傳》稱其環堵蕭然，而妻子奴婢皆有自得之色，則帷内之事恐不如俗傳之甚。且子瞻決不與未經識面之人無端説人閨閫事也。○趙曰：『濮陽公子言吴德仁也。』馮曰：『《元和姓纂》：濮陽吴有隱之，其先祖自濮陽過江，居丹陽，歷仕江左。』○師民瞻曰：公作王晋卿《寶繪堂記》云：君子可以寓意於物，而不可以留意於物。寓意於物，雖微物足以爲樂，雖尤物不足以爲病。留意於物，雖微物足以爲病，雖尤物不足以爲樂。』○《傳燈録》（卷四）曰：『杭州招賢寺會通禪師，唐德宗時爲六宫使，謁鳥窠（杭州鳥窠道林禪師，富陽人，姓潘氏，秦望山有長松，枝葉繁茂，盤屈如蓋，遂棲止其上，故時人謂之鳥窠禪師。）曰：弟子爲出家故休官，願和尚授與僧相。曰：汝若了淨智妙圓，體自空寂，即真出家，何假外相？汝當爲在家菩薩戒施俱修，如謝靈運之儔也。』○門前四句，馮曰：『《墓誌》云：有薄田，臨溪築室，種花釀酒，家事一不問，賓客有至者，與之飲必盡醉，公或醉卧花間，客去亦不問云云，可爲此數句詩注腳也。』○杜牧之《郡齋獨酌》詩曰：『罷稏百頃稻，西風吹半黄。』《集韻》四十禡曰：『罷稏，稻也。』《正字通》曰：『罷稏，稻搖動貌，通作罷亞。』○韓退之《李花》詩曰：『誰將平地萬堆雪，剪刻作此連天花。』○查曰：『《名勝志》：溪堂在蘄州，今蘄春縣治南，至和中吴漢隱居也。』○杜子美《偪仄行》曰：『曉來急雨春風顛。』○《東坡志林》（卷一）曰：『黄州東南三十里，爲沙湖，予買田其間，因往相田得疾，聞麻橋人龐安常善醫，遂往求療。疾愈，與之同遊清泉寺。寺在蘄水郭門外二里許，有王逸少洗筆泉，水極甘，下臨蘭溪，溪水西流，余作歌。是日劇飲而歸。』○杜子美《奉先劉少府新畫山水障歌》曰：『青鞋布襪從此始。』○馮曰：『《毛詩箋》(《采菽》曰：邪幅在下。)邪幅，如今行縢也。疏云：邪纏于足，謂之邪幅。古樂府有《雙行纏》。』步瀛案：《呂氏春秋·愛類篇》曰：『墨子裂裳裹足至於郢。』(《淮南·修務篇》同。)《後漢書·郅惲傳》：惲上書曰：『君不授驥以重任，驥亦俛首裹足而去耳。』皆言遠行裹足即須用行纏矣。○李太白《憶賀監》詩曰：『稽山無賀老，卻棹酒船回。』查曰：『先生嘗至蘄州欲訪德仁而未果，彼此兩不相識，故結處復用薊子訓事，言終當相遇也。』○《世說新語·任誕篇》曰：『王子猷居山陰，夜大雪，眠覺，忽憶戴安道。時戴在剡，便夜乘小船就之，經宿方至，造門不前而返。人問其故，王曰：吾本乘興而行，興盡而返，何必見戴？』○《新唐書·顏真卿傳》曰：『出爲平原太守。祿山反，河朔盡陷，獨平原城守具備，使司兵參軍李平馳奏。玄宗始聞亂，歎曰：河北二十四郡，無一忠臣邪？及平至，帝大喜，謂左右曰：朕不識真卿何如人，所爲乃若此？』《苕溪漁隱叢話前集》（卷二十八）説此詩曰：『顏平原，東坡自謂。』○《新唐書·卓行傳》曰：『元德秀，字紫芝，河南人，爲魯山令。蘇源明嘗語人曰：吾不幸生衰俗，所不恥者，識元紫芝也。天下高其行，不名，謂之元魯山。』《漁隱叢話》曰：元魯山，謂德仁也。』○《太平寰宇記》西京河南府洛陽縣：銅駞街引陸機《洛陽記》云：『漢鑄銅駞二枚，在宮南四會道，夾路相對，俗語云：金馬門外聚羣賢，銅駞陌上集少年。言人物之盛也。』○《後漢書·方術·薊子訓傳》曰：『後人復於長安東霸城見之，與一老人共摩挲銅人，相謂曰：適見鑄此，已近五百歲矣。』

送楊傑并敘

無爲子嘗奉使登太山絶頂，雞一鳴，見日出。又嘗以事過華山，重九日飲酒蓮華峯上。今乃奉詔與高麗僧統游錢塘，皆以王事而從方外之樂，善哉，未曾有也！作是詩以送之。

《宋史·文苑傳》曰：『楊傑，字次公，無爲人。舉進士。元祐中爲禮部員外郎，自號無爲子。』《五燈會元》（卷十六）曰：『禮部楊傑居士，字次公，號無爲，晚從天衣游。（天衣，義懷禪師。）衣每引老龐機語令研究深造。後奉祠泰山，一日，雞一鳴，睹日如盤湧，忽大悟，乃别有男不婚有女不嫁之偈曰：男大須婚，女大須嫁，討甚閑工夫，更説無生話？書以寄衣。衣稱善。』王注引趙堯卿曰：『元祐二年，高麗僧義天航海問道至明州。傳云義天棄王位出家，上疏乞徧歷叢林問法受道，有詔朝奉郎楊傑次公館伴，所至吴中諸刹皆迎餞如王臣禮。至金山，僧了元乃牀坐，受其大展。次公驚問其故，了元曰：義天亦異國僧耳。叢林規繩如是，不可易。朝廷聞之，以了元知大體。』案《續資治通鑑長編》（卷三百四十三）曰：『元豐七年二月丙戌，詔高麗王子僧統從其徒三十人來遊學，非入貢也，其令禮部别定儐勞之儀。』又（卷三百五十八）曰：『元豐八年秋七月（時哲宗已即位。）癸丑，高麗國佑世僧統求法沙門釋義天等見於垂拱殿，進佛像經文，賜物有差。』《文獻通考·四裔考二》曰：『高句麗元豐二年，宣王運嗣。八年，遣其弟僧統來朝，求問佛法，并獻經像。』《釋氏稽古略》(卷四)曰：『宋神宗元豐八年二月，帝崩。三月，哲宗即帝位。義天僧統，高麗國君文宗仁孝王第四子，出家名義天，是冬航海至明州……遊中國詢禮，詔以朝奉郎楊傑館伴，所至二浙淮南京東諸郡迎餞如行人禮。』○《元豐九域志》曰：『兩浙路杭州餘杭郡寧海軍節度治錢塘、仁和兩縣。』(今併二縣曰杭縣)

○《莊子·大宗師篇》曰：『彼遊方之外者也。』

天門夜上賓出日，萬里紅波半天赤。歸來平地看跳丸，一點黄金鑄秋橘。以上太山觀日。太華峯頭作重九，天風吹灩黄花酒。浩歌馳下腰帶鞓，醉舞崩崖一揮手。以上蓮華峯飲酒。神游八極萬緣虛，下視蚊雷隱汙渠。大千一息八十返，笑厲東海騎鯨魚。以上總寫其胸次高曠。三韓王子西求法，鑿齒彌天兩勍敵。過江風急浪如山，寄語舟人好看客。以上與僧統遊錢塘。○吴曰：『奇肆瑰瑋。』

《御覽·地部四》引《漢官儀》及《泰山記》曰：『泰山盤道屈曲而上，凡五十餘盤，經小天門、大天門，仰視天門如從穴中視天窗矣。自下至古封禪處，凡四十里，山頂西巖爲仙人石閭，東巖爲介丘，東南巖名日觀，日觀者，雞一鳴時見日始欲出，長三丈許。』○《書·堯典》曰：『寅賓出日。』舊傳曰：『賓，導也。』○劉夢得《羅浮》詩曰：『赤波千萬里，湧出黃金輪。』○韓退之《秋懷》詩曰：『日月如跳丸。』○《抱朴子·微旨篇》曰：『始青之下日與月，兩半同昇合成一，出彼玉池入金室，大如彈丸黃如橘。』○《西山經》曰：『太華之山削成而四方，其高五千仞，其廣十里。』郭注曰：『上有明星玉女持玉漿，得上，服之即成仙，道險僻不通。《詩含神霧》云。』《太平御覽·地部四》引《華岳記》曰：『山頂有池，生千葉蓮花，服之羽化，因曰華山。』又曰：山有三峯。』注曰：『謂蓮花、玉女、松檜也。』《太平寰宇記》（卷二十九）引《名山記》曰：『華岳有三峯，直上數千仞，基廣而峯峻，疊秀迄於嶺表，有如削成，今博山香爐形實象之。』《明統志》（卷三十二）曰『太華山在華陰縣南一十里，即西嶽也。高五千仞，有芙蓉、明星、玉女三峯。』○王注引程季長曰：『腰帶鞓，華山地名。』查曰：『腰帶鞓，太華峯上地名，而《華山志》失載。按陸游《感舊》詩亦有青城山裏屏風疊，太華峯頭腰帶鞓之句。』○李太白《留别金陵諸公》詩曰：『若攀星辰去，揮手緬含情。』○李太白《〈大鵬賦〉序》曰：『余昔於江陵見天台司馬子微，謂余有仙風道骨，可與神遊八極之表。』○白樂天《夢裴相公》詩曰：『萬緣成一空。』○《漢書·景十三王傳》：中山靖王勝對曰：『聚蟁成靁。』顔曰：『言眾蚊飛聲有若雷也。』○韓退之《符讀書城南》詩曰：『清溝映污渠。』○大千已見王介甫《純甫出釋惠崇畫》詩注。○《詩·匏有苦葉》曰：『深則厲。』毛傳曰：『以衣涉水爲厲，謂由帶以上也。』○子瞻《次韻張安道讀杜詩》曰：『騎鯨遁滄海。』施注曰：『杜子美《送孔巢父》詩：巢父掉頭不肯住，東將入海隨煙霧。又：若逢李白騎鯨魚，道甫問信今何如。』案：此本殆不足據，特博異聞耳。故杜詩未載入。○《後漢書·東夷傳》曰：韓有三種，一曰馬韓，二曰辰韓，三曰弁韓。馬韓最大，共立其種爲辰王，盡王三韓之地。《清統志》（卷四百二十一）曰：朝鮮（明洪武）二十五年，李成桂出其君王瑶而自立，遣使請改國號，明太祖命仍古號曰朝鮮。）忠清、黄海地本馬韓，全羅地本弁韓，慶尚地本辰韓。餘見上。○《晋書・習鑿齒傳》曰：『桑門釋道安俊辯有高才，自北至荆州，與鑿齒初相見，道安曰：彌天釋道安。鑿齒曰：四海習鑿齒。時人以爲佳對。』○《左》僖二十二年：『勍敵之人。』杜注曰：『勍，强也。』《釋文》曰：『勍，其京反。』○《摭言》（卷十三）曰：『令狐趙公（楚）鎮維揚，處士張祜嘗與狎讌，公因視祜改令曰：上水船風又急，帆下人須好立。祜應聲答曰：上水船船底破，好看客莫倚柁。』馮曰：『先生當於淮陽途次遇見次公送其南行，故末二句云然。』

書王定國所藏煙江疊嶂圖

自注曰：『王晋卿畫。』案：《宋史・王全斌傳》曰：『并州太原人，曾孫凱，凱子緘，緘子詵，字晋卿，能詩善畫，尚蜀國長公主，官至留後。』《畫繼》（卷二）曰：『王詵，字晋卿，尚英宗女蜀國公主，爲利州防禦使。其所畫山水學李成皴法，以金緑爲之，似古今觀音寶陁山狀，小景亦墨作平遠，皆李成法也，故東坡謂晋卿得破墨三昧。有《煙江疊嶂圖》傳於世。』王定國名鞏，已見《百步洪》注。

江上愁心千疊山，浮空積翠如云煙。山耶云耶遠莫知，煙空云散山依然。但見兩崖蒼蒼暗絶谷，中有百道飛來泉。縈林絡石隱復見，下赴谷口爲奔川。川平山開林麓斷，小橋野店依山前。行人稍度喬木外，漁舟一葉江吞天。方曰：『以寫爲敘，寫得入妙，而筆勢又高，氣又遒，神又王。』使君何從得此本？點綴毫末分清妍。不知人間何處有此境？徑欲往買二頃田。方曰：『四句正鋒。』君不見武昌樊口幽絶處，東坡先生留五年！吴曰：『以下波瀾。』春風搖江天漠漠，暮雲卷雨山娟娟。丹楓翻鴉伴水宿，長松落雪驚醉眠。吴曰：『四句四時之景。』桃花流水在人世，武陵豈必皆神仙？江山清空我塵土，雖有去路尋無緣。還君此畫三歎息，山中故人應有招我歸來篇。以實境比況結出作意。

張道濟（説）《江上愁心賦寄趙子》曰：『江上之峻山兮，巒崎嶬而不極。雲爲峯兮煙爲色，欻變態兮心不識。』○沈雲卿《奉和春初幸太平公主南莊應制》詩曰：『竹裏泉聲百道飛。』○韓退之《湘中酬張十一功曹》詩曰：『共泛清湘一葉舟。』○杜牧之《送孟遲》詩曰：『大江吞天去。』○韓退之《石鼓歌》曰：『公從何處得紙本？』○《史記·蘇秦傳》：秦曰：『使我有負郭田二頃，豈能佩六國相印乎？』○《水經·江水篇》曰：『又東過邾縣南鄂縣北。』酈注曰：『江水右得樊口，庾仲雍《江水記》云：谷里袁口江津，南入歷樊山，上下三百里，通新興、馬頭二治，樊口之北有灣。』《太平寰宇記》曰：『江南西道鄂州武昌縣：樊山在州西一百七十二里，出紫石英，山東十步有岡，岡下有寒溪，溪中有蟠龍石。謝玄暉詩云：樊山開廣宴，（《和伏武昌登孫權故城》詩）是也。』《清統志》曰：『武昌府：樊口在武昌縣西北五里。』○案《年譜》：元豐三年子瞻責黃州，（本集《別王文甫子辯》云：僕以元豐三年二月一日到黃州。）七年四月量移汝州，（本集長短句《滿庭芳序》云：四月一日余將自黃移汝。）首尾四年有奇，云留五年，舉成數言之也。○杜子美《灎澦》詩曰：『江天漠漠鳥雙去。』○施曰：『《甘澤謠》陶峴詩曰：鴉翻楓葉夕陽動。』○謝靈運《入彭蠡湖》詩曰：『客旅倦水宿。』○杜子美《謁真諦寺》詩曰：『晴雪落長松。』○李太白《山中答俗人》詩曰：『桃花流水窅然去，別有天地非人間。』○韓退之《桃花源圖》詩曰：『神仙有無何渺茫？桃源之説誠荒唐。』又曰：『世俗寧知僞與真？至今傳者武陵人。』○《禮記·樂記》曰：『壹倡而三歎。』

書晁説之考牧圖後

《畫繼》（卷三）曰：『晁説之，字以道，少慕司馬温公之爲人，自號景迂。未三十，東坡以著述科薦之。靖康初，自休致中召爲著作郎，後試中書舍人，兼東宫詹事。建炎初政以待制侍讀而終。山谷嘗題其《雪雁》，又無咎題四弟横軸畫云云。』案《詩序》曰：『《無羊》，宣王考牧也。』

我昔在田間，但知羊與牛。川平牛背穩，如駕百斛舟。舟行無人岸自移，我卧讀書牛不知。方曰：『仙語。』前有百尾羊，聽我鞭聲如鼓鼙。我鞭不妄發，視其後者而鞭之。澤中草木長，草長病牛羊。尋山跨坑谷，騰趠筋骨强。煙蓑雨笠長林下，老去而今空見畫。世間馬耳射東風，悔不長作多牛翁。紀曰：『而今句一點，世間二句仍宕開，收繳前文，通篇只一句著本位，筆力横絶。』方曰：『一路如長江大河，忽然一束，又忽然一放。』又曰：『此詩具三十二相，分合章法，變化不測，一句入便住，所謂將軍欲以巧勝人，盤馬彎弓故不發。』吴曰：『公詩多超妙無匹，此首則天仙化人，非復人間所有蹊徑。』

《圓覺經》（卷三）曰：『又如定眼由迴轉火，雲駛月運，舟行岸移，亦復如是。』○《新唐書·李密傳》曰：『以蒲韉乘牛，挂《漢書》一帙角上，行且讀。』○《神仙傳》（卷二）：王遠告蔡經曰：『吾鞭不可妄得也。』○《莊子·達生篇》曰：『善養生者，若牧羊然，視其後者而鞭之。』○趙曰：『先生嘗言有人見牧童驅羊於瘠地牧之，人謂曰：彼澤地草美，何不就牧？童曰：美草則見食，羊何自而肥？瘠地之草，羊細咀其味，乃得肥也。今詩意使此。』○左太冲《吴都賦》曰：『騰趠飛超。』○嵇叔夜《與山巨源絶交書》曰：『逾思長林而志在豐草。』○杜子美《觀李固山水圖》詩曰：『人間長見畫，老去恨空聞。』○李太白《答王十二寒夜獨酌有懷》詩曰：『吟詩作賦北窗裏，萬言不直一杯水。世人聞此皆掉頭，有如東風吹馬耳。』○《新唐書·盧從愿傳》曰：『宇文融密白從愿盛殖產，占良田數百頃，帝自此薄之，目爲多田翁。』案：多牛翁意蓋倣此。

雪浪石次韻滕大夫二首之一

子瞻《雪浪齋銘引》曰：『予於中山後圃得黑石，白脈，如蜀孫位、孫知微所畫，石間奔流，盡水之變。又得白石曲陽爲大盆以盛之，激水其上，名其室曰雪浪齋。』案：此銘作於紹聖元年四月，而此詩作於元祐八年十二月，時知定州軍州事也。《清統志》曰：『直隸定州（今改縣）雪浪齋在州學内。』○施曰：『滕大夫名興公，海陵人。時爲定武倅。』馮曰：『《續通鑑長編》：元祐四年十一月載齊州通判滕希靖，則希靖滕大夫名。』

太行西來萬馬屯，勢與岱嶽爭雄尊。飛狐上黨天下脊，半掩落日先黃昏。吴曰：『起勢雄偉。』削成山東二百郡，氣壓代北三家村。千峯石卷矗牙帳，崩崖鑿斷開土門。朅來城下作飛石，一礮驚落天驕魂。承平百年烽燧冷，此物僵卧枯榆根。畫師爭摹雪浪勢，天工不見雷斧痕。離堆四面繞江水，坐無蜀士誰與論？老翁兒戲作飛雨，把酒坐看珠跳盆。此身自幻孰非夢，故國山水聊心存。方曰：『此詩奇横，他人不能有此筆勢，故不能有此雄姿。離堆二句形容此似離堆耳，惜無蜀人不及知，故末句云云。』吴先生曰：『時在定州，有備邊拒敵之思，既不獲展，則有還蜀之意，故其詞如此。』

《太平寰宇記》曰：『河北道定州曲陽縣：北岳恒山在縣西北一百四十里。』《禹貢》：『太行、恒山至于碣石，入于海。』孔安國注云：『二山連延至碣石也。』（僞《孔傳》）○杜子美《木皮嶺》詩曰：『始知五嶽外，別有他山尊。』○《楚策一》張儀説楚王曰：『席卷常山之險，折天下之脊。』《史記·酈生傳》：酈生曰：『杜太行之道，距蜚狐之口。』集解：『如淳曰：「上黨，壺關也。」』正義曰：『蔚州飛狐縣北五十里，有秦漢故郡城，西南有山，俗號爲飛狐口也。』《太平寰宇記》曰：『河東道蔚州飛狐縣：（今河北廣昌縣）飛狐道自縣北入嬀州懷戎縣界（今河北懷來縣），即古飛狐口也。』又曰：『潞州，秦上黨郡。』又曰：『上黨縣（今山西長治縣），漢立爲壺關縣地。』施曰：『鄭亞《會昌一品集序》：上黨居天下之脊，當河朔之喉。』○《西山經》曰：『太華之山，削成而四方。』杜牧之《罪言》曰：『山東王不得不王，霸不得不霸。』趙曰：『指今之河北也。謂之山東，蓋太行山之東也。山東二百郡，正謂太行以東冀州之域矣。』施曰：『杜子美《河北入朝絶句》：澶漫山東一百州，削成如桉抱青丘。』○《水經·㶟水注》曰：『祁夷水又東北得飛狐口。《魏土地記》曰：代城南四十里有飛狐關，關水西北流，注祁夷水，祁夷水又東北逕代城西，漢封孝文爲代王。梅福上事曰代谷者（《漢書·梅福傳》：福上書曰：孝文皇帝起於代谷。酈氏引止此二字），恒山在其南，北塞在其北，谷中之地，上谷在其東，代郡在其西，是其地也。』（此酈氏釋梅福稱代谷之實。查注並引作《漢書》梅福之言，誤矣。）《元豐九域志》曰：『河東道代州雁門郡治雁門縣。』案：今山西代縣治。○王季友《代賀若令譽贈沈千運》詩曰：『百姓唯有三家村。』○杜子美《寄董卿嘉榮》詩曰：『聞道君牙帳，防秋近赤霄。』○《太平寰宇記》曰：『河北道鎮州獲鹿縣：井陘口今名土門口，在縣西南十里，即太行八陘之第五陘也。』○《文選》張平子《思玄賦》曰：『迴志朅來從玄謀。』舊注曰：『朅，去也。』李善注引劉向《七言》曰：『朅來歸耕永自疏。』案：《說文》、《楚辭·九辯》王叔師注、《蜀都賦》劉淵林注、《廣雅·釋詁》二並云：朅，去也。段若膺曰：『古人文章多云朅來，猶往來也。』○《文選》潘安仁《閑居賦》曰：『礮石雷駭。』李善注曰：『礮石，今之拋石也。《范蠡兵法》：飛石重一十斤，爲機發行三百步。』○《漢書·匈奴傳》曰：『胡者，天之驕子也。』杜子美《諸將》詩曰：『擬絶天驕拔漢旌。』○孟東野《有所思》曰：『寒江浪起千堆雪。』○王注引王養源曰：『陳藏器《本草》云：「霹靂鉞，伺候震處，掘地三尺得之，其形非一，亦有似斧刃者。」注曰：出雷州並河東山澤間。因雷震後得，多似斧形。』施曰：『《國史補》（卷下）：雷州多雷，秋冬伏地中，人取得雷斧、雷墨，可以爲藥用。』（與今本字句小異。）〇《史記·河渠書》曰：『蜀守冰鑿離碓避沫水之害，穿二江成都之中。』集解引晋灼曰：『碓，古堆字。』《漢書·溝洫志》作蜀守李冰，碓作崔。錢可廬（大昭）曰：『當作崔，《説文》曰：崔，高也。』（《漢書辨疑》卷十五）《清統志》曰：『四川成都府：離堆在灌縣西南。』〇白樂天《〈三遊洞詩〉序》曰：『跳珠濺雨，驚動耳目。』

《墨莊漫録》（卷八）曰：『紹聖初元，東坡帥中山，得黑石，白脈，名其室曰雪浪齋，公自銘有云：玉井芙蓉丈八盆，伏流飛空漱其根。時四月二十日也。閏四月三日乃有英州之命，其後謫惠州，又徙海外。故中山後政以公遷謫，雪浪之名廢而不問。元符庚辰五月，公始被北歸之命，明年夏方至吴中。時張芸叟守中山，方葺治雪浪齋，重安盆石，方欲作詩寄公。九月聞公之薨，乃作哀詞，有云：我守中山，乃公舊國。雪浪蕭蕭，於焉食宿。俯察履綦，仰看梁木。思賢閲古，皆經貶逐。玉井芙蓉，一切牽復云云。其詞曰：

石與人俱貶，人亡石尚存。卻憐堅重質，不減浪花痕。滿酌山中酒，重添丈八盆。公兮不歸北，萬里一招魂。思賢、閲古皆中山後圃堂名也。』

四月十一日初食荔支

查曰：『《荔支譜》：六七月時色變緑。又火山本出廣南，四月熟。東坡所云四月十一日，是特廣南火山者耳。《太平寰宇記》：火山直對梧州城，山上有荔支，四月先熟，以其地熱，故曰火山，核大而味酸。』案《年譜》曰：『紹聖元年甲戌，先生年五十九，知定州。就任落兩職，追一官，知英州。未到任，再貶寧遠軍節度副使，惠州安置。以十月三日到惠州，二年乙亥，先生年六十，在惠州。』

南村諸楊北村盧，白華青葉冬不枯。垂黃綴紫煙雨裏，特與荔支爲先驅。海山仙人絳羅襦，紅紗中單白玉膚。不須更待妃子笑，風骨自是傾城姝。方云：『仙氣。』不知天公有意無，遣此尤物生海隅。落想奇妙。雲山得伴松檜老，霜雪自困樝梨麤。先生洗盞酌桂醑，冰盤薦此赬虬珠。似開江鰩斫玉柱，更洗河豚烹腹腴。我生涉世本爲口，一官久已輕蓴鱸。人間何者非夢幻，南來萬里真良圖。情景音節皆極入妙，可爲詠物詩之軌則。

南村句自注曰：『謂楊梅、盧橘也。』施曰：『《臨海異物志》：楊梅，其子大如彈丸，正赤，五月中熟。《廣州記》：盧橘皮厚，氣色大如柑，酸，多至夏熟。』馮曰：『《能改齋漫録》（卷七）梁蕭惠開云：南方之珍惟荔支，楊梅、盧橘自可投諸藩溷，故坡詩云云。』○蔡君謨《七月二十日食荔支》詩曰：『絳衣仙子過中元，別葉空枝去不還。』○趙曰：『《唐輿服志》：凡祀天地之服皆白紗中單。』施曰：『《古今注》：中單，襯衣也。漢高祖始改名汗衫。』（此馬縞《古今注》卷中）查曰：『《漢書·江充傳》：衣紗縠禪衣。師古注：禪衣，今之朝服中禪也。《演繁露》：（卷三）禪之字或爲單，古之法服、朝服，其内必有中單，正如今人背子。《事物紀原》謂漢高與項羽戰，汗透中單，遂有汗衫之名，非也。』馮曰：『白樂天《荔枝圖序》，殼如紅繒，膜如紫綃，瓤肉瑩白如冰雪。先生此二句詩蓋本於是也。』○杜牧之《過華清宮絶句》曰：『一騎紅塵妃子笑，無人知是荔枝來。』《國史補》（卷上）曰：『楊貴妃生於蜀，好食荔枝，南海所生尤勝蜀者，故每歲飛馳以進，然方暑而熟，經宿則敗，後人皆不知之。』案《通鑑》（卷二百一十五）《唐紀》胡注曰：『自蘇軾諸人皆云此時荔枝自涪州致之，非嶺南也。』○《左》昭二十八年曰：『叔向欲娶於申公巫臣氏，其母曰：夫有尤物，足以移人，苟非德義，則必有禍。』○《梁谿漫志》（卷四）曰：『東坡《食荔支》詩有云：雲山得伴松檜老，常疑似泛。後見習閩、廣者云：自福州古田縣海口鎮至於海南，凡宰上木，松檜之外，雜植荔支，取其枝葉蔭覆，彌望不絶，此所以有伴松檜之語也。』○《莊子·天運篇》曰：『其猶相梨橘柚耶，其味相反而皆可于口。』○沈休文《郊居賦》曰：『堂流桂醑。』○韓退之《李花》詩曰：『冰盤夏薦碧實脆。』○趙曰：『赬虬，赤龍也。韓退之《柿》詩：然雲燒樹火駢實，金烏下啄赬虬卵。』○似聞江鰩二句自注曰：『予嘗謂荔枝厚味高格兩絶，果中無比，惟江瑶柱、河豚魚近之耳。』施曰：『《臨海異物志》：玉珧柱美如珧玉，晋《海物異名記》：肉柱膚寸，美如珧玉，即江珧也。』查曰：『郭璞《江賦》：玉珧海月，土肉石華。江鄰幾《雜志》：四明海物江瑶柱第一。介甫云：瑶字當作珧，如蛤蜊之類。韓文公所謂馬甲柱也。』○王注引林子仁曰：『腹腴，魚腹下肥肉也。《禮記·少儀》云：冬右腴，夏右鰭。疏云：謂冬時陽氣下在魚腹，故右腴。黄魯直謂魚腹下肥處，燕人膾鯉方寸，切其腴以啗所貴，蓋古風也。杜子美《設鱠歌》偏勸腹腴愧年少。』施曰：『《藝苑雌黄》：河豚，水族之奇味。《本草》：吴越人春月甚珍貴之，尤重其腹腴，呼爲西施乳。』○《世説新語·識鑒篇》曰：『張季鷹辟齊王東府掾，在洛以秋風起，因思吴中菰菜羹、鱸魚膾，曰：人生貴得適意爾，何能羈官數千里，見要名爵？遂命駕便歸。』《晋書·文苑·張翰傳》作菰菜蓴羹。

黄魯直（庭堅）（十首）

王阮亭曰：『蘇文忠公凌踔千古，獨心折山谷之詩，數效其體，前人之虚懷如此。山谷雖脱胎於杜，其天姿之高，筆力之雄，自闢庭戶，宋人作《江西宗派圖》，極尊之，配食子美，要非山谷意也。』姚南青曰：『涪翁以驚創爲奇，其神兀傲，其氣崛奇，玄思瑰句，排斥冥筌，自得意表，玩誦之久，有一切廚饌腥螻而不可食之意。』方曰：『入思深，造句奇，筆勢健，足以藥熟滑，山谷之長也。又須知其從杜公來，卻變成一副面目，波瀾莫二，所以能成一作手。乃知空同（李夢陽）優孟衣冠也。』又曰：『山谷之妙，起無端，接無端，大筆如椽，轉如龍虎，掃棄一切，獨提精要之語，往往承接處中亘萬里，不相聯屬，非尋常意計所及。此小家何由知之。』

送范德孺知慶州

任子淵（淵）《内集注》及黄子耕（㽦）《山谷先生年譜》皆編此詩於元祐元年。任曰：『按《實録》：元豐八年八月，直龍圖閣京東運使范純粹知慶州。此詩云：春風旌旗擁萬夫，當是今年（即指元祐元年）春初方作此詩爾。』案《宋史·范仲淹傳》曰：『仲淹，字希文，其先邠州人也，後徙家江南，遂爲蘇州吳縣人。四子純祐、純仁、純禮、純粹。純粹字德孺。元豐中，爲陝西轉運判官，進爲副，吴居厚爲京東轉運使。哲宗立，居厚敗，命純粹以直龍圖閣往代之。復代兄純仁知慶州。』《元豐九域志》：『陝西永興軍路：慶州安化郡軍事治安化縣。』今甘肅慶陽縣治。

乃翁知國如知兵，塞垣草木識威名。敵人開戶玩處女，掩耳不及驚雷霆。吴北江曰：『黄詩矜練之工，如此等處良爲可愛。』平生端有活國計，百不一試薶九京。以上文正。阿兄兩持慶州節，十年騏驎地上行。吴曰：『換意與換韻參差錯綜，此詩通首純用此法。』潭潭大度如卧虎，邊人耕桑長兒女。折衝千里雖有餘，論道經邦政要渠。以上忠宣。妙年出補父兄處，吴曰：『入題。』公自才力應時須。春風旍旗擁萬夫，幕下諸將思草枯。智名勇功不入眼，可用折箠笞羌胡。吴曰：『研練矜重，山谷正格。』

任注曰：『乃翁謂文正公仲淹。仁廟時，趙元昊反，公自請守鄜延，徙知慶州，又爲環慶路經略安撫使。決策取橫山復靈武，而元昊稱臣。慶曆中爲參知政事。乃翁見《漢書·項羽傳》。』（《漢書》乃作迺，字同）○《揚子法言·淵騫篇》曰：『樗里子之智也，使知國如葬，則吾以疾爲蓍龜。』《史記·陳涉世家》曰：『今假王驕，不知兵權。』○杜子美《擣衣詩》曰：『一寄塞垣深。』○《舊唐書·張萬福傳》曰：『德宗以萬福爲濠州刺史，召見謂曰：朕以爲江、淮草木亦知卿威名。』○《孫子·九地篇》曰：『始如處女，敵人開戶，後如脱兔，敵不及拒。』○《孫子·形篇》曰：『聞雷霆不爲聰耳。』《兵爭篇》曰：『動如雷霆。』《淮南子·兵略篇》曰：『疾雷不及塞耳，疾霆不暇掩目。』《舊唐書·李靖傳》：靖曰：『兵貴神速，所謂疾雷不及掩耳。』《新唐書》作震霆不及塞耳。○《文選》孫子荆《爲石仲容與孫皓書》曰：『愛民活國，（任注引作活國，曰俗本多作治國，非是。案：日本古鈔本正作活國。）道家所尚。』又《南史·王珍國傳》：高帝手勑云：『卿愛人活國，甚副吾意。』○柳子厚《衡州刺史吕公誄》曰：『萬不試而一出焉，猶爲當世甚重。』○

《禮記·檀弓下》：『文子曰：武也，得歌於斯，哭於斯，聚國族於斯，是全要領以從先大夫於九京也。』鄭注曰：『晉卿大夫之墓地在九原，京蓋字之誤，當爲原。』○任曰：『阿兄謂文正仲子忠宣公也。忠宣名純仁，字堯夫，神宗熙寧七年十月知慶州，元豐八年哲宗即位，又自河中徙慶，事具《實録》及曾子開所作公墓志。《南史》：張融哭張緒曰：阿兄風流頓盡。』（《緒傳》）○杜子美《驄馬行》曰：『肯使騏驎地上行！』○任曰：『退之詩：潭潭府中居。（《符讀書城南》詩。案：潭潭猶沈沈，《陳涉世家》集解引應劭曰：沈沈，宮室深遠之貌也，音長含反。）此借用卧虎，言不動聲色爲敵人所畏，如《北史·王羆傳》所謂老羆當道卧，貉子安得過者也。』《後漢書·董宣傳》（《酷吏傳》）曰：『京師號爲卧虎。』此借用。○邊人，任注本人作頭，此依《全集》。○杜子美《客堂》詩曰：『別家長兒女。』○《晏子春秋·内篇雜上》曰：『夫不出尊俎之間而知千里之外，其晏子之謂也，可謂折衝矣。』○曹子建《求自試表》曰：『終軍以妙年使越。』○《書·周官》曰：『論道經邦。』（僞古文）○政，翁刻本作正。政，正之通借字。杜子美《憶弟》詩曰：『吟詩正憶渠。』○杜子美《入秦行》曰：『竇氏檢察應時須。』○任曰：『旍與旌同。』《文選》王子淵《四子講德論》曰：『甲士寢而旍旗仆。』○《文選》李少卿《答蘇武書》曰：『涼秋九月，塞外草衰。』○《孫子·形篇》曰：『善戰者之勝也，無智名，無勇功。』○《後漢書·鄧禹傳》：『帝乃徵禹還，敕曰：赤眉來東，吾折捶笞之。』案：捶乃箠之借字。《莊子·至樂篇》曰：『撽以馬捶。』《釋文》曰：『馬杖也。』○《後漢書·竇融傳》曰：『河西斗絶在羌、胡中。』

次韻子瞻題郭熙畫秋山

任曰：『以東坡詩爲次，東坡詩所謂玉堂畫掩春日閑（題作《郭熙畫秋水平遠》）即此韻。』又曰：『郭若虛《圖畫見聞誌》云：郭熙，河陽溫人。熙寧初，爲御畫院藝學，工畫山水寒林。』（今本卷三熙寧初三字作今字。）案：任編此詩在元祐二年，與諸家所編蘇詩次合。是年，子瞻爲翰林學士，山谷爲秘書省著作佐郎。

黃州逐客未賜環，江南江北飽看山。起二句先從昔年黃州看山襯起。玉堂卧對郭熙畫，發興已在青林間。二句從玉堂畫綰上黃州山。郭熙官畫但荒遠，短紙曲折開秋晚。二句卸去玉堂春山畫，折入本題秋山畫，曲折分明。江村烟外雨脚明，歸雁行邊餘疊巘。方曰：『二句頓住。』坐思黃柑洞庭霜，恨身不如雁隨陽。方曰：『二句入己，乃空中樓閣，妙。』熙今頭白有眼力，尚能弄筆映窗光。方曰：『二句馳取下二句。』畫取江南好風日，慰此將老鏡中髮。方曰：『二句點出宗旨。』但熙肯畫寬作程，十日五日一水石。方曰：『二句餘情遠韻，力透紙背。』

任曰：『元豐二年，東坡責授黃州團練副使，本州安置。』○《荀子・大略篇》曰：『絶人以玦，反絶以環。』楊注曰：『肉好若一謂之環，環有還義。』《白虎通・諫諍篇》引《孝經援神契》曰：『臣待放於郊，賜之環則反，（《御覽・人事部九十七》引，則反作即還。）

賜之玦則去。』○任曰：『《欒坡遺事》：淳化二年十月，太宗飛白書玉堂之署賜學士承旨蘇易簡。元祐元年秋，東坡遷翰林學士。』案《石林燕語》（卷七）曰：『學士院正廳曰玉堂，蓋道家之名。（玉堂字見《漢書·揚雄傳·解謿》，不必出道家。）初李肇《翰林志》末言：居翰苑者皆謂凌玉清，遡紫霄，豈止於登瀛州哉？亦曰登玉堂焉。自是遂以玉堂爲學士院之稱，而不爲榜。太宗時，蘇易簡爲學士，上以紅羅飛白玉堂之署四字賜之。易簡即扃鐍置堂上，每學士上事，始得一開視，最爲翰林盛事。紹聖間，蔡魯公（京）爲承旨，始奏乞摹京杭州刻榜揭之，以避英宗諱，去下二字，止曰玉堂云。』《苕溪漁隱叢話前集》（卷四十二）引《蔡寬夫詩話》曰：『學士院舊與宣徽院相鄰，今門下後省乃其故地，玉堂兩壁有巨然畫山、董羽水。宋宣獻公（綬）爲學士時，燕穆之（肅）復爲六幅山水屏寄之，遂置於中間。元豐末既修兩後省，遂移院於今樞密院之後，兩壁既毁，屏亦莫知所在。今玉堂中屏乃待詔郭熙所作春江曉景，禁中宫局多熙筆，而此屏獨深妙，意若欲追配前人者。蘇儋州嘗賦詩云：玉堂晝掩春日閑，中有郭熙畫春山。今遂爲玉堂一佳物也。』○蘇子瞻原詩曰：『離離短幅開平遠，漠漠疎林寄秋晚。』此詩短紙即蘇詩所云短幅也。○雨腳見杜子美《茅屋爲秋風所破歌》。○《詩·篤公劉》毛傳曰：『巘，小山，別於大山也。』任曰：『米芾《書史》曰：唐人模王右軍一帖云：奉橘三百顆，霜未降，未可多得。韋應物詩云：書後欲題三百顆，洞庭更待滿林霜。（《答鄭騎曹青橘絕句》）蓋謂此也。』步瀛案：《山谷題跋》（卷七）曰：『韋蘇州詩云云，余往以謂用右軍帖云贈子黃柑三百者，比見右軍一帖云，橘三百枚云云，蘇州蓋取諸此。』

雙井茶送子瞻

任曰：『雙井在洪州分寧縣，山谷所居也。』《輿地紀勝》曰：『江南西路隆興府（即洪州，南宋孝宗隆興二年升爲府。）雙井在分寧西二十里，山谷所居之南溪，上有二井，土人汲以造茶，絕勝他處。』案：宋分寧縣，今江西修水縣治。又案：任注及《年譜》皆在元祐二年。

人間風日不到處，天上玉堂森寶書。方曰：『空中縱起。』想見東坡舊居士，揮毫百斛瀉明珠。我家江南摘雲腴，落磑霏霏雪不如。方曰：『二句入敘。』爲君喚起黃州夢，獨載扁舟向五湖。方曰：『二句遠勢。』

任曰：『《梁四公記》曰：羅子春爲梁武帝入龍洞求珠，得食如花藥膏飴，食之香美，齎食至京師，得人間風日，乃堅如石，不可食。此句全用其字。《龍濟頌》云：日月不到處，特地好乾坤。玉堂見上注。』○《文選》江文通《雜體詩擬休上人》曰：『寶書爲君掩。』李注引《道學傳》曰：『夏、禹撰真靈之玄要，集天官之寶書。』○任曰：『蘇公元豐二年謫黃州，築室於東坡，自號東坡居士。』○杜子美《奉和賈至舍人早朝大明宮》詩曰：『詩成珠玉在揮毫。』張文昌《野老歌》曰：『西江賈客珠百斛。』○任曰：『《社仙傳》：太真夫人曰：九轉丹四名朱光雲碧之腴。』（今本《神仙傳》無此文。）○《說文》曰：『磑，䃺也，古者公輸班作磑。』大徐音五對切。○魏武帝《苦寒行》曰：『雪落何霏霏！』○杜牧之《遣懷》詩曰：『十年一覺揚州夢。』○《越語下》曰：『范蠡遂乘輕舟以浮於五湖。』

送謝公定作竟陵主簿

任注此詩及《奉答謝公靜與榮子邕論》詩長韻皆附《謝公定和二范秋懷五首邀予同作》之後，曰：『公靜名諳，公定名悰，皆師厚之子。』案：師厚即山谷之婦翁，《黄氏二室墓誌銘》曰：『繼室曰介休縣君謝氏，故朝散大夫南陽謝公景初師厚之女。』（《外集》卷二十二）○任曰：『竟陵縣隸復州。』《輿地紀勝》曰：『荆湖北路復州景陵郡：在漢即江夏之竟陵縣地，石晋改竟陵爲景陵郡，（原注引王密學琪《夢野亭記》曰：石晋時以諱易今名，蓋晋高祖諱敬瑭也。）皇朝因之，神宗時廢，以景陵縣隸安州，尋復立復州，（原注曰：元祐元年。）治景陵縣。』《清統志》曰：『湖北安陸府：竟陵故縣在天門縣西北。』《宋史·職官志》曰：『諸州上中下縣主簿爲從九品。』

謝公文章如虎豹，至今斑斑在兒孫。精警。竟陵主簿極多聞，萬事不理專討論。澗松無心古須鬣，天球不琢中粹温。落筆塵沙百馬奔，劇談風霆九河翻。以上文學。胸中恢疎無怨恩，當官持廉庭不煩。吏民欺公亦可忍，慎勿驚魚使水渾。以上吏治。漢濱耆舊今誰存？駟馬高蓋徒紛紛。方曰：『二句跌入。』安知四海習鑿齒，拄笏看度南山雲。方曰：『收妙。』

歐陽永叔《歸田録》（卷上）曰：『謝希深爲奉禮郎，大年（楊億字）尤喜其文，每見則欣然延接，既去則歎息不已。希深初以奉禮郎鎖廳應進士舉，以啟事謁見大年，有云：曳鈴其空，上念無君子者，解組不顧，公其如蒼生何！大年自書此四句于扇曰，此文中虎也。』案：此詩所云虎豹者，似本此，則謝公當指希深，希深名絳，（歐陽永叔撰墓銘，王介甫撰行狀。）師厚之父，公定之祖也。故云斑斑在兒孫。任注言謝公謂師厚，似未確。○《易·革》九五曰：『大人虎變。』《象傳》曰：『其文炳也。』上六曰：『君子豹變。』《象傳》曰：『其文蔚也。』○《文選·七啟》李注曰：『斑，虎文也。』○《後漢書·胡廣傳》曰：『廣字伯始，達練事體，明解朝章，故京師諺曰：萬事不理問伯始。』○《論語·憲問篇》曰：『世叔討論之。』任曰：『此借用以言專意問學。』○左太沖《詠史》詩曰：『鬱鬱澗底松。』《酉陽雜俎》（卷十八）曰：『松今言兩粒、五粒，粒當言鬛，成式脩竹里私第大堂前有五鬛松兩根，大財如椀。甲子年結實，味如新羅南詔者不別。五鬛松皮不鱗，中使仇士良水磑亭子在城東有七鬛者，不知自何而得。』○須，鬚之本字。《孔叢子·居衛篇》：子思曰：『無此鬚鬛非伋所病也。』又曰：『禹、湯、文、武及周公不以鬚眉美鬛爲稱也。』○《書·顧命》曰：『天球河圖在東序。』孔疏引鄭注曰：『天球，雍州所貢之玉色如天者。』○顏延年《陶徵士誄》曰：『貞夷粹温。』○枚叔《七發》曰：『狀如奔馬。』○《漢書·揚雄傳》曰：『口吃不能劇談。』○《禮記·孔子閒居》曰：『風霆流形。』○韓退之《雜詩》曰：『淚如九河翻。』○《史記·范睢傳》曰：『一飯之德必償，睚眦之怨必報。』○韓退之《襄陽盧丞墓誌銘》曰：『能持廉名。』○《左》文十年：子舟曰：『當官而行。』○庭，任注本作且。○《漢書·翟方進傳》曰：『遷朔方刺史，居官不煩苛。』○《史記·曹相國世家》曰：『參去，屬其後相曰：以齊獄市爲寄，慎勿擾也。』○《淮南子·説林篇》曰：『使水濁者魚撓之。』○杜子美《示從孫濟》詩曰：『汲多井水渾。』○《水經·沔水篇》曰：『又東過襄陽縣北。』酈注引如淳曰：『此方人謂漢水爲沔水。』又曰：『巾水又西逕竟陵縣北，西注揚水，謂之巾口。揚水又北注於沔。』○《隋書·經籍志》（卷二）有《襄陽耆舊記》五卷，習鑿齒撰。任注引作《襄陽耆舊傳》，曰：『漢末嘗有四郡守、七都尉、二卿、兩侍中，朱軒高蓋會山下，因名冠蓋山，里曰冠蓋里。』○《漢書·于定國傳》：于公曰：『少高大門閭，令容駟馬高蓋車。』○杜子美《醉歌行》曰：『世上兒子徒紛紛。』○四海習鑿齒已見蘇子瞻《送楊傑》詩注。案《晋書·習鑿齒傳》曰：『字彦威，襄陽人也。博學洽聞，以文筆著稱，桓温辟爲從事，轉西曹主簿。』○《晋書·王徽之傳》曰：『爲桓沖騎兵參軍，沖嘗謂曰：卿在府日久，比當相料理。徽之初不答，直高視，以手版拄頰云：西山朝來致有爽氣耳。』吴先生曰：『以習鑿齒比公定才行之高，以王徽之比公定襟懷之雅。』

次韻子瞻寄眉山王宣義

任注及《年譜》皆編此詩於元祐三年。任曰：『王淮，字慶源，眉之青神人。東坡叔丈人也。晚以累舉恩得官。』案：蘇子瞻有《遺王慶源》詩，題云：『慶源宣義王丈以累舉得官，爲洪雅主簿、雅州戶掾，遇吏民如家人，人安樂之。既謝事，居眉之青神瑞草橋，放懷自得。有書來求紅帶，既以遺之，且作詩爲獻，請黃魯直、秦少游各爲賦一首，爲老人光華。』又案《九域志》：『成都府路眉州通義郡防禦治眉山縣。』今四川眉山縣治。《文獻通考·職官十八》曰：『隋有游騎尉爲散官，唐改爲宣義郎。（從七品下）宋元豐更官制，以宣義郎換光祿衛尉寺將作監丞。』〇任注本作《次韻子瞻以紅帶寄王宣義》，今依《全集》。

參軍但有四立壁，初無臨江千木奴。跌宕。白頭不是折腰具，桐帽棕鞋稱老夫。滄江鷗鷺野心性，陰壑虎豹雄牙須。鷫鸘作裘初服在，猩血染帶鄰翁無。昨來杜鵑勸歸去，更待把酒聽提壺。當今人材不乏使，天上二老須人扶。兒無飽飯尚勤書，神來氣來。婦無複褌且著襦。社甕可漉溪可漁，更問黄雞肥與癯。林間醉著人伐木，猶夢官下聞追呼。萬釘圍腰莫愛渠，富貴安能潤黄壚？意思曲折而神氣跌宕，使人涵詠不盡。

《宋史·職官志》曰：『諸曹官戶曹參軍掌戶籍賦税倉庫受納。』案：蘇子瞻稱王爲雅州戶掾，（見上）蓋官雅州戶曹參軍也。○《史記·司馬相如傳》曰：『家居徒四壁立。』○《御覽·果部三》引《襄陽記》曰：『李衡，字叔平，爲丹陽太守。衡每欲治家，妻輒不聽。密遣十人於武陵龍陽洲上作宅，種柑千樹，臨死敕兒曰：吾州里有千頭木奴，（頭字原作樹，今依《初學記·果部》改。）不責汝衣食，歲上一疋絹亦足用矣。及甘橘成（此句依《初學記》）歲得絹數千疋。』○杜子美有《懷台州鄭十八司戶》詩曰：『黄帽映青袍，非供侯折腰具。』〇任曰：『嘗見山谷《答蜀人楊明叔簡》云：桐帽本蜀人作，以桐木作而漆之，如今之帽。三十年前猶見之。棕鞵本出蜀中，今南方叢林亦作，蓋野夫黄冠之意。明叔寫此詩質於山谷，故其言云爾。』〇《圖畫聞見誌》（卷一）曰：『隋朝用桐木黑漆爲巾子，裹於幞頭之内，前繫二角，後垂二角，貴賤服之。』〇《禮記・曲禮》上曰：『大夫七十自稱曰老夫。』〇任曰：『蘇叔黨（過）所作《王元直墓表》（《斜川集》卷二作墓碑。）曰：季父慶源官於雅州（《斜川集》作洪雅。）以論事不合，取官長怒，陽以罪去，謀於公。公笑曰：古人不肯束帶見督郵，彼何人哉？慶源服其語，即謝病去。』〇任彦昇《贈郭桐廬》詩曰：『滄江路窮此。』〇杜子美《愁詩》曰：『盤渦鷺浴底心性。』〇杜子美《遊龍門奉先寺》詩曰：『陰壑生虚籟。』〇韓退之《別趙子》詩曰：『又嘗疑龍蝦，果誰雄牙鬚？』《西京雜記》（上）曰：『司馬相如以所著鷫鷞裘就市人陽昌貰酒。』〇《離騷》曰：『退將復修吾初服。』〇裴炎《〈猩猩銘〉序》（《唐文粹》七十八）曰：『猩猩在山谷行，常數百爲羣，惟與酒兼之以屐，可以就擒。西國之人取其血染毳罽，色鮮不黯。』

（任注謂炎説出於《華陽國志》，案：今本無之。）○任曰：『梅聖俞《四禽言·子規》云：不如歸去。』案《爾雅翼》（卷十四）曰：『子嶲，其鳴聲若歸去，故《爾雅》爲嶲，《説文》爲子嶲，《太史公書》爲秭鴂，（《曆書》）《高唐賦》爲秭歸，徐廣爲子雉，字雖異而句同也。亦曰望帝，亦曰杜宇，亦曰杜鵑，亦曰周燕，亦曰買䳺，名異而實同也。』○提壺見上歐陽永叔《啼鳥》詩注。○《左傳》襄三年曰：『日君乏使，使臣斯司馬。』○天上二老，任曰：『時文潞公、吕申公皆以大老平章軍國重事。』案：文潞公名彦博，字寛夫。吕申公名公著，字晦叔。《宋史》皆有傳。○韓退之《許國公神道碑》曰：『進見上殿，拜跪給扶。』杜子美《暮秋枉裴道州手札率爾遣興》詩曰：『此生已媿須人扶。』韓退之《符讀書城南》詩曰：『詩書勤乃有。』○《晋書·韓伯傳》曰：『伯年數歲，至大寒，母方爲作襦，令伯捉熨斗而謂之曰：且著襦，尋當作複褌。』○《世説新語·德行篇》曰：『范宣潔行廉約，韓豫章（伯爲豫章太守）遺絹百匹不受，減五十匹，復不受，如是減半，遂至一匹。既終不受，韓後與范同載，即車中裂二丈與范云：人寧可使婦無幝邪？范笑而受之。』○杜牧之《郡齋獨酌》詩曰：『社甕爾來嘗。』○昭明太子《陶淵明傳》曰：『取頭上葛巾漉酒。』○李太白《南陵別兒童入京》詩曰：『白酒初熟山中歸，黄雞啄黍秋正肥。』○韓致堯《醉著》詩曰：『漁翁醉著無人喚。』○任曰：『聞伐木喧噪之聲，猶以爲追呼也。』○《史記・酷吏・郅都傳》曰：『身固當奉職死節官下。』○《隋書・楊素傳》曰：『賜萬釘寶帶。』○《淮南子・覽冥篇》曰：『上際九天，下契黄壚。』高注曰：『黄泉下壚土也。』○《列子・楊朱篇》曰：『餘名豈足潤枯骨？』

戲答陳元輿

任注及《年譜》皆編此下二首於元祐二年。任曰：『《實録》：元祐二年八月，陳軒爲主客郎中，軒字元輿。』案《宋史・陳軒傳》曰：『建州建陽人。』

平生所聞陳汀州，蝗不入境年屢豐。東門拜書始識面，鬢髮幸未成老翁。
官饔同盤厭腥膩，茶甌破睡秋堂空。自言不復蛾眉夢，枯淡頗與小人同。

頓住。但憂迎笑花枝紅，夜窗冷雨打斜風，秋衣沈水換薰籠。銀屏宛轉復宛轉，意根難拔如薤本。深曲有味。○曾曰：『迎笑句謂少婦也，夜窗句謂寒宵也，秋衣句謂侍妾薰衣也。謂元輿雖甘枯淡，恐有少婦寒宵薰衣，意根復動耳。』○吴先生曰：『詩意言名利之難淡也，借蛾眉夢出之乃奇妙。』

《史記·高祖本紀》：『諸父老皆曰：平生所聞劉季諸珍怪，當貴。』○《明統志》福建汀州府《名宦》宋陳軒注曰『元豐中知汀州，治尚清靜豈弟，黃庭堅詩云云』。○《後漢書·魯恭傳》曰：『拜中牟令，恭專以德化爲理，不任刑罰，郡國螟傷稼，犬牙緣界不入中牟，河南尹袁安聞之，使仁恕掾肥親往廉之，親曰：今蟲不犯境，此一異也。化及鳥獸，此二異也。豎子有仁心，此三異也。』○任曰：『退之《〈送石洪〉序》曰：拜受書札於門內。此借用，當是拜誥於東上閤門。』○魏文帝《與吴質書》曰：『志意何時復類昔日？已成老翁，但未白頭耳。』○《周禮·天官·外饔》：『掌賓客飧饔之事。』○任曰：『藥山（惟儼禪師）云：一切處放教枯淡去。』○曾曰：『小人，山谷自謂也。』○《證類本草》（十二）引《南越志》曰：『交州有蜜香樹，欲取先斷其根，經年後外皮朽爛，木心與節堅黑沈水者爲沈香，浮水面平者爲雞骨香，最麄者爲棧香。』又引陳藏器云：『其馬蹄雞骨只是煎香，並堪薰衣去臭。』又見王介甫《送程闢知洪州》詩注。○《御覽·服用部》十三引劉向《别録》曰：『淮南王有《薰籠賦》。』《方言》五曰：『篝，陳、楚、宋、魏之間謂之牆居。』郭注曰：『今薰籠也。』《説文》曰：『篝，答也，可以薰衣。』○白樂天《長恨歌》曰：『珠箔銀屏迤邐開。』○任曰：『釋氏有六根之説，意根其一也。』步瀛案：六根者，謂眼、耳、鼻、舌、身、意六官也。根爲能生之義，眼根對色境而生眼識耳。以下同，乃至意根對法境而生意識。《大乘義章四》曰：『六根者對色名眼，乃至第六對法名意，此之六能生六識，故名爲根。』○《後漢書·龐參傳》曰：『拜參爲漢陽太守。郡人任棠者，有奇節，參到先候之，棠不與言，但以薤一大本水一盂置戶屏前，自抱孫伏於戶下。參思其微意良久曰：水者，欲吾清也。拔大本薤者，欲吾擊强宗也。抱兒當戶，欲吾開門恤孤也。於是歎息而還。』

再答元輿

君不能入身帝城結子公，又不能擊强有如諸葛豐。法當憔悴百寮底，五十天涯一禿翁。方曰：『起逆入，奇氣傑句，跌宕有勢。』問君何自今爲郎？便殿作賦聲摩空。偶然樽酒相勞苦，牛鐸調與黃鐘同。安得朱轓各憑熊？江南樓閣白蘋風，勸歸嗁鳥曉窗籠。男兒邂逅功補袞，鳥倦歸巢葉歸本。方曰：『收言不如歸也。』曾曰：『邂逅謂不期而得之。補袞，謂名位也。言名位倉卒可得，不如不忘其本也。』吴先生曰：『言功成當遂初服也。』

《漢書·陳咸傳》曰：『咸爲南陽太守，時車騎將軍王音輔政，信用陳湯。咸數賂遺湯，予書曰：即蒙子公力得入帝城，死不恨。後竟徵入爲少府。』《陳湯傳》曰：『湯字子公。』○《漢書·諸葛豐傳》曰：『豐字少季，琅邪人也。元帝擢爲司隸校尉，舉刺無所避。』○擊强見上篇薤本注。○《史記·魏其武安傳》：『武安怒曰：與長孺共一老禿翁，何爲首鼠兩端？』○《史記·馮唐傳》：『文帝曰：父老何自爲郎？』○李長吉《高軒過》詩曰：『殿前作賦聲摩空。』○《晋書·荀勖傳》曰：『勖於路逢趙賈人牛鐸，識其聲。及掌樂，音韻未調，乃曰得趙之牛鐸則諧矣。遂下郡國，悉送牛鐸，果得諧者。』《周書·長孫紹遠傳》曰：『紹遠爲太常，創造樂器，爲黄鐘不調，紹遠每以爲意。嘗因退朝，經韓使君佛寺前，浮圖三層之上有鳴鐸焉，忽聞其音雅合宫調，取而配奏，方始克諧，乃啟世宗行之。』任曰：『牛鐸，山谷以自況，黄鐘以比元輿，謂貴賤雖異，調韻則同。』○《漢書·景帝紀》曰：『六年，令長吏二千石車朱兩轓。』顔曰：『據許慎、李登說，轓，車之蔽也，音甫元反。』《續漢書·輿服志》曰：『公列侯倚鹿伏熊，黑轓朱斑輪。』案：倚謂倚較，伏謂伏軾。劉補注引《魏都賦》注曰：『軾車横覆膝，人所憑止者也。』○任曰：『古樂府《前溪歌》曰：當曙與未曙，百鳥啼窗籠。』○男兒二句，任曰：『意謂功名之會時來則偶爲之，初不必經意，至於税駕之地則不可不早計也。』○《詩·野有蔓草》曰：『邂逅相遇。』毛傳曰：『邂逅，不期而會。』○《詩·烝民》曰：『袞職有闕，維仲山甫補之。』○陶淵明《歸去來辭》曰：『鳥倦飛而知還。』《文選》鮑明遠《翫月城西門》詩李善注引《翼氏風角》曰：『木落歸本，水流歸末。』

王充道送水仙花五十枝欣然會心爲之作詠

任注及《年譜》皆編此詩於建中靖國元年。案：是年四月，山谷至荆南，除吏部員外郎，再具辭免，遂留荆南待命，以至度歲。

凌波仙子生塵襪，水上輕盈步微月。是誰招此斷腸魂，種作寒花寄愁絶？含香體素欲傾城，山礬是弟梅是兄。坐對真成被花惱，出門一笑大江横。

方曰：『奇思奇句。』

方曰：『遒老。』

曹子建《洛神賦》曰：『凌波微步，羅襪生塵。』○《楚辭》有《招魂》。○杜子美《北風》詩曰：『愁絶付摧枯』任曰：『應劭《漢官儀》：尚書郎含雞舌香。此借用。』○陶淵明《答龐參軍》詩曰：『君其愛體素。』○山谷《〈戲詠高節亭邊山礬花〉序》曰：『江湖南野中有一種小白花，本高數尺，春開極香，野人謂之鄭花。王荆公嘗欲作詩而陋其名，予請名曰山礬，野人采鄭花葉以染黄，不借礬而成色，故名山礬。』○杜子美《江上獨步尋花》詩曰：『江上被花惱不徹，無處告訴只顛狂。』○任曰：『山谷在荆州，與李端叔帖云：數日來驟暖，瑞香、水仙、紅梅皆開，明窗静室，花氣撩人，似少年都下夢也。但多病之餘懶作詩爾。山谷時寓荆渚沙市，故有大江横之句，老杜詩：雞蟲得失無了時，注目寒江倚山閣。（《縛雞行》）山谷句意類此。』

陳齊之（長方）《步里客談》（卷下）曰：『古人作詩斷句旁入他意，最爲警策。如老杜云：雞蟲得失無了時，注目寒江倚山閣，是也。黄魯直作水仙花詩，亦用此體云：坐對真成被花惱，出門一笑大江横。至陳無己云：李杜齊名吾豈敢，晚風無樹不鳴蟬。則直不類矣。』

書摩崖碑後

任注及《年譜》皆編此詩於崇寧三年。《年譜》曰：『先生有真蹟石刻，題云：崇寧三年

（當補三月二字）己卯（初六日）風雨中來泊浯溪，進士陶豫、李格，僧伯新、道遵同至《中興頌》崖下。明日，居士蔣大年、石君豫，大醫成權及其侄逸，僧守能、志觀、德清、義明、崇廣俱來。又明日，蕭褒及其弟裒來。三日裵回崖次，請予賦詩。老矣豈復能文？强作數語，惜秦少游下世，不得此妙墨劖之崖石耳。又按王仲言（明清）《揮麈後録》云：崇寧三年，太史赴宜州貶所，是時外祖曾空青坐鉤黨先徙是郡，太史留連逾月，極其歡洽，相與酬倡，如《江樾書事》之類（《後録》原有是也二字），帥游浯溪，觀《中興碑》，太史賦詩書姓名於左，外祖急止之曰：公詩文一出，即日傳播，某方爲流人，豈可出郊？公又遠徙，蔡元長（京）當軸，豈可不過爲之防耶？太史從之。但詩中云：亦有文士相追隨。蓋爲外祖而設。（《後録》卷七止此）空青即公卷（亦作衮），名紆。』案歐陽永叔《集古録跋尾》（卷七）曰：『《大唐中興頌》，元結撰，顔真卿書。書字尤偉，而文辭古雅。碑在永州，摩崖石而刻之。《清統志》曰：『湖南永州府：磨崖碑在祁陽縣南浯溪北崖石上，鐫唐元結所撰《大唐中興頌》，顔真卿書。』

春風吹船著浯溪，扶藜上讀《中興碑》。平生半世看墨本，摩挲石刻鬢成絲。吴北江曰：『二句頓挫。』明皇不作包桑計，顛倒四海由祿兒。九廟不守乘輿西，萬官已作烏擇棲。撫軍監國太子事，何乃趣取大物爲？詞義嚴正。事有至難天幸爾，上皇蹻蹐還京師。内間張后色可否，外間李父頤指揮。南内淒涼幾苟活，高將軍去事尤危。臣結春陵二三策，臣甫杜鵑再拜詩。安知忠臣痛至骨，世上但賞瓊琚詞。沈鬱頓挫。同來野僧六七輩，亦有文士相追隨。斷崖蒼蘚對立久，涷雨爲洗前朝悲。神似杜老而不襲其貌，是爲作家。

元次山（結）《〈浯溪銘〉序》曰：『浯溪在湘水之南，北匯於湘，愛其勝異，遂家溪畔。溪世無名稱者也，爲自愛之，故命曰浯溪。』《清統志》曰：『湖南永州府：浯溪在祁陽縣西南五里。』○平生二句，任注曰：『言垂老方見真刻。』案：崇寧三年，山谷年六十歲。

○韓退之《石鼓歌》曰：『誰復著手爲摩挲？』○《易·否·上九》曰：『其亡其亡，繫于包桑。』○元微之《連昌宫詞》曰：『廟謨顛倒四海摇。』○《新唐書·逆臣傳》曰：『安禄山，營州柳城胡也。天寶元年，以平盧爲節度，禄山爲之使，兼柳城太守，押兩蕃渤海、黑水四府經略使。明年，進驃騎大將軍。又明年，代裴寬爲范陽節度、河北採訪使，仍領平盧軍。時楊貴妃有寵，禄山請爲妃養兒，帝許之。封柳城郡公，又進東平郡王，兼河東節度使。』○《新唐書·禮樂志》曰：『開元十年，詔宣皇帝復祔于正室，謚爲獻祖，并謚光皇帝爲懿祖。又以中宗還祔太廟，於是太廟爲九室。』○《獨斷》（卷上）曰：『天子至尊，不敢褻瀆言之，故託於乘輿。』《舊唐書·玄宗紀》曰：『天寶十五載六月，潼關不守，京師大駭。甲午，謀幸蜀。乙未凌晨自延秋門出。』○任曰：『烏字或作鳥，非。古樂府有《烏棲曲》。』《史記·孔子世家》曰：『鳥能擇木，木豈能擇鳥乎？』（本《左》哀十一年）姚南青曰：『萬官白謂羣臣之向靈武而背上皇，杜子美所謂攀龍附鳳者也。』（見《洗兵馬》詩）○《左》閔二年：里克曰：『太子君行則守，有守則從，從曰撫軍，守曰監國。』○任曰：『《唐書·肅宗紀》：祿山反，天寶十五載，玄宗避賊，行至馬嵬，父老請留太子討賊，玄宗許之。太子治兵于朔方，七月，即帝位於靈武，尊皇帝曰上皇天帝。』《本紀贊》曰：『肅宗雖不即尊位，亦可以破賊。』《莊子·在宥篇》曰：『夫有土者有大物也。』《讓王篇》曰：『天下大器也。』○元次山《大唐中興頌》曰：『事有至難，宗廟再安，二聖重歡。』○《史記·驃騎將軍傳》曰：『軍亦有天幸，未嘗困絕也。』○《詩·正月》曰：『謂天蓋高，不敢不局。謂地蓋厚，不敢不蹐。』毛傳曰：『局，曲也。蹐，累足也。』《釋文》曰：『局，本又作跼。』○《舊唐書·肅宗紀》曰：『至德二載冬十月，詔曰：緣京城初收，要安百姓，又灑掃宮闕奉迎上皇，以今月十九日還京。十二月丙午，上皇至自蜀。』○《新唐書·后妃傳》曰：『肅宗廢后庶人張氏，鄧州向城人，家徙新豐。立爲皇后，稍稍豫政事，與李輔國相倚，又與輔國謀徙上皇西內。』○《舊唐書·宦官傳》曰：『李輔國少爲閹，至德二年，進封郕國公。中貴人不敢呼其官，但呼五郎。宰相李揆事輔國，執子弟之禮，謂之五父。上皇自蜀還京，居興慶宮，持盈公主往來宮中，輔國嘗陰候其隙而間之。上元元年，上皇嘗登長慶樓，與公主語，劍南奏事官過朝謁，上皇令公主及如仙媛作主人。輔國乃奏曰：南内有異謀。矯詔移上皇居西内，送持盈於玉真觀，高力士等皆坐流竄。』○《漢書·賈誼傳》：誼上疏曰：『力制天下，頤指如意。』○《舊唐書·地理志》曰：『南内曰興慶宮，在東内之南隆慶坊，本玄宗在藩時宅也。』○《新唐書·宦者傳》曰：『高力士以誅蕭、岑等功，爲右監門衛將軍。肅宗在東宮，兄事力士，帝或不名而呼將軍，加累驃騎大將軍，封渤海郡公，上皇徙西内，居十日，爲李輔國所誣，長流巫州。』○元次山《道州謝上表》曰：『臣以五月二十二日（廣德二年）到州上訖，耆老見臣，俯伏而泣。官吏見臣，已無菜色。城池井邑，但生荒草，登高極望，不見人煙。嶺南數州，與臣接近，餘寇蟻聚，尚未歸降。臣見招輯流亡，率勸貧弱，保守城邑，畬種山林，冀望秋後少可全活。臣料今日州縣堪征税者無幾，已破敗者實多，百姓戀墳墓者蓋少，思流亡者乃眾，則刺史宜精選謹擇以委任之，固不可拘限官次，得之貨賄，出之權門者也。凡授刺史，特望陛下一年問其流亡歸復幾何，田疇墾闢幾何。

二年問畜養比初年幾倍，可税比初年幾倍。三年計其功過，必行賞罰。則人皆不敢冀望僥倖，苟有所求。』《再謝上表》曰：『今四方兵革未寧，賦斂未息，百姓流亡轉甚，官吏侵剋日多，實不合使凶庸貪猥之徒、凡弱下愚之類，以貨賂權勢而爲州縣長官。伏望陛下特加察問，舉其功過，必行賞罰，以安蒼生。』姚南青謂所云二三策者，即斥謝表兩通中語是也）春陵即道州。次山《〈春陵行〉序》曰：『癸卯漫叟（次山自號）授道州刺史，此州是春陵故地，故作《春陵行》以達下情。』《清統志》曰：『湖南永州府：春陵故城在寧遠縣西。』《孟子·盡心下》曰：『吾於《武成》取二三策而已矣。』任曰：『此借用。』○杜子美《杜鵑》詩曰：『我見常再拜，重是古帝魂。』《北征》詩曰：『臣甫憤所切。』○《史記·刺客傳》：樊於期曰：『每常念之，痛於骨髓。』○韓退之《祭柳子厚文》曰：『玉佩瓊琚，大放厥詞。』《爾雅·釋天》曰：『暴雨謂之涷。』《楚辭·九歌·大司命》曰：『使涷雨兮灑塵。』案：涷或作凍，誤。山谷此詩作於三月，不應言涷雨也。

送張材翁赴秦簽

史公儀（容）《外集注》及《年譜》皆編此詩於元祐元年。又山谷有《次韻張仲謀過酺池寺齋》詩曰：『十年醉錦幄，酴醿照金沙。攲眠春風底，不去留君家。是時應門兒，紫蘭茁其芽。』與此詩起數句情事相同。又云：『諸阮有二妙，能詩定自嘉。』此詩任注及《年譜》亦編於元祐元年，疑此詩所云公家諸父，或即仲謀，而彼詩所稱爲二阮者，或材翁其一耶！任、史注皆云仲謀名詢，而史於材翁無注，其事不可攷矣。○《元豐九域志》：『秦鳳路秦州天水郡雄武軍節度，治成紀縣。』今甘肅天水縣治。《宋史·職官志》，幕職官有簽書判官廳公事。故詩云將軍幕下士也。

金沙酴醿春縱横，吴曰：『逆起。』提壺栗留催酒行。公家諸父酌我醉，横笛送晚延月明。此時諸兒皆秀發，酒間乞書藤紙滑。北門相見後十年，醉語十不省七八。吏事袞袞談趙張，吴曰：『逆折。』乃是樽前緑髮郎。風悲松丘忽三歲，更覺緑竹能風霜。去作將軍幕下士，猶聞防秋屯虎兕。只今陛下思保民，所要邊頭不生事。短長不登四萬日，愚智相去三十里。百分舉酒更若爲，千戶封侯儻來爾。

王介甫有《酴醾金沙二花合發》詩，又有《池上看金沙花數枝過酴醾架盛開》詩。山谷亦有《以金沙酴醾寄公壽》詩。○提壺、栗留俱見歐陽永叔《啼鳥詩》注。○《新唐書·地理志》曰：『江南道：厥貢藤紙丹砂。』○北門，史注曰：『謂北京教授時。』案《宋史·文苑·黃庭堅傳》曰：『熙寧初舉四京學官，第文爲優，教授北京國子監，留守文彥博才之，留再任。』《年譜》曰：『熙寧五年壬子，先生是歲試中學官，除北京國子監教授。』案：山谷自此在北京凡六年，此云十年，當在元豐八九年時也。○《漢書·趙廣漢傳》曰：『爲京兆尹，廉明威制豪彊，小民得職。』《張敞傳》曰：『守京兆尹，枹鼓稀鳴，市無偷盜。』又《贊》曰：『自孝武置左馮翊、右扶風、京兆尹，而吏民爲之語曰：前有趙、張，後有三王。』○風悲松丘，史注曰：『言其居憂也。』案《文選·古詩十九首》李注引仲長子《昌言》曰：『古之葬者松柏梧桐以識其墓。』○史注引《漢書·嚴助傳》：『不能其水土。』

吴曰：『此首以章法逆折爲奇，收四句兀奡，是山谷意態。』

顔師古曰：『能，堪也。』案：能、耐字通，《禮記·禮運》：『聖人耐以天下爲一家。』鄭注曰：『耐，古能字。』《漢書·食貨志上》：『能風與旱。』《晁錯傳》：『其性能寒。』顔注皆曰：『能讀曰耐。』〇韓退之《寄盧仝》詩曰：『水北山人得名聲，去年去作幕下士。』〇《新唐書·陸贄傳》曰：『西北邊歲調河南、江、淮兵，謂之防秋。』〇史注曰：『太白云：百年三萬六千日。（《襄陽歌》）人壽短長多不及此數也。《南史·袁峻傳》：抄書自課，日五十紙，數不登則不止。此摘其字。』〇《世説新語·捷悟篇》曰：『魏武嘗過曹娥碑下，楊脩從碑背上見題作黄絹幼婦外孫齏臼八字。魏武謂脩曰：解不？答曰：解。魏武曰：卿未可言，待我思之。行三十里，魏武乃曰：吾已得。令脩别記所知。脩曰：黄絹，色絲也，於字爲絶。幼婦，少女也，於字爲妙。外孫，女子也，於字爲好。齏臼，受辛也，於字爲辭。所謂絶妙好辭也。魏武亦記之，與脩同。乃歎曰：我才不及卿，乃覺三十里。』〇《樂府詩集》（卷二十五）《隔谷歌》曰：『食糧乏盡若爲活？』吴北江曰：『詩人用若爲，猶言如何也。』〇《莊子·繕性篇》曰：『軒冕在身，非性命也，物之儻來寄也。寄之，其來不可圉，其去不可止。』

陸務觀（游）（五首）

陸游，字務觀，號放翁，越州山陰人。蔭補登仕郎。宋孝宗即位，賜進士出身。范成大帥蜀，務觀爲參議官。嘉泰三年，升寶章閣待制致仕。嘉定三年卒。《宋史》有傳。○王阮亭曰：『南渡氣格下東都遠甚，唯陸務觀爲大宗。七言逐杜、韓、蘇、黄諸大家，正坐沈鬱頓挫少耳。要非餘人所及。』姚南青曰：『放翁興會飆舉，辭氣踔厲，使人讀之發揚矜奮，起痿興痺矣。然蒼黯蘊蓄之風蓋微，所謂無意爲文而意已獨至者尚有待歟！』

石首縣雨中繫舟戲作短歌

此宋孝宗乾道六年放翁赴夔州通判任過石首縣作也。放翁《入蜀記》（卷五）曰：『九月十二日石首，過縣不入。石首自唐始爲縣，在龍蓋山之麓，下臨漢水，亦形勝之地也。泊藕池。』《輿地紀勝》曰：『荆湖北路江陵府石首縣：在府東二百里。』《清統志》曰：

『湖北荊州府石首縣：在府城東一百八十里，以山爲名。』

庚寅去吴西適楚，秋帆孤舟泊江渚。荒林月黑虎欲行，古道人稀鬼相語。鬼語亦如人語悲，吴北江曰：『入鬼語奇幻。』楚國繁華非昔時。章華臺前小家住，茆屋雨漏秋風吹。悲哉秦人真虎狼，吴曰：『突起横接。』欺負六國囚侯王。亦知興廢古來有，吴曰：『憑空頓斷，所謂逆接也。』但恨不見秦先亡。開窗酹汝一杯酒，等爲亡國秦更醜。驪山冢破已千年，至今過者無傷憐。姚曰：『金源之欺趙氏，甚於秦之欺楚，其終滅於弱宋，豈非天哉？讀放翁此詩，爲之慨然。』吴曰：『意亦尋常，以鬼語出之，便妙絶沈痛。』

錢辛楣（大昕）《陸放翁先生年譜》曰：『乾道六年庚寅，將赴夔州任，閏五月十八日始行，二十日渡江出北關登舟，六月五日抵秀州，十日至平江，十七日至鎮江，七月一日抵真州，五日至建康府，十一日江行泊太平州江口，十九日至蕪湖縣，二十四日到池州，二十八日過東流縣，八月二日抵江州，十八日至黄州，二十三日至鄂州，九月十二日過石首縣。」○蘇子瞻《宿南山中蟠龍寺》詩曰：『風生飢虎嘯空林，月黑驚麏竄修竹。』○《齊策三》曰：『孟嘗君將入秦，蘇秦（當依《史記·蘇秦傳》作蘇代）欲止之。孟嘗曰：人事者吾已盡知之矣，吾所未聞者獨鬼事耳。蘇秦曰：臣之來也，固且以鬼事見君。今者臣來過於淄上，有土偶人與桃梗相與語。』○《左傳》昭七年：『楚子成章華之臺。』杜注曰：『臺在今華容城内。』《清統志》曰：『湖北荆州府：章華臺在監利縣西北。』○《漢書·霍光傳》曰：『樂成小家子。』樂府《古碧玉歌》曰：『碧玉小家女。』○《楚策一》：蘇秦説楚威王曰：『夫秦，虎狼之國也。』○《漢書·韓延壽傳》曰：『徙爲東郡太守，接待下吏，恩施甚厚，而約誓明，或欺負之者，延壽痛自刻責。』○《説文》曰：『酹，餟祭也。』《玉篇》曰：『以酒祭地也，力昧切。』《世説新語·雅量篇》曰：『太元末，長星見，孝武心甚惡之，夜華林園中飲酒，舉杯屬長星云：長星勸汝一杯酒。』○《漢書·劉向傳》：向上疏曰：『秦始皇帝葬於驪山之阿，下錮三泉，上崇山墳，驪山之作未成，而周章百萬之師至其下矣。項籍燔其宫室營宇，往者咸見發掘，其後牧兒亡羊，羊入其鑿，牧者持火照求羊，失火燒其臧椁。』

綿州録事參軍廳觀姜楚公畫鷹少陵爲作詩者

杜子美有《姜楚公畫角鷹歌》。黄叔似補注曰：『此寶應元年至綿州時作。』《歷代名畫記》（卷九）曰：『姜皎，上邽人，善畫鷹鳥。玄宗在藩時，爲尚衣奉御。即位，累官至太常卿，封楚國公。』《宋史·職官志》曰：『録事參軍掌州院庶務，糾諸曹稽違。』又《地理志》：『成都府路綿州治巴西縣。』案：在今四川綿陽縣東北。《年譜》曰：『乾道八年十一月，改除成都府安撫司參議官，復自漢中適成都，入西川境，到綿州録參廳觀姜楚公畫鷹。』

我來訪古涪之濱，不辭百罔冀一真。走馬朝尋海棧館，斫膾夜醉魴魚津。越王高樓亦已换，俯仰今古堪悲辛。督郵官舍最卑陋，棟橈楹腐知幾春。

巋然此壁獨無恙，老槎勁翮完如新。向來劫火何自免？叱呵守護疑有神。
狐狸九尾穴中國，共置不問如越秦。他時此物合致用，下韝指呼端在人。
會當原野灑毛血，坐令萬里清煙塵。老眼還憂不及見，詩成肝膽空輪囷。

吴曰：『後半頓閑，發絶大感慨，神似杜公。』

《水經・涪水注》曰：『涪水出廣漢剛氏道徼外，東南流逕涪縣西，又東南逕綿竹縣北。』《清統志》曰：『四川綿州：涪水在州東北。』○《新唐書・后妃傳・代宗睿真皇后沈氏傳》曰：『帝謂左右，吾寧受百罔，冀一得真。』○杜子美《海棕行》曰：『左綿公館清江濆，海棕一株高入雲。』黄叔似曰：『棕在綿州，乃寶應元年至綿州時作。』案：椶、棕字同。○杜子美《觀打魚歌》曰：『綿州江水之東津，魴魚鱍鱍勝似銀。』又曰：『饔子左右揮霜刀，鱠飛金盤白雪高。』案：膾、鱠字同。○杜子美《越王樓歌》曰：『綿州州府何磊落，顯慶年中越王作。孤城西北起高樓，碧瓦朱甍照城郭。』朱注引《綿州圖經》曰：『越王樓在綿州城外西北，有臺高百尺，上有樓，下瞰州城。唐高宗顯慶中，太宗子越王貞爲綿州刺史作。』《清統志》曰：『綿州越王樓在廢州城西北。』○《通典·職官》（十五）曰：『督郵，漢有之，掌監屬縣。』○《易·大過》孔疏曰：『棟橈謂屋棟橈柔也。』○《文選》王文考《〈魯靈光殿賦〉序》曰：『遭漢中微，盜賊奔突，自西京未央、建章之殿皆見隳壞，而靈光巋然獨存。』李善注曰：『巋然，高大堅固貌也。』○《宣和畫譜》（卷十二）曰：『宋迪多喜畫松，而枯槎老枿，或高或偃，或孤或雙，以至於千株萬株，森森然殊可駭也。』○《藝文類聚·鳥部中》引傅玄《鷹賦》曰：『勁翮二六。』○白樂天《贈劉道士》詩曰：『苦海不能漂，劫火不能焚。』○韓退之《石鼓歌》曰：『鬼物守護煩撝呵。』○《山海經·大荒東經》曰：『有青丘之國，有狐九尾。』○韓退之《爭臣論》曰：『視政之得失，若越人視秦人之肥瘠，忽然不加喜戚於其心。』○杜子美《白鷹》詩曰：『百中爭能恥下鞲。』又《畫鷹》詩曰：『何當擊凡鳥，毛血灑平蕪。』○《漢書·鄒陽傳》：《從獄中上書》曰：『蟠木根柢，輪囷離奇。』注引張晏曰：『委曲盤戾也。』韓退之《別元十八協律》詩曰：『肝膽還輪囷。』

長歌行

古樂府有《長歌行》。《古今注》（卷中）《音樂篇》曰：『長歌、短歌言人生壽命長短定分不可妄求也。《文選》樂府《長歌行》李注曰：《古詩》曰：長歌正激烈。魏文帝《燕歌行》曰：短歌微吟不能長。傅玄《艷歌行》曰：咄來長歌續短歌。然行聲有長短，非言壽命也。』《樂府古題要解》（卷上）曰：『《古詩》：青青園中葵，朝露待日晞。言榮華不久，當努力爲樂，無至老大乃傷悲也。曹魏改奏文帝所賦西山一何高，言仙道洪濛不可識，如王喬、赤松皆空言虛辭，迂怪難信，當觀聖道而已。若晋陸士衡逝矣經天日，復言人運短促，當乘閑長歌，不與古文合。』

人生不作安期生，醉入東海騎長鯨。猶當出作李西平，手梟逆賊清舊京。

金印煌煌未入手，吴曰：『逆折。』白髮種種來無情。成都古寺卧秋晚，落日偏傍僧窗明。豈其馬上破賊手，吴曰：『平空提起，意態英偉非常。』哦詩長作寒螿鳴？興來買盡市橋酒，大車磊落堆長瓶。哀絲豪竹助劇飲，如鉅野受黃河傾。吴曰：『滿腹牢騷之氣。』平時一滴不入口，吴曰：『轉筆不測。』意氣頓使千人驚。國讎未報壯士老，吴曰：『撐挺。』匣中寶劍夜有聲。吴曰：『淋漓酣縱。』何當凱旋宴將士，三更雪壓飛狐城？方植之以此詩爲放翁壓卷。吴曰：『放翁豪横處，自臻絶詣。』

《史記·封禪書》：『少君言上曰：臣嘗游海上，見安期生，安期生食臣棗，大如瓜。』《列仙傳》曰：『安期先生者，瑯琊阜鄉人也。賣藥於東海邊，時人皆言千歲翁。秦始皇東游，請見與語三日三夜去，留書以赤玉舄一量爲報曰：後數年求我於蓬萊山。』○東海騎鯨，已見蘇子瞻《送楊傑》詩注。○《新唐書·李晟傳》曰：『晟字良器，洮州臨潭人。拜鳳翔、隴西、涇原節度使，兼行營副元帥，徙王西平郡。』○《新唐書·德宗紀》曰：『建中三年十月，涇原節度使姚令言反，犯京師。戊申，如奉天，朱泚反。興元元年三月壬辰，次梁州。五月壬辰，尚可孤及朱泚戰于藍田之西，敗之。乙未，李晟又敗之於苑北，又敗之於白華，復京師。六月癸卯，姚令言伏誅。甲辰，朱泚伏誅。』《説文·木部》曰：『梟，不孝鳥也。故日至捕梟磔之，從鳥頭在木上。』○《史記·蔡澤傳》：『澤謂其御者曰：吾懷黄金之印，結紫綬於要。』《晋書·周顗傳》：『顗曰：取金印如斗大繫肘。』○《左》昭三年：盧蒲嫳曰：『余髮如此種種。』杜注曰：『種種，短也。』○《魏書·傅永傳》：『高祖每歎曰：上馬能擊賊，下馬作露布，惟傅脩期耳。』○《禮記·月令》曰：『孟秋之月，寒蟬鳴。』鄭注曰：『寒蟬，寒蜩，謂蜺也。』《爾雅·釋蟲》曰：『蜺，寒蜩。』郭注曰：『寒螿也，似蟬而小，青赤。』○《華陽國志·蜀志》曰：『蜀郡少城，西南兩江有七橋，石牛門曰市橋。』《清統志》曰：『四川成都府：市橋在成都縣西四里。』○杜子美《醉爲馬墜諸公攜酒相看》詩曰：『初筵哀絲動豪竹。』○《史記·河渠書》曰：『元光之中而河決於瓠子，東南注鉅野，通於淮、泗。』正義引《括地志》曰：『鄆州鉅野縣東北大澤是。』《清統志》曰：『山東曹州府：鉅野澤在鉅野縣北五里。』〇《魏志·邴原傳》裴注引《邴原別傳》曰：『原舊能飲酒，自行之後八九年間，酒不向口，臨別師友以原不飲酒，會米肉送原。原曰：本能飲酒，但以荒思廢業，故斷之耳。今當遠別，因見貺餞，可一飲燕。於是共坐飲酒，終日不醉。』〇《宋史·葉顒傳》曰：『曹泳許薦于朝，顒固辭，賀正中薦顒，遂召見，顒論國讎未復，中原之民日企鑾輿之反，其語剴切。』〇《周禮·大司馬》鄭注曰：『兵樂曰凱。』〇飛狐已見蘇子瞻《雪浪石》詩注。

登灌口廟東大樓觀岷江雪山

《元和郡縣志》曰：『劍南道彭州導江縣：灌口鎮在縣西二十六里，望帝祠在灌口鎮城內。』又曰：『松州嘉誠縣：雪山在縣東八十里，春夏常有積雪，故名。』又曰：『茂州汶山縣：汶山即岷山也，南去青山、石山百里，天色晴明，望見成都山嶺停雪，常深百丈，夏月融泮，江川爲之洪溢。汶江自翼州南流，經縣二里。』又曰：『汶川縣：大江水一曰汶江，至汶山故郡乃廣二百步。』又曰：『柘州柘縣：大雪山一名蓬婆山，在縣西北一百里。』《九域志》曰：『成都府路彭州導江縣有大江。』《清統志》曰：『四川成都府灌縣在府西一百二十五里，岷江出岷山北。舊志云：亦曰汶江。雪山在灌縣西南一百里。』案：四川雪山非一，此詩殆即指灌縣西南之雪山。

我生不識柏梁建章之宮殿，安得峩冠侍游宴？又不及身在滎陽京索間，擐甲横戈夜酣戰。胸中迫隘思遠遊，泝江來倚嵋山樓。千年雪嶺欄邊出，萬里雲濤坐上浮。吴曰：『二句寫景極遠大，開出下文。』禹迹茫茫始江漢，疏鑿功當九州半。吴曰：『憑空特起，奇情偉抱。』丈夫生世要如此，齎志空死能無歎？白髮蕭條吹北風，手持巵酒酹江中。姓名未死終磊磊，要與此江東注海。吴曰：『豪宕壯激。』

《漢書·武帝紀》曰：『元鼎二年春，起柏梁臺。』顔師古注曰：『《三輔舊事》云：以香柏爲之。』○《史記·封禪書》曰：『柏梁災，勇之乃曰，越俗有火災，復起屋必以大用勝服之。於是作建章宮，度爲千門萬戶。』○韓退之《示兒》詩曰：『峩冠講唐虞。』○《史記·項羽本紀》曰：『常乘勝逐北，與漢戰滎陽、京、索間。』正義引《括地志》曰：『京縣城在鄭州滎陽縣東南二十里。滎陽縣即大索城。杜預云：成皋東有大索城，又有小索故城，在滎陽縣北四里。』《清統志》曰：『河南開封府京縣故城在滎陽縣東南，古大索城，今滎陽縣，滎陽故城在滎澤縣西南。』○《左傳》成二年曰：『擐甲執兵，固即死也。』○《呂氏春秋·貴直論》曰：『行人燭過免胄横戈而進。』○《楚辭·遠遊》曰：『悲時俗之迫阨兮，願輕舉而遠游。』○《左傳》襄公四年：魏絳述辛甲《虞人之箴》曰：『芒芒禹迹，畫爲九州。』○《書·禹貢》曰：『導漾水東流爲漢。』又曰：『岷山導江。』○《史記·高祖本紀》：『高祖喟然太息曰：大丈夫當如此也。』○郭景純《江賦》曰：『巴東之峽，夏后疏鑿。』○江文通《恨賦》曰：『賫志没地。』○《隋書·賀若弼傳》曰：『將渡江，酹酒而呪曰：弼親承廟略，伐罪弔民，上天長江，鑒其若此。』○《晋書·石勒載記》：『勒曰：大丈夫行事，當礌礌落落，如日月皎然。』案：礌與磊同。○《藝文類聚·水部下》引郭璞《井賦》曰：『守虛靜以玄澹兮，不東流而注海。』

漁翁

江頭漁家結茆廬，青山當門畫不如。江煙淡淡雨疏疏，老翁破浪行捕魚。恨渠生來不讀書，江山如此一句無。吴曰：『忽發奇想，妙趣天然。』我亦衰遲慚筆力，共對江山三歎息。方曰：『妙作。』

李太白《行行且游獵篇》曰：『生平不讀一字書。』《五燈會元》卷四：『趙州觀音院從諗禪師，僧問如何是趙州一句，師曰：老僧半句也無。』○《宋書·宗慤傳》：『慤曰：願乘長風，破萬里浪。』○蘇子瞻《和王晋卿送梅花詩》曰：『知君對花三歎息。』

元裕之（好問）（三首）

元好問，字裕之，號遺山，太原秀容人。系出拓跋魏，故姓元氏。金興定五年登進士第。歷鎮平、内鄉、南陽縣令，除左司都事，轉尚書左司員外郎。天興初入翰林，知制誥。金亡，不仕。《金史》入《文藝傳》。○王阮亭曰：『裕之七言妙處或追東坡而軼放翁。』姚南青曰：『遺山才力微遜前人，而才與情稱，氣兼壯逸，與會所詣，殊覺蒼涼而醲至。』

赤壁圖

《吴志・吴主傳》曰：『建安十三年，荆州牧劉表死，魯肅乞奉命弔表二子，且以觀變。肅未到而曹公已臨其境，表子琮舉衆以降。劉備欲南濟江，肅與相見，因傳權旨，爲陳成敗。備進住夏口，使諸葛亮詣權，權遣周瑜、程普爲左右督，各領萬人，與備俱進，遇於赤壁，大破曹公軍，公燒其餘船引退。』《水經・江水注》曰：『江水右逕赤壁山北，昔周瑜與黄蓋詐魏武大軍所也。』《清統志》曰：『湖北武昌府：赤壁山在嘉魚縣東北江濱。』○《中州集》有李致美《題武元真赤壁圖》詩。

馬蹄一蹴荆門空，鼓聲怒與江流東。吴曰：『突兀瓌瑋。』曹瞞老去不解事，誤認孫郎作阿琮。孫郎矯矯人中龍，顧盼叱咤生雲風。疾雷破山出大火，旗幟北捲天爲紅。吴曰：『點染酣恣。』至今圖畫見赤壁，髣髴燒虜留餘蹤。吴曰：『頓束滿足。』令人長憶眉山公，方曰：『抗墜不測，兩事合併處，接得神氣湊泊，音響明徹。』載酒夜俯馮夷宫。事殊興極憂思集，天澹雲閒今古同。吴曰：『總結。』得意江山在眼中，吴曰：『挺起。』凡今誰是出羣雄？吴曰：『此句見自己身分。』可憐當日周公瑾，顦顇黄州一禿翁。吴曰：『令人句從圖畫句生出。後兩句言少年以天下自任，不謂衰老如此也。章法雖極奇肆，要自細意熨貼，鍼迹天成，方無粗才淩躐之弊。』

《魏志·武帝紀》曰：『建安十三年秋七月，公南征劉表。八月，表卒，其子琮代屯襄陽，劉備屯樊。九月，公到新野，琮遂降，備走夏口。公進軍江陵。十二月，孫權爲備攻合肥，公自江陵征備，至巴丘，遣張憙救合肥，公至赤壁。』○郭璞《江賦》曰：『荊門闕竦而盤薄。』《水經·江水注》曰：『江水東歷荊門、虎牙之間。荊門山在南，上合下開，其狀似門。虎牙山在北。此二山，楚之西塞也。』《清統志》曰：『湖北荊州府：荊門山在宜都縣西北五十里，與虎牙山相對。』〇《吴志·吴主傳》裴注引《吴歷》曰：『曹公出濡須，權乘輕船從濡須口入，公見舟船器仗軍伍整肅，喟然歎曰：生子當如孫仲謀，劉景升兒子若豚犬耳。』〇《晋書·隱逸傳》曰：『宋纖隱居，太守馬岌造之不見，岌歎曰：名可聞身不可見，人中龍也。』〇《魏志·賈詡傳》注引《九州春秋》：閻忠説皇甫嵩曰：『指麾可以拾風雲，叱咤足以興雷電。』《莊子·齊物論》曰：『疾雷破山，風振海而不能驚。』〇《吴志·周瑜傳》曰：『權遣瑜及程普等與備并力逆曹公於赤壁，公軍次江北，瑜等在南岸。瑜部將黄蓋取蒙衝鬬艦十艘，實以薪草，膏油灌其中，蓋放諸船，同時發火，時風盛猛，延燒岸上營落，頃之煙炎漲天，人馬燒溺死者甚衆。』注引《江表傳》曰：『時東南風急，往船如箭，飛埃絶爛，燒盡北船。』〇蘇子瞻《前赤壁賦》曰：『壬戌之秋，七月既望，蘇子與客泛舟游於赤壁之下。』《後赤壁賦》曰：『攜酒與魚，復遊於赤壁之下，攀棲鶻之危巢，俯馮夷之幽宫。』〇黄魯直《荊州亭即事》詩曰：『玉堂端直要學士，須得儋州秃鬢翁。』

松上幽人圖

自注曰：『宋宗婦曹夫人仲婉所畫，上有曹道沖題詩。』案：《宣和畫譜》（十六）曰：『宗婦曹氏，雅善丹青，所畫皆非優柔軟媚取悅兒女子者，真若得於游覽，見江湖山川間勝槩，以集於毫端，嘗畫《桃溪蓼岸圖》極妙，但所傳者不多耳。』

秋風謖謖松樹枝，仙人骨輕雲一絲。不飲不食玉雪姿，竹宫月夕頻望祠。吴曰：『逆折。』竟不下視齋房芝，吴曰：『二句拓筆。』人間女手乃得之。吴曰：『一句落到題。』眼中擾擾昨暮兒，吴曰：『又拓。』畫圖獨在羲皇時。吴曰：『折落處有神力。』予懷渺兮幽林思。吴曰：『收清峻獨絶。小詩轉折控送具有神力，尺幅中具千里之勢，而音節尤俊美。』

《世説新語·賞譽篇》曰：『世目李元禮謖謖如勁松下風。』○王仲初《題東華觀》詩曰：『白髮道心熟，黄衣仙骨輕。』〇《莊子·逍遥遊》曰：『藐姑射之山，有神人居焉，肌膚若冰雪，綽約若處子，不食五穀，吸風飲露。』《史記·封禪書》曰：『天子始郊拜太一，朝朝日，夕夕月。』〇《漢書·禮樂志》曰：『以正月上辛用事甘泉圜丘，使童男女七十人俱歌，昏祠至明，夜常有神光如流星，止集於祠壇，天子自竹宫而望拜。』注：『韋昭曰以竹爲宫，天子居中。顔曰：《漢舊儀》云：竹宫去壇三里。』〇《史記·封禪書》曰：『於是甘泉更置前殿，始廣諸宫室，夏有芝生殿房中。』《漢書·禮樂志》曰：『齋房歌，元封二年芝生甘泉齋房作。』〇《詩·葛屨》曰：『摻摻女手。』《莊子·天道篇》曰：『得之於手而應於心。』〇《隋書·蘇威傳》曰：『威子夔，議樂事，與國子博士何妥各有所持，於是夔、妥俱爲一儀，使百僚署其所同，朝廷多附同威夔者十八九。妥恚曰：『吾席間函丈四十餘年，反爲昨暮兒之所屈也。』〇《宋書·隱逸傳》曰：『陶潛與子儼等書曰：自謂羲皇上人。』〇蘇子瞻《赤壁賦》曰：『渺渺兮予懷，望美人兮天一方。』〇張文昌《不食仙姑山房》詩曰：『丹砂如可學，便欲住幽林。』

題商孟卿家明皇合曲圖

元裕之《商平叔墓志》曰：『子男二人，長曰挺，次曰隴安。』又《曹南商氏千秋録》曰：『曹南商氏族姓所起，見於正奉大夫贈昌武軍節度使衡所著《千秋録》備矣。公字叔平，子男二人，長曰挺，字孟卿，業進士。』

海棠一株春一國，燕燕鶯鶯作寒食，千古萬古開元日。高調。三郎摺管仰面吹，天公大笑嗔不得。寧王天人玉不如，番綽樂句不可無。宮腰不案《羽衣》譜，疾舞底用牧豬奴。風聲水聲閼清都，拓開一筆，神來氣來。夢中令人羨華胥。何時卻竝宮牆聽，恨不將身作李謩。神似山谷。

《冷齋夜話》（卷一）引《太真外傳》曰：『上皇登沉香亭，詔太真妃子，妃子時卯醉未醒，命力士從侍兒扶掖而至。妃子醉顏殘妝，鬢亂釵橫，不能再拜。上皇笑曰：豈是妃子醉，真海棠睡未足耳。』蘇子瞻《寓居定惠院》詩施注引作《明皇雜録》，今二書均佚此文。○蘇子瞻《張子野八十納妾》詩曰：『詩人老去鶯鶯在，公子歸來燕燕忙。』○白樂天《霓裳羽衣歌》曰：『舞時寒食春風天。』○《開天傳信記》曰：『天寶初，玄宗遊華清宮，劉朝霞獻《駕幸温泉賦》云：遮莫你古來千帝，豈如我今代三郎。』《懶真子》（卷一）曰：『三郎謂明皇也。明皇兄弟六人，一人早亡，故明皇爲太子時號五王宅。寧王、薛王，明皇兄也。申王、岐王，明皇弟也。故謂之三郎。』○《楊太真外傳》曰：『開元中，禁中重木芍藥，即今牡丹也。得數本紅紫淺紅通白者，上因移植於興慶池東沉香亭前。會花方繁開，上曰：賞名花，對妃子，焉用舊樂詞爲？遽命龜年持金花牋，宣賜翰林學士李白，立進《清平樂詞》三篇。龜年捧詞進，上命梨園子弟略約詞調，撫絲竹，遂促龜年以歌。妃持玻璃七寶杯，酌西涼州蒲萄酒，笑領歌意甚厚。上因調玉笛以倚曲，每曲遍將換則遲其聲以媚之。』○《羯鼓録》曰：『上洞曉音律，尤愛羯鼓玉笛，嘗遇二月初詰旦，時當宿雨初晴，景物明麗，小殿内庭柳杏將吐，覩而歎曰：對此景物，豈得不與他判斷之乎？高力士遣取羯鼓，上旋命之臨軒縱擊一曲，曲名《春光好》，神思自得，及顧柳杏，皆已發拆，上指而笑謂嬪御曰：此一事不喚我作天公可乎？』○《楊太真外傳》曰：『上宴諸王于木蘭殿，時木蘭花發，皇情不悦，妃醉中舞《霓裳羽衣》一曲，天顔大悦。方知迴雪流風可以迴天轉地。上嘗夢十仙子，乃製《紫雲迴》，并夢龍女，又製《凌波曲》，二曲既成，遂賜宜春院及梨園弟子，并諸王。時新豐初進女伶謝阿蠻善舞，上與妃子鍾念，因而受焉。就按於清元小殿，寧王吹玉笛，上羯鼓，妃琵琶，馬仙期方響，李龜年觱篥，張野狐箜篌，賀懷智拍。自旦至午，歡洽異常時。』○《魏志·王粲傳》邯鄲淳下注引《魏略》曰：『臨淄侯植求淳，太祖遣淳詣植，歸對其所知歎植之材，謂之天人。』○《羯鼓録》曰：『黄幡綽亦知音，上嘗使人召之，不時至。上怒，絡繹遣使尋捕。綽既至，及殿側，聞上理鼓，固止謁者不令報。俄頃上又問侍官：奴來未？綽又止之。曲罷後改奏一曲，纔三數十聲，綽即走入。上問：何處去來？綽曰：有親故遠適送至郊外。上頷之。鼓畢，上謂曰：賴稍遲，我向來怒時至必撻焉。適方思之，長入供奉已五十餘日，暫一日出外，不可不放他東西過往。綽拜謝訖，内官有相偶語笑者，上詰之。具言綽尋至，聽鼓聲候時以入。上問綽，語其方怒及解怒之際，皆無稍差。』○《摭言》（卷七）曰：『奇章公（牛僧孺）始舉進士，先以所業謁韓文公、皇甫員外。二公披卷，卷首有《説樂》一章，未閲其詞，遽曰：斯高文，且以拍板爲什麽？對曰：謂之樂句。二公相顧大喜曰：斯高文矣。』○又《夢溪筆談》（卷五）曰：『《霓裳羽衣曲》，劉禹錫詩云：三鄉陌上望仙山，歸作《霓裳羽衣》譜。（題云《三鄉驛伏覩玄宗望女几山詩小臣斐然有感》）白樂天詩注云：開元中，西涼府節度使楊敬述造。（《霓裳羽衣歌》）鄭愚（亦作嵎）《津陽門》詩注云：『葉法善嘗引上入月宫，聞仙樂。及上歸，但記其半，遂於笛中寫之。會西涼府都督楊敬述進《婆羅門曲》，與其聲調相符，遂以月中所聞爲散序，用敬述所進爲其腔，而名《霓裳羽衣曲》。諸説各不同，今蒲中逍遙樓楣上有唐人横書，類梵字，相傳是《霓裳譜》，字訓不通，莫知是非。』案：《霓裳羽衣曲》，王晦叔（灼）《碧雞漫志》（卷三）所考尤詳。引《異人録》：明皇與申天師遊月宫，得樂曲，歸製爲《霓裳羽衣曲》。《逸史》：與羅公遠遊月宫，得樂曲，本名《霓裳羽衣曲》。《鹿革事類》：與葉法善遊月宫得樂曲，曰《紫雲迴》，易名曰《霓裳羽衣曲》。謂皆荒誕無可稽。而據白樂天和元微之《霓裳羽衣曲歌》注：鄭賓先（嵎）《津陽門》詩注等，斷爲西涼進《婆羅門曲》，明皇潤色，又易爲美名，其他飾以神怪者皆不足信，（《漫志》原文甚長，今約舉其意如此。）則確實之論也。○《太真外傳》曰：『上在百花院便殿，因覽《漢成帝内傳》。時妃子後至，以手整上衣領，曰：看何文書？上笑曰：莫問，知則又殢人。覓去。乃是：漢成帝獲飛燕，身輕欲不勝風。恐飄翥，帝爲造水晶盤，令宫人掌之而歌舞，又製七寶避風臺，間以諸香安於上，恐其四肢不禁也。上又曰：爾則任吹多少？蓋妃微有肌也。故上有此語戲妃。妃曰：《霓裳羽衣》一曲可掩前古。上曰：我纔弄爾，便欲嗔乎？』○《太真外傳》原注曰：『安祿山晚益肥，垂肚過膝，自秤得三百五十斤，於上前胡旋舞，疾如風焉。』又曰：『上嘗與夜燕，祿山醉卧，化爲一豬而龍首，左右遽告帝，帝曰：此豬龍無能爲。』《晋書·陶侃傳》：『侃曰：樗蒱者，牧豬奴戲耳。』此借用。○王仲初《霓裳詞》曰：『弟子部中留一色，聽風聽水作《霓裳》。』《碧雞漫志》（卷三）曰：『歐陽永叔詩話（《歸田詩話》）以不曉聽風聽水爲恨。蔡絛詩話（《西清詩話》）云：出唐人《西域記》，龜兹國王與臣庶知樂者，於大山間聽風水聲，均節成音，後翻入中國，如伊州、甘州、涼州皆自龜兹致。此説近之，但不及《霓裳》。予謂涼州定從西涼來，若《伊》與《甘》自龜兹致，而龜兹聽風水造諸曲皆未可知。王建全章餘亦未見。但弟子歌中留一色，恐是指梨園弟子，則何豫於龜兹？置之勿論可也。』案：晦叔論樂詳矣，而於仲初詩意似未深會。蓋詩言明皇之作《霓裳》，比於龜兹作樂之聽風水耳，固無庸刻舟求劍也。而朱亦棟《羣書札記》（卷十二）引裴硎《傳奇》，貴妃侍兒張雲容舞《霓裳》，妃賜詩有經風嶺上乍搖風，嫩柳池邊初指水之句，以爲聽風聽水蓋用此。無論小説家附會鬼神，決不可信，即王仲初詩亦何至用此？殊可笑也。〇《列子·周穆王篇》曰：『王實以爲清都、紫微、鈞天、廣樂，帝之所居。』〇《海録碎事》（十六）引《明皇雜録》曰：『玄宗夢仙子十餘輩，御卿雲而下，各執樂器懸奏之，曲度清越。一仙人曰：此神仙《紫雲迴》，今傳授陛下，爲正始之音。上覺，命玉笛習之，盡得其曲。』又曰：『玄宗夢凌波池中龍女製《凌波曲》。』（今本《明皇雜録》佚此二則。）〇《列子·黄帝篇》曰：『黄帝晝寢而夢遊於華胥氏之國。』〇元微之《連昌宫詞》曰：『李謩擪笛傍宫牆，偷得新翻數般曲。』自注曰：『明皇常於上陽宫夜後按新翻一曲。屬明夕正月十五日，潛遊燈下，忽聞酒樓上有笛奏前夕新曲，大駭之。明日密遣捕捉笛者詰驗之，自云：其夕竊於天津橋玩月，聞宫中度曲，遂於橋柱上插譜記之。臣即長安少年善笛者李謩也。明皇異而遣之。』〇《史記·秦始皇本紀》集解引服虔曰：『竝音傍，傍依也。』

五言律詩

梅聖俞（堯臣）（四首）

梅堯臣，字聖俞，宣州宣城人。歷主簿、縣令，監税湖州，簽書忠武、鎮安兩軍判官。大臣屢薦宜在館閣，召試賜進士出身，爲國子監直講，累遷尚書都官員外郎，預修《唐書》，書成未奏而卒。聖俞工爲詩，嘗語人曰：『凡詩意新語工，得前人所未道者，斯爲善矣。必能狀難寫之景如在目前，舍不盡之意見於言外，然後爲至也。』世以爲知言。《宋史》入《文苑傳》。

魯山山行

《輿地廣記》曰：『京西北路（《九域志》曰：『太平興國二年，分南北路，後併一路。熙寧五年復分二路。』案：聖俞爲詩時尚併爲一路也。）汝州魯山縣：漢爲魯陽，屬南陽郡，唐爲魯山。』《元和郡縣志》曰：『河南道汝州魯山縣：魯山在縣東北十里。』《清統志》曰：『河南汝州：魯山在魯山縣東十八里。』

適與野情愜，千山高復低。好峯隨處改，幽徑獨行迷。霜落熊升樹，林空鹿飲溪。人家在何許，雲外一聲雞。方虛谷曰：『尾句自然，熊鹿一聯人皆稱其工，然前聯尤幽而有味。』

《苕溪漁隱叢話後集》（卷二十四）曰：『聖俞詩工於平淡，自成一家，如《東溪》云：野鳧眠岸有閑意，老樹著花無醜枝。《山行》云：人家在何許，雲外一聲雞。《春陰》云：鳩鳴桑葉吐，村暗杏花殘。《杜鵑》云：月樹啼方急，山房人未眠。似此等句，須細味之方見其用意也。』

送徐君章祕丞知梁山軍

《宋史·職官志》曰：『祕書省丞一人。』又曰：『祕書丞爲從七品。』《太平寰宇記》曰：

「山南東道梁山軍：本萬州梁山縣，開寶三年置屯田務，因建爲梁山軍。」《元豐九域志》曰：「夔州路梁山軍治梁山縣。」《清統志》曰：「四川忠州：梁山故城在今梁山縣西。」

蒼壁東江流，孤軍水上頭。蛟龍驚鼓角，雲霧裛衣裘。午市巴姑集，危灘楚客愁。使君才筆健，當似白忠州。渾健。方虛谷以爲善學盛唐，而或過之。雖不無溢美，而要不失唐人風格。

《輿地廣記》曰：「夔州路梁山軍：軍治據東山之址，左右環以五山，錯立環抱，五山蜿蜒趨之。」《清統志》曰：「忠州：大江自重慶涪州（今縣）流入，經酆都縣南，又東北經州南，又東北入夔州府萬縣界。」○《水經·江水注》曰：「江水自涪陵東出百餘里而屈于黄石，東爲桐柱灘。又逕東望峽，歷平都。江水右逕虎鬚灘，灘水廣大，夏斷行旅。」《清統志》曰：「忠州西二里有石梁，亘三十餘丈，横截江中。俗呼倒鬚灘，即《水經注》所謂虎鬚灘也。又有折魚灘，在州東三十里，石觜入江，水勢衝激，魚不能上，往往折回，舟行至此，水漲則平，水落則凶。』○《左》襄二十六年曰：『楚客聘于晉。』○《舊唐書·白居易傳》曰：『元和十三年量移忠州刺史。』案：唐山南道忠州治臨江縣，今四川忠縣治。宋忠州與梁山軍同屬夔州路。

春寒

春晝自陰陰，雲容薄更深。蝶寒方歛翅，花冷不開心。紀曰：『三四託意深微，妙無痕迹。』亞樹青帘動，依山片雨臨。未嘗辜景物，多病不能尋。方曰：『梅詩淡而實麗，雖用工而不力。』

韋應物《與盧涉同遊永定寺》詩曰：『晴蝶飄蘭徑，遊蜂繞花心。』○鄭守愚《旅寓洛南村舍》詩曰：『青帘認酒家。』○庾子山《遊山詩》曰：『山根一片雨。』

秋日家居

移榻愛晴暉，翛然世慮微。懸蟲低復上，鬬雀墮還飛。二句可謂能狀難寫之景矣。

相趁入寒竹，自收當晚闈。方虚谷謂相趁句承鬭雀，自收句承懸蟲是也。然終不免晦滯。無人知靜景，苔色照人衣。

《莊子·大宗師·釋文》引向秀曰：『翛然，自然無心而自爾之謂。』

歐陽永叔（修）（一首）

秋懷

節物豈不好，秋懷何黯然？西風酒旗市，細雨菊花天。名雋。感事悲雙鬢，包羞食萬錢。鹿車終自駕，歸去潁東田。

《易·否》六三曰：『包羞。』○《晉書·何曾傳》曰：『日食萬錢，猶曰無下箸處。』案：此謂俸錢耳，如韋蘇州邑有流亡愧俸錢之意，與何曾不同，特摘用其字耳。○《晉書·劉伶傳》曰：『嘗乘鹿車，攜一壺酒。』○潁東田見《鶺鴒詞》注。

王介甫(安石)(四首)

半山春晚即事

介甫《示元度》詩曰:『今年鍾山南,隨分作園囿。鑿池構吾廬,碧水寒可漱。』又《題半山寺壁》詩李雁湖注曰:『半山報寧禪寺,公故宅也,由東門至蔣山,此爲半道,故以半山爲名。其地亦名白塘。舊以地卑積水爲患,公卜居,乃鑿渠決水以通城河。元豐七年,公以病聞,神宗遣國醫診視,既愈,乃請以宅爲寺,因賜額爲報寧禪寺。寺西有培塿,乃荆公決渠積土之地。又按《續建康志》:半山寺即公故宅也,再罷政以使相判金陵,到任即納節,固辭同平章事,改左僕射。未幾又懇求宫觀,累表得會靈觀使,築第於白下門外,去城七里,去蔣山亦七里,平日乘一驢,從數僮,游諸寺,欲入城則乘小舫,泛湖溝以行,蓋未嘗乘馬與肩輿,所居之地四無人家,其宅僅蔽風雨,又不設垣牆,望之若逆旅之舍。有勸築垣,輒不答。元豐之末,公被疾,奏捨此宅爲寺,有旨賜名報寧,既而疾愈,税城中屋以居,不復造宅。步瀛案:營居半山園,顧震滄《荆公年譜》以爲在元豐二年，蔡元鳳《王文公年譜考略》以爲在元豐五年，未知孰是，而要在罷相後則無疑也。

春風取花去，酬我以清陰。翳翳陂路靜，交交園屋深。牀敷每小息，杖屨亦幽尋。惟有北山鳥，經過遺好音。寓感憤於沖夷之中，令人不覺，全由筆妙。○方虛谷曰：『半山詩工密圓妥，不事奇險，惟此春風取花去之聯乃出奇也，餘皆淡靜有味。』

風，李注本作晚，今依《臨川集》及《律髓》。○李曰：『翳翳、交交，皆言清陰也。』○《大方便佛報恩經·對治品》曰：『善薩若見有衆生愛樂佛法而來，親近供養，承事奉侍，洗足按摩，浣濯乾曬，楊枝澡水，拂拭牀敷，捲褻被枕。』○介甫有《思北山》詩，李注曰：『北山即鍾山，周顒隱處，孔稚圭作《北山移文》。』《清統志》曰：『江蘇江寧府：鍾山在上元縣東北。』案：今南京江寧縣東北。○《易·小過》：『飛鳥遺之音。』《詩·泮水》曰：『懷我好音。』

送鄧監簿南歸

李曰：『鄧名鑄，公之故人。自臨川至金陵省公，留踰月，公作此詩送之。又録雜詩一卷與鄧，時元豐六年秋也。』案《宋史·職官志》：元豐官制：國子監、少府監、將作監、軍器監、都水監皆有主簿，此云監簿，未知何屬也。

不見驪塘路，茫然四十春。長爲異鄉客，每憶故時人。爽塏沈至，勝於晚唐之作。水閲公三世，雲浮我一身。濠梁送歸處，握手但悲辛。

李曰：『鄧，臨川人。驪塘在撫州，鄧家有刻石，茫作芒字。觀四十春之語，則公去其鄉甚早。』步瀛案：《輿地紀勝》，江南西路撫州有驪塘，亦引荆公此詩以證之。當在今臨川縣。○水閲句用佛問波斯匿王恒河水事，已見蘇子瞻《百步洪》詩注。又陸士衡《歎逝賦》曰：『川閲水以成川，水滔滔而日度。世閲人而爲世，人冉冉而行暮。』亦荆公所本。○《維摩詰所説經·方便品》曰：『是身如浮雲，須臾變滅。』○《莊子·秋水篇》曰：

『莊子與惠子遊於濠梁之上。』成玄英疏曰：『濠是水名，在淮南鍾離郡。』案：在今安徽鳳陽縣，時荆公在金陵，未必遠送至此，特以莊、惠之交遊爲喻耳。

壬辰寒食

宋仁宗皇祐四年壬辰，時荆公年三十二，通判舒州。

客思似楊柳，春風千萬條。更傾寒食淚，欲漲冶城潮。巾髮雪爭出，鏡顔朱早凋。未知軒冕樂，但欲老漁樵。紀曰：『起四句奇逸。』風神跌宕，筆勢清雄，荆公獨擅。

《太平寰宇記》曰：『江南東道昇州上元縣：古冶城在今縣西五里。本吴鑄冶之地，因以爲名。』《清統志》曰：『江蘇江寧府：冶城在上元縣西。』案：上元今併入江寧縣，爲南京首縣。荆公之父（名益，字損之。）爲江寧府通判。仁宗寶元二年卒於官，葬於江寧牛首山（今江寧縣南），此詩殆皇祐四年省墓而作也。

賈生

又《漢書·賈誼傳》曰『文帝思誼，徵之，拜爲梁懷王太傅，數問以得失。誼數上疏陳政事，其大略曰：臣竊維事勢可爲痛哭者一，可爲流涕者二，可爲長太息者六（當依《魏志·高堂隆傳》六作三）』云云。

漢有洛陽子，少年明是非。所論多感槩，自信肯依違？死者若可作，今人誰與歸？應須蹈東海，不但涕沾衣。寄託遙深，此荆公自喻也。

李曰：『當時天下皆已謂治安，而誼獨以抱火措薪爲憂，能明是非者。』○李曰：『次聯言痛哭流涕，言不同俗脂韋。』○槩、嘅字通，見《莊子·至樂篇》。○《禮記·檀弓下》：『趙文子與叔譽觀於九原，文子曰：死者如可作也，吾誰與歸？』○《史記·魯仲連傳》：『魯仲連曰：彼秦者棄禮義而上首功之國也，彼即肆然而爲帝，則連有蹈東海而死耳，吾不忍爲之民也。』但，李注本作若，李曰：『言仲連蹈東海不若誼仕漢切於救時。』步瀛案：此言賈生若作，恐非今人所能容，將安所歸？應須蹈東海而死耳，不僅若當時之痛哭流涕也。雁湖注誤。

蘇子瞻（軾）（三首）

太白山下早行至橫渠鎮書崇壽院壁

《太平寰宇記》曰：『關西道鳳翔府郿縣：太白山在縣東南五十里。《辛氏三秦記》云：太白山在武功縣南，去長安三百里，不知高幾許。俗云：武功太白，去天三百。山下軍行，不得鳴鼓角，鳴則疾風暴雨立至。《周地圖記》云：太白山上恒積雪，無草木，半山有橫雲如瀑布，則澍雨，人常以爲候驗之，如離畢焉。故語云：南山瀑布，非朝即暮。』查注引《一統志》：『崇壽院在郿縣東五十里橫渠鎮。』今明、清《統志》皆無此文。

馬上續殘夢，超妙。不知朝日昇。亂山橫翠幛，落月澹孤燈。奔走煩郵吏，安閒愧老僧。再游應眷眷，聊亦記吾曾。

馬上續殘夢，乃劉駕《早行》詩。（見張爲《主客圖》及《唐詩紀事》卷六十三，《全唐詩》卷二十二。）未知子瞻偶用之耶，抑造句相同耶？

倦夜

倦枕厭長夜，小窗終未明。孤村一犬吠，殘月幾人行。寫景如在目前，而絶不喫力，故佳。衰鬢久已白，旅懷空自清。荒園有絡緯，虚織竟何成？義兼比興。絡緯已見黄魯直《過家》詩注。○孟東野《古樂府·雜怨》曰：『暗蛩有虚織。』

次韻江晦叔（二首録一）

施注曰：『江公著，字晦叔，桐盧人。建中靖國初知虔州。東陂北歸至虔，晦叔適至，有唱酬二詩。』（案：今施注送公著知吉州及此詩，皆無建中以下之文，此據各家注引。又《宋詩紀事》謂晦叔睦州建德人，治平四年進士。）

鐘鼓江南岸，歸來夢自驚。浮雲世事改，孤月此心明。無限感慨。雨已傾盆落，詩仍翻水成。二江爭送客，木杪看橋橫。

王注引李厚曰：『《中興間氣集》杜位《哭長孫侍御》詩：落日生涯盡，浮雲世事空。』〇杜子美《白帝》詩曰：『白帝城下雨翻盆。』〇韓退之《寄崔二十六立之》詩曰：『文如翻水成。』〇《南史·謝朓傳》曰：『江祏用弟祀、劉渢、劉宴俱候朓，朓謂祏曰：可謂帶二江之雙流。』案：此云二江送客，疑晦叔尚有兄弟同行也。《困學紀聞》（卷十八）曰：『更無柳絮隨風舞，惟有葵花向日傾，見司馬公之心；浮雲世事改，孤月此心明，見東坡公之心。』又云：『坡公晚年所造深矣。』

黃魯直（庭堅）（二首）

和答錢穆父詠猩猩毛筆

任注引《雞林志》曰：『高麗筆蘆管黃毫，健而易乏，舊云猩猩毛，或言是物四足長尾，善緣木，蓋狖毛，或鼠鬚之類耳。』案：《山谷内集》是詩編入元祐元年。《宋史·錢勰傳》

（附《惟演傳》後）曰：『勰字穆父，奉使弔高麗還，拜中書舍人。元祐初，遷給事中，以龍圖待制知開封府。』

愛酒醉魂在，能言機事疎。平生幾兩屐，身後五車書。物色看《王會》，勳勞在石渠。拔毛能濟世，端爲謝楊朱。

紀曉嵐曰：『點化甚妙，筆有化工，可爲詠物用事之法。』

任曰：『猩猩事《通典》於哀牢國言之甚詳，蓋出於《華陽國志》及《水經注》。《唐文粹》載裴炎《猩猩説》大率本此。其略云：阮研使封溪，見邑人云：猩猩在山谷間，數百爲羣。人以酒設於路側。又愛著屐，里人織草爲屐，更相連結。猩猩見酒及屐，知里人設張，則知張者祖先姓字，乃呼名罵云：奴欲張我！捨之而去。復自再三相謂曰：試共嘗酒。及飲其味，逮乎醉，因取屐而著之，乃爲人所擒獲，刺其血染毳罽，隨鞭箠輸之，至於一斗。○韓退之《答張徹》詩曰：『怪花醉魂馨。』○《曲禮上》曰：『猩猩能言，不離禽獸。』○《易·繫辭上》曰：『幾事不密則害成。』案：幾、機字通。○《世説新語·雅量篇》曰：『阮遥集（孚）好屐，或有詣阮，見自吹火蠟屐，因自歎曰：未知一生當著幾量屐。』《書鈔·服飾部三》引《世説》量作緉，今《晉書·阮孚傳》（附《阮籍傳》後。）亦作量。任注引《晉書》作兩。○《世説新語·任誕篇》：張季鷹（翰）曰：『使我有身後名，不如即時一桮酒。』○《莊子·天下篇》曰：『惠施多方，其書五車。』○《周書》有《王會篇》。任曰：『《唐書·黠戛斯傳》：李德裕上言：貞觀時顔師古請如周史臣集四夷朝事爲《王會篇》，今黠戛斯大通中國，宜爲王會圖以示後世。以《松扇詩》考之，猩毛筆蓋穆父使高麗所得。』○班孟堅《西都賦》曰：『天祿、石渠，典籍之府。』○《孟子·盡心上》曰：『楊子取爲我，拔一毛而利天下不爲也。』《列子·楊朱篇》：『禽子問楊朱曰：去子體之一毛以濟一世，汝爲之乎？楊子曰：世固非一毛之所濟。』

早行

《山谷詩外集補》原注曰：『熙寧元年赴葉縣作。』又《年譜》曰：『熙寧元年戊申，先生是歲赴葉縣尉。』又曰：『詩中有秋陽弄光影之句，當是赴任時作。』

失枕驚先起，人家半夢中。聞雞憑早晏，占斗辨西東。風格佳。轡溼知行露，衣單覺曉風。秋陽弄光影，忽吐半林紅。

《淮南子·齊俗篇》曰：『夫乘舟而惑者不知東西，見斗極則曉然而寤矣。』

陳履常（師道）（三首）

陳師道，字履常，一字無己，號后山（后一作後），彭城人。元祐初，蘇軾、傅堯俞、孫覺薦其文行，授徐州教授，又用梁燾薦爲太學博士。後罷歸，調彭澤令不赴。久之召爲祕書省正字，卒。《宋史》入《文苑傳》。

寄外舅郭大夫

后山有《送外舅郭大夫槩西川提刑》詩。任子淵（淵）注曰：『據《實録》，元豐七年五月，朝請郎郭槩提點成都府路刑獄。』后山又有《送内》《別三子》二詩。任曰：『后山妻子從郭槩入蜀時作，而此詩即編於其後，蓋郭到蜀後使人歸報后山，后山知妻子安居，復寄此詩也。』

巴蜀通歸使，妻孥且舊居。深知報消息，不忍問何如。身健何妨遠，情親未肯疎。功名欺老病，淚盡數行書。方虛谷曰：『后山學老杜，此其逼真者，枯淡瘦勁，情味深幽。』紀曰：『情真格老，一氣渾成。』

送吴先生謁惠州蘇副使

任曰：『據《實録》，紹聖元年，蘇公貶寧海軍節度副使，惠州安置。』又曰：『吴先生當是吴遠遊，蘇公嘗有書與之。』方虛谷曰：『此吴子野有道術者。』步瀛案：吴遠遊名復古，字子野，見子瞻《遠遊菴銘》。王見大《蘇詩總案》曰：『紹聖元年六月二十五日，告下落左承議郎，責授建昌軍司馬，惠州安置，不得簽書公事。十月二十日到，責授寧遠軍節度副使，惠州安置，不得簽書公事。三年十一月，吴復古、陸維忠來自高安。』（王又辨吴子野、陸維忠之來，年譜雜載七月前，非是。）

聞名欣識面，異好有同功。我亦慙吾子，人誰恕此公？百年雙白鬢，萬里一秋風。爲説任安在，依然一秃翁。　紀曰：『忼爽。』

聞名句，任曰：『言吴君欲識東坡也。《傳燈録·夾山惟儼傳》：李翺曰：見面不如聞名。此反而用之。』〇異好句，任曰：『吴君方外之士，與后山異趣，而好賢之意則同，故云同功。』〇我亦句，任曰：『后山不能往見蘇公，此所以有愧于吴君也。』〇杜子美《不見》詩曰：『世人皆欲殺，吾意獨憐才。』〇杜子美《戲題寄上漢中王》詩曰：『百年雙白鬢，一別五秋螢。』任曰：『時東坡年五十九。』〇萬里句，任曰：『言神交心契與風無閒也。老杜詩：瞿塘峽口曲江頭，萬里風煙接素秋。（《秋興》）蓋亦此意。』〇《漢書·霍去病傳》曰：『衛青日衰而去病日益貴，故人門下多去事去病，輒得官爵，惟獨任安不肯去。』秃翁已見元裕之《赤壁圖》詩注。方虚谷曰：『任安秃翁事，后山自以不負東坡，自潁教既罷之後，紹聖中不求仕也。』

登快哉亭

方虛谷曰：『亭在徐州城東南隅提刑廨。熙寧末，李邦直持憲節，搆亭城隅之上，郡守蘇子瞻名曰快哉。唐人薛能陽春亭故址也。子由時在彭城，亦同邦直賦詩。任淵注此詩，謂亭在黄州，不知此詩屬何處，蓋川人不見中原圖志。予讀《賀鑄集》得其説。任淵所謂亭在黄州者，乃東坡爲清河張夢得命名，子由作記，非徐州之快哉亭也。』

城與清江曲，泉流亂石間。夕陽初隱地，暮靄已依山。度鳥欲何向，奔雲亦自閒。紀曰：『五六挺拔，此后山神力大處，晚唐人到此平平拖下矣。』登臨興不盡，稚子故須還。紀曰：『刻意陶洗，氣格老健。』

賀方回（鑄）（一首）

賀鑄，字方回，衛州人。嘗通判泗州，又倅太平州，悒悒不得志，退居吴下，自號慶湖遺老。《宋史》入《文苑傳》。

秦淮夜泊

《太平御覽·地部三十》引《江寧圖經》曰：『淮水北去縣一里。』又引《輿地志》曰：『秦始皇巡會稽，鑿斷山阜，此淮即所鑿也，亦名秦淮水。孫盛《晉陽秋》亦云是秦所鑿，王導令郭璞筮，即此淮也。又稱未至方山有直瀆，行三十許里。以地形論之，淮發源詰屈，不類人功，則始皇所掘宜此瀆也。』（宜字疑當作非，《太平寰宇記》卷三十九引亦誤，《六朝事迹》作疑非秦皇所開，而後人因名秦淮者，以鑿方山言之。）

官柳動春條，秦淮生暮潮。樓臺見新月，燈火上雙橋。紀曰：『自然秀麗，雅稱秦淮。』隔岸開朱箔，臨風弄紫簫。誰憐遠遊子，心旆正搖搖。

《晉書·陶侃傳》曰：『侃嘗課諸營種柳，都尉夏施盜官柳植之于己門。』○後唐莊宗《一葉落》詞曰：『一葉落，搴朱箔。』○杜牧之《杜秋娘》詩曰：『閒捻紫簫吹。』又《送裴坦判官往舒州》詩曰：『我心懸旆正搖搖。』

陳去非（與義）（二首）

陳與義，字去非，號簡齋，汝州葉縣人，登上舍甲科，歷太學博士，擢符寶郎，尋謫監陳留酒稅。南渡後避亂襄、漢轉湖、湘，踰嶺嶠，召爲兵部員外郎。紹興中累官翰林學士、知制誥，至參知政事，卒。《宋史》入《文苑傳》。

道中寒食（二首録一）

斗粟淹吾駕，浮雲笑此生。有詩酬歲月，無夢到功名。客裏逢歸雁，愁邊有亂鶯。楊花不解事，更作倚風輕。紀曰：『後四句意境筆路皆佳，綽有工部神味，而又非相襲。』

雨

梁昭明太子《陶淵明傳》：『淵明歎曰：我豈能爲五斗米折腰向鄉里小兒？』

沙岸殘春雨，茅簷古鎮官。一時花帶淚，萬里客憑欄。日晚薔薇重，樓高燕子寒。惜無陶謝手，盡日破憂端。紀曰：『深穩而清切，簡齋完美之篇。』詩云古鎮官，蓋監陳留酒稅時作。○杜子美《江上值水如海勢》詩曰：『焉得思如陶、謝手，令渠述作與同遊？』又《奉先縣詠懷》曰：『憂端齊終南。』

陸務觀（游）（一首）

秋夜紀懷（三首録一）

北斗垂蒼莽，明河浮太清。風林一葉下，露草百蟲鳴。病入新涼減，詩從半睡成。還思散關路，炬火驛前迎。紀曰：『雅淡有中唐氣味。』

《太平寰宇記》曰：『關西道鳳翔府寶雞縣：大散關在縣西南五十三里。』《清統志》曰：『陝西鳳翔府：大散關在寶雞縣西南。』

七言律詩

楊大年(億)(二首)

楊億，字大年，建州浦城人。七歲能屬文。雍熙初，年十一，太宗聞其名，詔送闕下，授祕書省正字。真宗時拜左司諫，知制誥，又拜工部侍郎，爲翰林學士，卒謚曰文。《宋史》有傳。○《儒林公議》(卷上)曰：『楊億在兩禁，變文章之體，劉筠、錢惟演輩皆從而學之，時號楊、劉。三公以新詩更相屬和，極一時之麗。億復編敘之，題曰《西崑酬唱集》。當時佻薄者謂之西崑體。』《滄浪詩話》(卷二)曰：『西崑體即李商隱體，然兼温庭筠及本朝楊、劉諸公而名之也。』方虚谷曰：『組織華麗，蓋一變晚唐詩體、香山詩體而效李義山，自楊文公、劉子儀始。歐、梅既作，尋又一變。然歐公亦不非之，而服其工。』又曰：『此崑體一變亦足以革當時風花雪月小巧呻吟之病，非才高學博，未易到此。久而雕篆太甚，則又有能言之士，變爲别體，以平淡勝深刻。時勢相因，亦不可一律立論也。』

漢武

蓬萊銀闕浪漫漫，弱水迴風欲到難。光照竹宮勞夜拜，露漙金掌費朝餐。力通青海求龍種，死諱文成食馬肝。待詔先生齒編貝，忍令索米向長安？

紀曰：『後半逼真義山。』吳曰：『字字中有頓挫，故音節瀏亮。』

《史記·封禪書》曰：『自威、宣、燕昭使人入海求蓬萊、方丈、瀛洲，此三神山者，其傅在渤海中，去人不遠，患且至則船風引而去，蓋嘗有至者，諸僊人及不死之藥皆在焉。其物禽獸盡白，而黄金銀爲宮闕。未至，望之如雲，及到，三神山反居水下，臨之，風輒引去，終莫能至云。』○《漢書·西域傳》曰：『宛别邑七十餘城多善馬，馬汗血，言其先天馬子也。張騫始爲武帝言之，上遣持千金及金馬以請宛善馬。宛攻殺漢使，取其財物。於是天子遣貳師將軍李廣利將兵前後十餘萬人伐宛，連四年，宛人斬其王毋寡首，獻馬三千匹，漢軍乃還。』《禮樂志·郊祀歌》曰：『天馬來，龍之媒。』注：『應劭曰：言天馬者，乃神龍之類，今天馬已來，此龍必至之効也。』《隋書·煬帝紀》曰：『大業五年置馬牧於青海渚中，以求龍種。』○《封禪書》曰：『拜少翁爲文成將軍，歲餘，其方益衰，乃爲帛書以飯牛，詳不知，言曰：此牛腹中有奇，殺視得書，書言甚怪。天子識其手書，問其人，果是僞書。於是誅文成將軍，隱之，後悔其早死，惜其方不盡。及見欒大，大言曰：臣恐效文成，則方士皆奄口。上曰：文成食馬肝死耳。』○《漢書·東方朔傳》：朔上書曰：『臣朔年二十二，長九尺三寸，目若懸珠，齒若編貝。上偉之，令待詔公車，奉祿薄，未得省見。久之，上召問朔，對曰：臣言可用，幸異其禮，不可用，罷之，無令但索米長安。上大笑，因使待詔金馬門，稍得親近。』

書懷寄劉五

即子儀也，見下。

風波名路壯心殘，三徑荒涼未得還。病起東陽衣帶緩，愁多騎省鬢毛斑。

五年書命塵西閣，千古移文媿北山。獨憶瓊林苦霜霰，清尊歲晏强酡顔。

方虚谷曰：『崑體之平淡者。』吴曰：『穩鍊矜重，最足爲初學之式，可藥浮滑淺易之病。』陶淵明《歸去來辭》曰：『三徑就荒，松菊猶存。』○《梁書·沈約傳》曰：『隆昌元年，出爲寧朔將軍、東陽太守。初約久處端揆，有志台司，而帝終不用，乃求外出，又不見許。與徐勉素善，遂以書陳情於勉曰：開年以來，病增慮切。當由生靈有限，勞役適過差。解衣一卧，支體不復相關；百日數旬，革帶常應移孔。以手握臂，率計月小半分。以此推算，豈能支久？』《古詩》曰：『衣帶日已緩。』○潘安仁《秋興賦序》曰：『余春秋三十有二，始見二毛，以太尉掾兼虎賁中郎將，寓直於散騎之省。』《禮記·王制》鄭注曰：『雜色曰班，斑、班字通。』○《文獻通考·職官五》曰：『宋初，中書舍人爲所遷官，實不任職，復置知制誥及直舍人院。故事：入西閣皆中書詔試制誥三篇。惟梁周翰不召試而授。其後楊億、陳堯佐、歐陽修亦如此例。』○《南齊書·孔稚圭傳》曰：『稚圭，字德璋，周彦倫隱於北山，後應詔出爲鹽官令，欲過北山，乃假山靈之意移書於北山。』

案《文選》載有德璋《北山移文》。〇《宋史·選舉志》曰：『太平興國八年，進士始分三甲，自是賜宴就瓊林苑。』《玉海》（一百七十二）《宫室》曰：『瓊林苑在順天門外道南。』〇《楚辭·招魂》曰：『美人既醉，朱顔酡些。』

劉子儀（筠）（一首）

劉筠，字子儀，大名人。進士及第，爲祕閣校理，歷左司諫，知制誥，進翰林學士、禮部侍郎、樞密直學士。進翰林學士承旨，兼龍圖閣直學士。初爲楊億所識拔，後與齊名，時號楊、劉。《宋史》有傳。

直夜

蓋爲翰林學士時作。

雞人肅唱發章溝，漢殿重重虎戟稠。綷羽欲棲温室樹，金波先上結璘樓。風來太液聞鳴鶴，霧卷明河見飲牛。萬國表章頻奏瑞，手披天語意如流。

中二聯精鍊。

《周禮·春官·雞人》：『夜嘑旦以嘂百官。』《續漢書·百官志》左右丞注引蔡質《漢儀》曰：『五更未明，三刻後雞鳴，衛士踵丞郎趨嚴上臺。汝南出雞鳴，衛士候朱雀門外專傳雞鳴於宮中。』〇張平子《西京賦》曰：『重以虎威、章溝、嚴更之署。』《三輔黄圖》（卷六）曰：『虎威、章溝皆署名。』〇張平子《東京賦》曰：『郎將司階，虎戟交鎩。』薛注曰：『言虎賁中郎將主夾階而立，虎賁或執戟或持鎩而相對也。』〇左太沖《吴都賦》曰：『孔雀綷羽以翱翔。』王臣注：『吕向曰：五色曰綷。』〇《漢書·孔光傳》曰：『沐日歸休，兄弟妻子燕語，終不及朝省政事。或問光：温室省中樹皆何木也？光嘿不應，更答以它語。』注：『晋灼曰：長樂宫中有温室殿。』〇《漢書·禮樂志·郊祀歌》曰：『月穆穆以金波。』〇《唐六典》（卷七）曰：『大明宫，其内又有鬱儀、結鄰、修文等閣。』《玉海》（百六十四）《宫室》曰：『唐鬱儀、結鄰樓，《長安志》：在東内大明宫，李肇、韋執誼所記，書爲結麟，（原注曰：恐誤。）麟德殿東廊有鬱儀樓，西廊有結鄰樓，學士院即在西樓重廊之外。《七聖紀》曰：鬱儀，赤文，與日同居。結鄰，黃文，與月同居。鬱華，日精，結鄰，月精也。《黃庭經》曰：鬱儀、結鄰，梁丘子注曰：鬱儀，奔日之仙。結鄰，奔月之仙也。』案：今《道藏》本《雲笈七籤》卷十二載《黃庭内景經》作結璘。○《漢書·昭帝紀》曰：『元始元年春二月，黃鵠下建章宮太液池中。』案：鵠、鶴，古字通。

宋公序（庠）（一首）

宋庠，字公序，安州安陸人，後徙雍丘。天聖初，舉進士，開封試禮部皆第一，歷左正言，知制誥，參知政事，拜兵部尚書、同中書門下平章事、集賢殿大學士，後以檢校太尉平章事、充樞密使。封莒國公，又改封鄭國公。卒謚元獻。《宋史》有傳。

寄子京

子京，公序弟祁也，見下。

八年三郡駕朱輪，更忝鴻樞對國鈞。老去師丹多忘事，少來之武不如人。

吳曰：『精妙獨絶。』車中顧馬空能數，海上逢鷗想見親。唯有弟兄親隱者，共將耕鑿報堯仁。吳曰：『滿腹牢騷不得意之旨，具有言外。』

《續通鑑長編》曰：『皇祐三年三月，諫官包拯、吳奎、陳旭言工部尚書、平章事宋庠不戢子弟，在政府無所建明。庚申，罷爲刑部尚書、觀文殿大學士，知河南府。（卷一百七十）嘉祐元年夏四月，觀文殿大學士、兵部尚書宋庠自許州徙至河陽。戊子，入朝，詔綴中書門下班，出入視其儀物。（一百八十二）三年六月，觀文殿大學士、兵部尚書宋庠爲樞密使、同平章事。（一百八十七）自皇祐三年至嘉祐三年，除去皇祐五年、至和二年，故曰八年。宋西京河南府河南郡治河南縣，今河南洛陽縣治。宋京西北路許州（後改潁昌府）許昌郡治長社縣，在今河南許縣東北。宋京西北路孟州河陽軍（後改濟源郡）治河陽縣，在今河南孟縣西，河南、許州、河陽凡三郡。』○《文選》楊子幼《報孫會宗書》曰：『惲家方隆盛時，乘朱輪者十人。』李善注曰：『二千石皆得乘朱輪。』○《漢書·師丹傳》曰：『會有上書言古者以龜貝爲貨，今以錢易之，民以故貧，宜可改幣。

上以問丹，丹對言可改。章下有司議，皆以爲行錢以來久，難卒變易。丹，老人，忘其前語，後從公卿議。』○《左傳》僖公三十年：燭之武曰：『臣之壯也，猶不如人。今老矣，無能爲也已。』○《史記·萬石君傳》曰：『少子慶爲太僕，御出，上問車中幾馬。慶以策數馬畢，舉手曰：六馬。』○親隱，姚本作偕隱。○《藝文類聚·帝王部》引《帝王世紀》曰：『堯陶唐氏，天下太和，百姓無事，有五十老人擊壤於道，觀者歎曰：大哉，帝之德也！老人曰：吾日出而作，日入而息，鑿井而飲，耕田而食，帝何力於我哉？』《史記·五帝本紀》曰：『帝堯者，其仁如天。』

宋子京（祁）（二首）

宋祁，字子京，與兄庠同時舉進士，禮部奏祁第一，庠第三，章獻太后不欲以弟先兄，乃擢庠第一，而置祁第十，人呼曰二宋，以大小別之。庠參知政事，乃以爲天章閣待制。庠罷，祁亦出知壽州。還，知制誥，爲翰林學士。庠復知政事，改龍圖直學士、史館修撰，修《唐書》。又出知亳州，歲餘，徙知成德軍，後還工部尚書，拜翰林學士承旨，復爲羣牧使。卒謚曰景文。《宋史》有傳。

真定述事

《續通鑑長編》（一百七十）曰：『皇祐三年二月戊申，翰林侍讀學士、兼龍圖閣直學士、給事中、史館修撰宋祁坐其子與張彦方遊，出知亳州。張彦方者，貴妃母越國夫人曹氏客也。受富民金爲僞告敕，事敗，繫開封府獄，論死。』案：《宋史・祁傳》稱出知亳州，歲餘徙知成德軍，則當在皇祐四年矣。《元豐九域志》：『河北西路真定府常山郡：成德軍節度治真定縣。』案：即今河北正定縣治。〇姚曰：『凡詩述所任地者，必貶謫自解之詞，子京知真定亦是降黜，故其言如此。』

莫嫌屯壘是邊州，試聽山河説上游。帳下文書三幕府，馬前韝鞢五諸侯。王藩故社經除國，俠窟餘風解報仇。四十年來民緩帶，使君何事不輕裘？

吴曰：『不得意而作，詞旨乃反振矜，收尤詭雋有味。』

《舊唐書·狄仁傑傳》：上疏曰：『恒、代之鎮重，則邊州之備實矣。』○《史記·項羽本紀》曰：『古之王公，地方千里，必居上游。』○方虚谷曰：『部署安撫二司並府事，故曰三幕府。』姚曰：『知真定府當兼三局：知府，一也。安撫司，二也。馬步軍都總管，三也。此所謂三幕府。』○韓退之《送幽州李端公序》曰：『今相國李公爲吏部員外郎，愈常與偕朝，道語幽州司徒公之賢曰：某前年被詔告禮幽州，及郊，司徒公紅帓首，韡袴，握刀在左，右雜佩，弓韔服，矢插房，俯立迎道左。』○《宋史·地理志》曰：『河北西路：慶曆八年初置真定府路安撫使，統真定府，磁、相、邢、趙、洺六州。』姚曰：『真定府所統六州，鎮州爲本府，餘磁、相、邢、趙、洺，故曰五諸侯。』○姚曰：『其地趙王鎔之故國，故曰王藩故社。』○《史記·貨殖傳》曰：『種、代，石北也，人民好氣任俠，其謠俗猶有趙之風也。』郭景純《遊仙》詩曰：『京華遊俠窟。』○《漢書·匈奴傳贊》曰：『使邊城守境之民，父兄緩帶，稚子咽哺，胡馬不窺於長城，而羽檄不行於中國。』《晉書·羊祜傳》曰：『祜鎮荆州，在軍常輕裘緩帶，身不被甲。』

落花

趙令時(德麟)《侯鯖録》(卷二)曰：『宋莒公兄弟少時作《落花》詩，爲時膾炙。』方虛谷曰：『宋郊，字伯庠，後改名庠，字公序。弟祁，字子京。夏英公竦守安州，兄弟以布衣游學，席上賦此二詩。(公序詩今未録)英公以爲有台輔器。』

墜素翻紅各自傷，青樓烟雨忍相望？將飛更作迴風舞，已落猶成半面妝。吴曰：『此聯興會飈舉，能盡落花之神態。』滄海客歸珠迸淚，章臺人去骨遺香。可能無意傳雙蝶，盡付芳心與蜜房。紀曰：『結乃神似玉溪。』吴曰：『此少作，故濃豔乃爾，收干乞之旨。』

李義山《風雨》詩曰：『黄葉仍風雨，青樓自管絃。』○相望，依《侯鯖録》原注，諸本誤忘。案：《瀛奎律髓》亦作忘。○將飛，《侯鯖録》將作欲，注：將。○《洞冥記》(卷四)曰：『武帝所幸宫人名麗娟，於芝生殿唱《迴風》之曲，庭中花皆翻落。』李長吉《殘絲曲》曰：『落花起作迴風舞。』○《南史·后妃傳》曰：『元帝徐妃諱昭佩，無容質，不見禮。帝三二年一入房，妃以帝眇一目，每知帝至，必爲半面妝以俟，帝見則大怒而去。』○《漢書·張敞傳》曰：『走馬章臺街，使御吏驅，自以便面拊馬。』又《本事詩》曰：『韓翃題詩曰：章臺柳，章臺柳，昔日青青今在否？縱然長條似舊垂，亦應攀折他人手。』○李義山《落花》詩曰：『芳心向春盡。』○杜子美《秋野》詩曰：『天寒割蜜房。』○《侯鯖録》付作委，注：付。

梅聖俞（堯臣）（一首）

送趙諫議知徐州

原注曰：『及。』案《宋史·趙及傳》曰：『及字希之，知河中府，遷右諫議大夫，還判大理寺流内銓，知徐州。』《職官志》曰：『門下省左諫議大夫掌規諫諷諭，凡朝政闕夫，大臣至百官任非其人，三省至百司事有違失，皆得諫正。中書省右諫議大夫與門下省同。』

又曰：『左右諫議大夫爲從四品。』案：『宋京東路徐州治彭城縣，今江蘇銅山縣治。』

鹿車幾兩馬幾匹，軨建朱幡騎彀弓。洒然而來。雨過短亭雲斷續，鶯啼高柳路西東。呂梁水注千尋險，大澤龍歸萬古空。莫問前朝張僕射，毬場細草綠蒙蒙。諷諭入妙。

《御覽·車部四》引《風俗通》曰：『鹿車，窄小裁容一鹿也。或曰樂車，乘牛馬者剉草飲飼達曙，今乘此雖爲勞極，然入傳舍偃卧無憂，故曰樂車。』《車部二》引曰：『車一兩，謂兩兩相與爲體也。原其所以言兩者，箱裝及輪兩兩如耦，故稱兩耳。』韓退之《送楊少尹序》曰：『不知楊侯去時，城門外送者幾人，車幾兩，馬幾匹？』○《考工記·輿人》注曰：『軨，輿後横木者也。』又《輈人》曰：『軨之方也，以象地也。』戴東原（震）曰：『輿下四面材合而收謂之軨。』（《考工記圖》）段若膺（玉裁）曰：『合輿下三面之材與後横木而正方，故謂之軨。渾言之，四面曰軨。析言之，輢軾所樹曰軓，輢後曰軨。』○

盧允言《送信州姚使君》詩曰：『朱幡徐轉候羣官。』○《説文》曰：『彀，張弩也。』《史記·張釋之傳》索隱：『如淳曰：彀騎，張弓之騎也。』○《太平寰宇記》曰：『河南道徐州彭城縣：吕梁在縣東南五十七里。』《左傳》：楚子辛侵宋吕留。杜注：彭城吕縣也。（襄元年）漢爲吕縣，宋武北征改爲壽張。又《十道志》云：泗水吕縣積石爲梁。莊子曰：吕梁懸水三十仞，魚鼈所不能過。（《達生篇》）今則不然。《清統志》曰：『江蘇徐州府：吕梁洪在銅山縣東南五十里，有上下二洪，相去凡七里，巨石齒列，波流洶湧。』○《史記·高祖本紀》曰：『母曰劉媪，嘗息大澤之陂，夢與神遇，是時雷電晦冥，太公往視，則見蛟龍於其上。』《寰宇記》曰：『徐州府豐縣：大澤在縣北六里。』《清統志》曰：『徐州府：大澤在豐縣北。』○韓退之《上張僕射第二書》時在徐州節度張建封幕，諫其擊毬事也，故此借以爲諷。

歐陽永叔（修）（二首）

夷陵歲暮書事呈元珍表臣

《居士集》目録注曰：『景祐三年。』案《年譜》曰：『景祐三年五月，降爲峽州夷陵令。』夷陵已見《代贈田文初》詩注。又案《居士集》原校曰：『一本作元珍判官表臣推官。』《永叔集·校理丁君墓表》曰：『君諱寶臣，字元珍，姓丁氏，常州晋陵人也。景祐元年舉進士及第，爲峽州軍事判官。』王介甫《司封員外郎祕閣校理丁君墓誌銘》曰：『爲峽州軍事判官，與廬陵歐陽修遊，相好也。』表臣未詳，梅聖俞有《送櫟陽宰朱表臣》《泗守朱表臣都官挒北園》等詩，未知即其人否。

蕭條雞犬亂山中，時節崢嶸忽已窮。遊女髻鬟風俗古，野巫歌舞歲年豐。平時都邑今爲陋，敵國江山昔最雄。紀曰：『五六沈著。』荆楚先賢多勝迹，不辭攜酒問鄰翁。興會飈舉，歐詩之有氣槩者。

遊女二句，原注曰：『夷陵俗朴陋，惟歲暮祭鬼則男女數百相從而樂飲，婦女競爲野服，以相遊嬉。』○敵國句，原注曰：『三國時吴、蜀戰爭於此。』○荆楚二句，原注曰：『處士何參居縣舍西，好學，多知荆楚故事。』

戲答元珍

春風疑不到天涯，二月山城未見花。紀曰：『起得超妙。』殘雪壓枝猶有橘，凍雷驚筍欲抽芽。夜聞歸雁生鄉思，病入新年感物華。同是洛陽花下客，野芳雖晚不須嗟。方虚谷曰：『此夷陵作。歐公自謂得意，蓋春風疑不到天涯一句未見其妙，若可驚異，第二句云：二月山城未見花，即先問後答，明言其所謂也，以後句句有味。』

丘希範《答徐侍中》詩曰：『側聞洛陽客，金蓋翼高車。』

永叔《筆説》曰：『春風疑不到天涯，若無下句，則上句何堪？既見下句，則上句頗工，文意難評，蓋如此也。』

蘇明允（洵）（一首）

蘇洵，字明允，眉州眉山人。嘉祐初，與其二子軾、轍皆至京師，翰林學士歐陽修上其所著書二十二篇，宰相韓琦善之，奏於朝，召試舍人院，辭疾不至，遂除祕書省校書郎，與姚闢同修《太常因革禮》，書成方奏，未報，卒。《宋史》入《文苑傳》。

九日和韓魏公

《宋史·韓琦傳》曰：「琦字稚圭，相州安陽人。嘉祐元年，拜樞密使。三年六月，拜同中書門下平章事、集賢殿大學士。輔立英宗，拜右僕射，封魏國公。」○方虚谷曰：「《詩話》謂韓魏公九日飲執政，老泉以布衣與坐，今味閒傍諸儒老曲臺之句，即是修太常禮之時，非布衣也。蓋英宗治平二年乙巳韓公首倡，見《安陽集》。是日有雨，所和詩非席上所賦，其曰暮歸衝雨寒無睡，乃是飲歸而和此詩耳。」

晚歲登門最不才，蕭蕭華髮映金罍。不堪丞相延東閣，閒伴諸儒老曲臺。

佳節已從愁裏過，壯心偶傍醉中來。暮歸衝雨寒無睡，自把新詩百遍開。

紀曰：『老泉不以詩名，此詩極老健。』

《後漢書·文苑·邊讓傳》：蔡邕薦讓於何進曰：『華髮舊德，並爲元龜。』○《詩·卷耳》曰：『我姑酌彼金罍。』○《漢書·藝文志》：禮有《曲臺后倉》九篇。注如淳曰：『行禮射於曲臺，后倉爲記，故名《曲臺記》。《漢官》曰：大射於曲臺。晋灼曰：天子射宫也。西京無太學，於此行禮也。』

曾子固（鞏）（一首）

曾鞏，字子固，建昌南豐人。嘉祐二年進士第，調太平州司法參軍，召編校史館書籍，遷館閣校勘、集賢校理，爲實録檢討官，出通判越州。神宗召見，拜中書舍人，卒。《宋史》有傳。

上元

《春明退朝録》（卷中）曰：『本朝太宗時，三元不禁夜，上元御乾元門，中下元御東華門，後罷中下元二節，而初元遊觀之盛冠於前代。』《歲時廣記》（卷十）引吕原明《歲時雜記》曰：『道家以正月十五日爲上元。』

金鞍馳騁屬兒曹，夜半喧闐意氣豪。明月滿街流水遠，華燈入望衆星高。風吹玉漏穿花急，人倚朱欄送目勞。自笑低心逐年少，衹尋前事撚霜毛。

吴曰：『高華穠麗，音響逼入盛唐。』

《容齋三筆》（卷一）曰：『上元張燈，《太平御覽》所載《史記·樂書》曰：漢家祀太一，以昏時祠到明，今人正月望日夜游觀燈，是其遺事。（見《時序部十五》，《藝文類聚·歲時部中》《初學記·歲時部下》並同。）而今《史記》無其文。（案：《御覽》今人正月云云乃小字注，非《史記》本文也。惟《樂志》本作正月上辛，非必十五日耳。）韋述《兩京新記》曰：正月十五日夜勑金吾弛禁前後各一日以看燈。按《國史》：乾德五年正月，詔以朝廷無事，區寓乂安，令開封府更增十七十八兩夕。太平興國五年十月下元，京城始張燈如上元之夕。至淳化元年六月，始罷中元、下元張燈。』《七修類藁》（卷二十七）曰：『《唐書·嚴挺之傳》云：睿宗好音律，先天二年正月望日，胡人婆陁請然千燈，因弛門禁，帝御安福門縱觀，晝夜不息。韋述《兩京新記》曰：正月十五夜敕金吾弛禁前後各一日看燈，則是始於睿宗，成於玄宗無疑。』〇《續漢書·輿服志》曰：『降及戰國，奢僭益熾，競修奇麗之服，飾以輿馬，文罽玉纓，象鑣金鞍，以相夸上。』〇杜牧之《長安雜題》詩曰：『天下一家無一事，將軍攜鏡泣霜毛。』

王介甫（安石）（二首）

送項判官

《文獻通考·職官考十六》曰：『宋朝沿五代之制，兩使置判官、推官各一人，餘州置推、判官各一人。』

斷蘆洲渚落楓橋，渡口沙長過午潮。山鳥自呼泥滑滑，行人相對馬蕭蕭。

十年長自青衿識，千里來非白璧招。握手祝君能彊飯，華簪常得從雞翹。

吴曰：『負聲振釆。』

泥滑滑已見歐陽永叔《啼鳥》詩注。○《詩·車攻》曰：『蕭蕭馬鳴。』○《禮記·曲禮上》曰：『十年以長則兄事之。』○《詩·子衿》曰：『青青子衿。』毛傳曰：『青衿，青領也，學子之所服。』○《文選·月賦》李善注引《韓詩外傳》曰：『楚襄王遣使持金十斤，白璧百雙，聘莊子爲相。』○《史記·外戚世家》曰：『子夫上車，平陽主拊其背曰：行矣强飯，勉之，即貴無相忘。』○《獨斷》（卷上）曰：『鸞旗者，編羽毛引繫幢旁，俗人名之曰雞翹車，非也。』李義山《茂陵》詩曰：『屬車無復插雞翹。』

葛溪驛

《太平寰宇記》曰：『江南西道信州弋陽縣：葛溪水出上饒縣靈山，過當縣李誠鄉，在縣西二里。昔歐冶子居其側，以此水淬劍。又有葛仙冢焉，因曰葛水。』《清統志》曰：『江西廣信府，葛溪在弋陽縣西二里，亦名西溪，葛溪驛在弋陽縣南，唐時爲弋陽館，明嘉靖時燬。』

缺月昏昏夜未央，一燈明滅照秋牀。病身最覺風霜早，歸夢不知山水長。坐感歲時歌慷慨，起看天地色淒涼。鳴蟬更亂行人耳，正抱疏桐葉半黃。

紀曰：『老健深穩，意境殊自不凡。三四細膩，後四句神力圓足。』

王平甫（安國）（一首）

王安國，字平甫，介甫之弟也。熙寧初，韓絳薦其才行，召試及第，除西京國子教授，官滿授崇文院校書，後改祕閣校理。《宋史》附《王安石傳》。

西湖春日

爭得才如杜牧之，試來湖上輒題詩。春煙寺院敲茶鼓，夕照樓臺卓酒旗。

工緻。濃吐雜芳薰巘崿，溼飛雙翠破漣漪。人間幸有簑兼笠，且上漁舟作釣師。紀曰：『通體鮮華，起得超妙，五六生造而不揑凑，且上二字繳起句爭得二字，一氣呼應。』

《文選》謝靈運《晚出西射堂》詩曰：『連鄣疊巘崿。』李善注曰：『巘崿，崖之別名。《爾雅》曰：重巘，隒。（《釋山》巘作甗。）』《文字集略》曰：『崿，崖也。』○張子壽《感遇》詩曰：『側見雙翠鳥。』○《詩·伐檀》曰：『河水清且漣漪。』毛傳曰：『風行水成文曰漣。』《釋水》曰：『大波爲瀾，小波爲淪。』《釋文》曰：『瀾或作漣，是漣與淪對文，漪語詞，故石經殘碑作兮。』然《文選》左太沖《吴都賦》曰：『濯明月於漣漪。』薛注曰：『風行水成文曰漣漪，又引《詩》，且申之曰：清且漣漪者，水極麗也。』則以漣漪並列，不以漪爲語詞，蓋別有所本，爲此詩所取也。○鄭守愚《試筆偶書》詩曰：『滄江負釣師。』

蘇子瞻（軾）（十三首）

姚曰：『東坡天才有不可思議處，其七律只用夢得、香山格調，其妙處豈劉、白所能望哉？』方曰：『東坡隨意吐屬，自然高妙，奇氣峍兀，情景湧見，如在目前，故是古今奇才無兩，自別爲一種筆墨，脱盡蹊徑之外。然其才大學富，用事奔湊，亦開俗人流易輕滑之病。』

和子由澠池懷舊

蘇子由《懷澠池寄子瞻兄》詩云：『相攜話别鄭原上，共道長途怕雪泥。歸騎還尋大梁陌，行人已度古崤西。曾爲縣吏民知否，舊病僧房壁共題。遥想獨游佳味少，無言騅馬但鳴嘶。』自注云：『轍曾爲此縣簿，未赴而中第。』王見大《蘇詩總案》曰：『嘉祐六年十一月，公赴鳳翔，子由送至鄭州，過澠池，老僧奉閑已死，和子由《懷澠池詩》。』案：宋京西北路河南府澠池縣，今河南澠池縣治。

人生到處知何似，應似飛鴻踏雪泥。泥上偶然留指爪，鴻飛那復計東西？老僧已死成新塔，壞壁無由見舊題。往日崎嶇還記否，路長人困蹇驢嘶。

老僧二句，子由詩自注曰：『昔與子瞻應舉，過宿縣中圭舍，題老僧奉閑之壁。』〇末句自注曰：『往歲馬死於二陵，騎驢至澠池。』案：賈生《弔屈原文》曰：『騰駕罷牛驂蹇驢兮。』

吴曰：『起超雋，後半率。』

和董傳留别

王注引趙堯卿曰：『董傳，字至和，洛陽人。有詩名於時，嘗在鳳翔與東坡相從。韓魏公鎮長安，傳有詩云：古來風義遺才少，近世公卿薦士稀。韓舉而已卒矣。』查注曰：『公《與韓魏公尺牘》云：進士董傳至長安，見軾於傳舍，道其窮苦之狀，賴公而存，又薦我於朝。吾平生無妻，近省彭别駕許嫁我以妹云云。按先生作此書時，傳已病殁，則其生前未嘗娶婦，故詩中有眼亂行看擇婿車之句。』王見大注曰：『董傳家於二曲，此詩作於長安也。』又《總案》曰：『治平元年十二月，罷簽判任，自鳳翔赴長安，和董傳《留别》詩。』

麤繒大布裹生涯，腹有詩書氣自華。飄然而來，有昂頭天外之概。厭伴老儒烹瓠葉，强隨舉子踏槐花。囊空不辦尋春馬，眼亂行看擇婿車。得意猶堪誇世俗，詔黄新溼字如鴉。

陶淵明《雜詩》曰：『御冬足大布，麤絺以應陽。』○韓退之《符讀書城南》詩曰：『由腹有詩書。』○《詩·瓠葉》鄭箋曰：『烹，熟也，瓠葉者，以爲飲酒之菹也。酒既成，先與父兄室人烹瓠葉而飲之。』《後漢書·儒林傳》曰：『劉昆教授弟子恒五百餘人，每春秋饗射，常備列典儀，以素木瓠葉爲俎豆。』○《南部新書》（卷一）曰：『長安舉子自六月後落第者不出京，謂之過夏。多借淨坊廟院作新文章，曰夏課。時語曰：槐花黄，舉子忙。』○孟東野《及第》詩曰：『春風得意馬蹄疾，一日看遍長安花。』○《唐摭言》（卷三）曰：『曲江之宴，行市羅列，長安幾於半空，公卿家率以其日揀選東牀，車馬闐塞，莫可殫述。』○《南史·王韶之傳》曰：『遷黄門侍郎，領著作，凡諸詔黄皆其辭也。』《唐六典》（卷九）曰：『册書詔敕總名曰詔，天后以避諱，改詔爲制，今册書用簡，制書勞慰，制書發日敕用黄麻紙，敕旨論事敕及敕牒用黄藤紙。』○盧仝《示添丁》詩曰：『閒來案上翻墨汁，塗抹詩書如老鴉。』

出潁口初見淮山是日至壽州

施注曰：『東坡縱筆書此詩，且題云：予年三十六赴杭倅，過壽作此詩。今五十九，南遷至虔，烟雨淒然，頗有當年氣象也。墨蹟在吴興秦氏。』案《水經·淮水篇》曰：『東北至九江壽春縣西，又東，潁水從西北來流注之。』酈注曰：『淮水又東流與潁口會。』《清統志》曰：『安徽鳳陽府：壽春故城，今壽州治。』（今改縣）《總案》曰：『熙寧四年六月，以太常博士、直史館通判杭州。九月，公行，子由送至潁州。十月二日，抵渦口，遇風，出潁口，初見淮山，至壽州。』

我行日夜向江海，楓葉蘆花秋興長。長淮忽迷天遠近，青山久與船低昂。

壽州已見白石塔，短棹未轉黃茅岡。波平風軟望不到，故人久立煙蒼茫。
吴曰：『公有古風一首，與此略同，蓋自喜之甚，復約之以爲近體。』
白樂天《琵琶行》曰：『楓葉荻花秋瑟瑟。』○子瞻《李思訓畫長江絶島圖》詩曰：『沙平風軟望不到，孤山久與船低昂。』○長淮，施注曰：『集作平淮，今從墨蹟。』○白樂天《山鷓鴣》詩曰：『黃茆岡頭秋日晚。』

和劉道原詠史

《宋史·文苑傳》曰：『劉恕，字道原，筠州人。』王注曰：『道原，劉居士涣子也。天聖中進士第。居官有直氣，不屑輒去，卜居星渚。』查注曰：『《東都事略》稱道原有史學，於魏、晋以後事尤精詳，考證前史差謬，著《十國紀年》四十二卷，《通鑑外紀》十卷，其精於史學如此。惜《詠史詩》不傳也。』案：子瞻先有《送劉道原歸覲南康》詩。施注曰：『司馬公編次《通鑑》，英宗令自擇館閣英才。公曰：館閣文士誠多，至于專精史學，臣得而知者，唯劉恕耳。即召爲局僚，書成公推其功爲多，而道原亡矣。家至無以養，而不以一毫取于人，冬無寒具。司馬公遺衣褥，亦封還之。與王介甫有舊，介甫執政，道原在館閣，欲引寘條例司，固辭而謂曰：天子方付公大政，宜恢張堯、舜之道，不應以利爲先。是時介甫權震天下，人不敢忤，而道原憤憤欲與之校。又條陳所更法令不合衆心者，勸使復舊，至面刺其過。介甫怒，變色如鐵，道原不以爲意。或稠人廣坐對其門生誦言得失無所忌，遂與之絶。以親老求監南康軍酒，官至秘書丞，卒年四十七。』

仲尼憂世接輿狂，臧穀雖殊竟兩亡。吴曰：『無端而來，至爲奇妙。』吴客漫陳《豪士賦》，桓侯初笑越人方。名高不朽終安用，日飲無何計亦良。獨掩陳編弔興廢，窗前山雨夜浪浪。

○《莊子·駢拇篇》曰：『臧與穀二人相與牧羊，而俱亡其羊。問臧奚事，則挾策讀書，問穀奚事，則博塞以游。事業不同，其於亡羊均也。』○《晉書·陸機傳》曰：『機，吴郡人也。齊王冏既矜功自伐，受爵不讓，機惡之，作《豪士賦》以刺焉。』○《史記·扁鵲傳》

曰：『扁鵲姓秦氏，名越人。過齊，齊桓侯客之，入朝見曰：君有疾，在腠理，不治將深。桓侯曰：寡人無疾。扁鵲出，桓侯謂左右曰：醫之好利也，欲以不疾者爲功。後五日，扁鵲復見曰：君有疾，在血脈，不治恐深。桓侯曰：寡人無疾。後五日扁鵲復見曰：君有疾，在腸胃間。桓侯不應。後五日，扁鵲復見，望見桓侯而退走，曰：疾在骨髓，雖司命無奈之何。』〇杜子美《醉時歌》曰：『名垂萬古知何用？』〇《左傳》襄公二十四年：叔孫豹曰：『大上有立德，其次有立功，其次有立言，雖久不廢，此之謂不朽。』〇《漢書·爰盎傳》曰：『盎兄子種爲常侍，盎徙爲吴相，辭行。種謂盎曰：吴王驕日久，國多姦，南方卑溼，絲能日飲亡何，説王毋反而已。』顔注曰：『無何，言更無餘事。』

有美堂暴雨

《庚溪詩話》曰：『嘉祐初，龍圖閣直學士、尚書吏部郎中梅公儀守杭，上特製詩寵賜，其首章曰：地有吴山美，東南第一州。梅既到杭，遂建堂山上，名曰有美。歐陽修爲記。』案《清統志》：浙江杭州府：有美堂在城内吴山最高處。

遊人腳底一聲雷，吴曰：『奇景。』滿坐頑雲撥不開。天外黑風吹海立，浙東飛雨過江來。十分瀲灩金尊凸，千杖敲鏗羯鼓催。喚起謫仙泉灑面，倒傾鮫室瀉瓊瑰。方曰：『奇氣。』

王注引師民瞻曰：『俗説高雷無雨，故雷自地震即暴雨也。』〇陸魯望《奉酬襲美苦雨見寄》詩曰：『頑雲猛雨更相欺。』〇杜子美《朝獻太清宫賦》曰：『九天之雲下垂，四海之水皆立。』〇《吴地記》曰：『漢順帝永建四年，有山陰縣人殷重獻策於帝，請分江置兩浙，詔司空王襲封從錢塘江中分，向東爲會稽郡，向西爲吴郡。』〇謝玄暉《觀朝雨》詩曰：『朔風吹飛雨，蕭條江上來。』〇木玄虚《海賦》曰：『浟湙瀲灩。』〇杜牧之《寄李起居》詩曰：『雲罍心凸知難捧。』又《羊欄浦夜陪宴會》詩曰：『酒凸觥心汎灩光。』〇《唐語林》（卷五）曰：『李龜年善打羯鼓。明皇問：卿打多少杖？對曰：臣打五千杖訖。』〇韓退之《城南聯句》曰：『樹啄頭敲鏗。』《羯鼓録》曰：『宋開府璟善羯鼓，謂上曰：頭如青山峯，手如白雨點。山峯取不動，雨點取碎急。』○《舊唐書·文苑·李白傳》曰：『玄宗度曲，欲造樂府新詞，亟召白，白已臥於酒肆矣。召入，以水灑面，即令秉筆，頃之成十餘章。初，賀知章見白，賞之曰：此天上謫仙人也。』○《左傳》成十七年曰：『初，聲伯夢涉洹，或與己瓊瑰，食之，泣而爲瓊瑰，盈其懷。』

雪後北臺書壁二首

張清源《雲谷雜記》（卷三）曰：『北臺在密州之北，因城爲臺，馬耳與常山在其南，東坡爲守日，葺而新之，子由因請名之曰超然臺。』《清統志》曰：『山東青州府：超然臺在諸城縣北城上。』查曰：『按陸放翁云：蘇文忠公雪詩用尖、叉二韻，王文公有次韻詩，議者謂非二公莫能爲也。呂成叔乃頓和至百篇，字字工妙，無强湊泊之病。據此則尖、叉二韻介甫當時皆有和章，今集中所載只叉字韻六首耳。至呂成叔百篇，世無一傳者，古人名作湮没，何可勝道！可發一歎。』

黄昏猶作雨纖纖，夜靜無風勢轉嚴。但覺衾裯如潑水，不知庭院已堆鹽。吴曰：『得雪之神。』五更曉色來虛幌，半夜寒聲落畫簷。試掃北臺看馬耳，未隨埋没有雙尖。

《世説新語·言語篇》曰：『謝太傅寒雪日内集，與兒女講論文義，俄而雪驟下，公欣然曰：白雪紛紛何所似？兄子胡兒曰：撒鹽空中差可擬。兄女曰：未若柳絮因風起。』白樂天《對火翫雪》詩曰：『盈尺白鹽寒。』○五更二句，王見大曰：『五更乃遲明之時，未應遽曉，而我方疑之，復因半夜寒聲漸悟爲雪也。此乃以下句叫醒上句。』馮注謂上云五更下云半夜，似倒，因從七集本及《梁谿漫志》（卷七知不足齋本亦作半夜，不作半月。）所載作半月，以月影方半解，全局打散矣。○子瞻《超然臺記》曰：『南望馬耳、常山。』案《水經·濰水注》曰：『濰水又東北，涓水注之，水出馬耳山，高百丈，上有二石並舉，望齊馬耳，故世取名焉。』《清統志》曰：『山東青州府：馬耳山在諸誠縣西南五十里。』

城頭落日始翻鴉，陌上晴泥已没車。凍合玉樓寒起粟，光搖銀海眩生花。清腴可愛。遺蝗入地應千尺，宿麥連雲有幾家？老病自嗟詩力退，空吟《冰柱》憶劉叉。

王注引李德載(厚)曰：『道經以項肩骨爲玉樓，眼爲銀海，起粟謂凍起肉上爲生粟。』又引趙彦材曰：『世傳王荆公常誦先生此詩，歎云：蘇子瞻乃能使事至此。時其婿蔡卞曰：此句不過詠雪之狀，妝樓臺如玉樓，瀰漫萬象若銀海耳。荆公哂焉，謂曰：此出道書也。蔡卞曾不理會於玉樓何以謂之凍合，而下三字云寒起粟，於銀海何以謂之光搖，而下三字云眩生花乎？粟字蓋使趙飛燕雖寒，體無軫粟也。』(馮曰：『見《飛燕外傳》。』步瀛案：《外傳》軫作疹，然今本《外傳》乃僞書，不足據。)方虚谷曰：『玉樓爲肩，銀海爲眼，用道家語，然竟不知出道家何書。蓋《黄庭》一種書，相傳有此説。』紀曰：『此因玉樓銀海太涉體物，故造爲荆公此説以周旋東坡，其實只是地如銀海臺似玉樓耳，不必曲爲之説也。』案：紀説亦有見，故並存之。○王注引宋正輔（援）曰：『雪宜麥而辟蝗，故爲豐年之祥兆，蝗遺子於地，若雪深一尺則入地一丈，麥得雪則滋茂而成稔歲，此老農之語也。』○《齊民要術》（卷二）引《氾勝之書》曰：『夏至後七十日可種宿麥。』又曰：『冬雨雪，止，以物輒藺麥上，掩其雪勿令從風飛去，後雪復如此，則麥耐旱多實。』《爾雅翼》（卷一）曰：『麥比他穀獨隔歲種，故號宿麥。』○鄭守愚《寄題方干處士》詩曰：『暮年詩力在。』○《新唐書·劉叉傳》（附《韓愈傳》）曰：『叉作《冰柱》《雪車》二詩，出盧仝、孟郊右。』《韻語陽秋》（卷三）曰：『劉叉詩酷似玉川子，《冰柱》《雪車》二詩雖作語奇怪，然議論亦皆出於正也。《冰柱》詩云：不爲四時雨，徒於道路成泥柤。不爲九江浪，徒能汩没天之涯。《雪車》詩謂官家不知民餒寒，盡驅牛車盈道載屑玉。載載欲何之？祕藏深宮，以御炎酷。如此等句亦有補於時，與玉川《月蝕》詩稍相類。』

謝人見和前篇二首

王見大曰：『二詩蓋係答安石者。』吴曰：『半山和作極盡艱難刻畫之苦，而公前後四章皆極天然妙趣，所謂天馬行空者也。』

已分酒杯欺淺懦，敢將詩律鬪深嚴？漁蓑句好真堪畫，柳絮才高不道鹽。運用靈活。敗履尚存東郭足，飛花又舞謫仙簷。書生事業真堪笑，忍凍孤吟筆退尖。

王注引趙堯卿曰：『鄭谷《雪詩》：江上晚來堪畫處，漁人披得一蓑歸。而段贊善小筆精微，摹爲圖畫，故谷以詩謝之曰：愛余風雪句，幽絶寫漁蓑。是則真曾入畫也。先生常評此詩以爲村舍學中語，然以其有實事，故引用之。』○柳絮見上注。○《南齊書·張融傳》曰：『融作《海賦》以示鎮國將軍顧凱之，凱之曰：卿此賦實超玄虚，但不道鹽耳。』○《史記·滑稽傳》：褚先生曰：『齊東郭先生久待詔公車，貧困饑寒，衣敝履不完，行雪中，履有上無下，足盡踐地，道中人笑之。』○李太白《題東谿公幽居》詩曰：『飛花送酒舞前簷。』○韓退之《李員外寄紙筆》詩曰：『兔尖針莫並。』趙曰：『苦寒則筆退尖矣。』

九陌淒風戰齒牙，銀盃逐馬帶隨車。也知不作堅牢玉，無奈能開頃刻花。得酒强歡愁底事，閉門高卧定誰家？臺前日暖君須愛，冰下寒魚漸可叉。

吳曰：『此四篇皆率性漫作，特其才力偉大，故能特見精警。』

《三輔黃圖》（卷二）引《三輔舊事》曰：『長安城中，八街九陌。』○韓退之《雪詩》曰：『隨車翻縞帶，逐馬散銀杯。』○《文選》謝惠連《雪賦》曰：『白玉雖白，空守貞兮。未若茲雪，因時興滅。』李善注引劉熙《孟子注》曰：『白雪之性消，白玉之性堅。』《漢書·息夫躬傳》：『器用鹽惡。』注引鄧展曰：『鹽，不堅牢也。』○杜子美《對雪》詩曰：『銀壺酒易賒。』韓退之《秋懷詩》曰：『得酒且歡喜。』杜牧之《不飲贈酒》詩曰：『與愁爭底事？』○高臥見王介甫《和吴沖卿雪詩》注。○趙堯卿曰：『韓退之有《叉魚詩》，東坡既作此詩，以示黄門。黄門曰：冰下有魚，恐未易叉耳。東風解凍冰始解，莫若改爲冰解何如？公以爲知言。』王見大曰：『此説附會，解凍之意已到，且並未説死叉字，無須出解字也。』步瀛案：吾鄉人冬日鑿冰爲孔，伏其上叉冰下之魚，爲一種漁業，惜王見大未見耳。仍未免泥於舊説，上句云日暖須愛，亦用《左傳》文七年杜注冬日可愛之意，何嘗含有解凍之意乎？又案《文選》潘安仁《西征賦》：『挺叉來往。』李善注：『取魚叉也。』

八月七日初入贛過惶恐灘

《年譜》曰：『紹聖元年甲戌，先生年五十九，知定州，就任落兩職，追一官，知英州，未到任，再貶寧遠軍節度副使，惠州安置。』查注曰：『《陳書·高祖紀》：南康贛石舊有二十四灘，高祖之發也，水暴起數丈，三百里灘巨石皆没。宋邢坦齋引《廬陵志》亦云二十四灘。惟《萬安縣志》則云贛州二百里至岑縣，又一百里至萬安，其間灘有十八，舊皆屬虔州。宋熙寧中割地立縣，自贛城下二十里曰儲，曰鼈，曰橫弦，曰天柱，曰小湖，曰銅盆，曰陰，曰陽，曰會神，以上九灘屬贛。自青洲下至梁口，乃萬安縣地，其灘曰金，曰崑崙，曰曉，曰武朔，曰小蓼，曰大蓼，曰綿，曰漂神，曰黃公，灘水湍急，惟黃公爲甚。東坡南遷，訛爲惶恐。趙清獻守虔州，嘗疏鑿十八灘，以殺水勢，蓋十八灘爲尤險也。』

七千里外二毛人，十八灘頭一葉身。山憶喜歡勞遠夢，地名惶恐泣孤臣。長風吹客添帆腹，積雨浮舟減石鱗。便合與官充水手，此生何止略知津。

紀曰：『真而不俚，怨而不怒。』吳曰：『縱逸不羈，如見其人。』

《左傳》僖二十三年：宋襄公曰：『君子不禽二毛。』杜注曰：『頭白有二色也。』○韓退之《湘中酬十一功曹》詩曰：『共泛清湘一葉舟。』白樂天《舟夜贈內》詩曰：『一葉舟中載病身。』○喜歡句，自注曰：『蜀道有錯喜歡鋪，在大散關上。』○惶恐句，查注曰：『《坦齋通紀》云：詩人好改易地名以就句法。《廬陵志》：二十四灘自下而上，第一灘在萬安縣前，名黄公灘，坡乃改爲惶恐，以對喜歡。慎案：文信國亦有惶恐灘頭説惶恐之句，則又因坡公而傳訛者也。』馮星實（應榴）《合注》曰：『山水村落之名，原無定稱，安見惶恐之必應曰黄公乎？先生當日必先有惶恐句，因以喜歡爲上句，今轉以改灘名就句法，恐先生必不爲也。又案《名勝志》引文相國七律一首，中有遥知嶺外相思處，不見灘頭惶恐聲句。』○王注引趙彦材曰：『帆以其受風，故云腹。水在石上流，其波如魚鱗，故云石鱗。』○《論語·微子篇》：長沮曰：『是知津矣。』

海南人不作寒食而以上巳上冢予攜一瓢酒尋諸生皆出矣獨老符秀才在因與飲至醉符蓋儋人之安貧守静者也

王注引洪玉父（炎）曰：『按先生《被酒獨行》詩注云：符林秀才也。』查注曰：『林即老符之名也。』案《年譜》曰：『紹聖四年丁丑，先生年六十二，五月，責授瓊州别駕，昌化軍安置，遂寄家于惠州，獨與幼子過渡海，以七月十三日到儋州。』《總案》曰：『紹聖五年三月三日，攜酒一瓢出游城南，則諸生皆出，惟符林在，作詩。六月一日改元符元年。』

老鴉銜肉紙飛灰，吳曰：『起句倒戟而入，奇肆票姚。』萬里家山安在哉？蒼耳林中太白過，鹿門山下德公回。管寧投老終歸去，王式當年本不來。吳曰：『用典妙絶。』記取南城上巳日，木棉花落刺桐開。

紙飛灰已見《寒食雨》詩注。○李太白有《尋城北范居士失道落蒼耳中見范置酒摘蒼耳》詩。案：子瞻有《蒼耳録》。○《後漢書·逸民傳》曰：『龐公者，南郡襄陽人也。後遂攜其妻子登鹿門山，因採藥不返。』注引《襄陽記》曰：『德操年少德公十歲，兄事之，呼作龐公，故俗人遂謂龐公是德公名，非也。又鹿門山舊名蘇嶺山，建武中襄陽侯習郁立神祠於山，刻二石鹿夾神道口，俗因謂之鹿門廟，遂以廟名山也。』○《魏志·管寧傳》曰：『避難居遼東，文帝即位，徵還郡。』裴注曰：『寧在遼東，積三十年乃歸。』○《漢書·儒林傳》曰：『王式爲博士，止舍中，會諸博士共持酒食勞式，江公心嫉式，謂歌吹諸生曰：歌《驪駒》！式客罷讓諸生曰：我本不欲來，諸生强勸我，竟爲豎子所辱。遂謝病免歸。』〇施注引《番禺雜編》曰：『木棉樹高二三丈，切類桐木，二三月間花既謝，蕊爲棉，彼人績之爲毯，潔白如雪，温煖無比。刺桐樹似青桐而矮，三四月時紅芳滿樹，禁煙時士女競憩花陰，亦曲江之偶也。』

儋耳

《漢書·武帝紀》曰：『元封六年定越地以爲南海、蒼梧、鬱林、合浦、交阯、九真、日南、珠崖、儋耳郡。』《昭帝紀》曰：『元始五年罷儋耳郡。』《太平寰宇紀》曰：『嶺南道儋州昌化郡：今理宜倫縣。』《元豐九域志》曰：『廣南西路昌化軍：唐儋州昌化郡。熙寧六年廢爲昌化軍，治宜倫縣。』《清統志》曰：『廣東瓊州府：儋耳故郡在儋州西。』案：今改儋縣。

霹靂收威暮雨開，獨憑欄檻倚崔嵬。垂天雌霓雲端下，快意雄風海上來。野老已歌豐歲語，除書欲放逐臣回。殘年飽飯東坡老，一壑能專萬事灰。

方曰：「三四奇警。」吴曰：「雄宕。」

馮山公（景）《補注》曰：「《甘氏星經》：霹靂在雷電南，皆北方水府之精，而娵訾爲天門，故其神棲焉。《唐書》吴武陵與孟簡書云：子厚之斥十二年，殆半世矣。霆砰電射，天怒也，不能終朝。聖人在上，安有畢世而怒人臣耶？（《文藝傳》）公起句暗用其意。」○《莊子·逍遥遊》曰：「怒而飛，其翼若垂天之雲。」○《爾雅·釋天》曰：「蜺爲挈貳。」郭璞注曰：「蜺，雌虹也。」疏引《音義》云：「虹雙出，色鮮盛者爲雄，闇者爲雌。」《漢書·天文志上》顔注引如淳曰：「蜺讀曰齧。」沈約《郊居賦》曰：「雌霓連蜷。」○宋玉《風賦》曰：「此大王之雄風也。」○杜子美《病後過王倚飲贈歌》曰：「但得殘年飽喫飯。」○《漢書·敘傳》曰：「漁釣於一壑，則萬物莫奸其志。」陸子龍《逸民賦序》曰：「古之逸民，輕天下，細萬物，而欲專一丘之懽，擅一壑之美，豈不以身勝於宇宙而心恬於紛華者哉?』

六月二十日夜渡海

《年譜》曰:『元符三年庚辰,先生年六十五,在儋州。五月大赦,量移廉州安置。六月,過瓊州,遂渡海,有詩。』查曰:『王氏《交廣春秋》:朱崖、儋耳,大海中極南之外,對合浦徐聞縣,清朗無風之日,遙望朱崖州如囷廩大,從徐聞對渡,北風舉帆,一日一夜而至,周圍二千餘里,徑渡八百里。』《太平寰宇記》:『朱崖去雷州徐聞縣隔一小海。』

參橫斗轉欲三更,苦雨終風也解晴。雲散月明誰點綴,天容海色本澄清。空餘魯叟乘桴意,粗識軒轅奏樂聲。九死南荒吾不恨,茲遊奇絕冠平生。

紀曰:『前半純是比體,如此措辭,自無痕迹。』

《宋書·樂志》:《善哉行》古詞曰:『月没參橫,北斗闌干。』王見大曰:『粵中六月下旬至天將旦,中庭已見昴畢,升高而東望,則觜參亦上,若以此較六月二十日海外之二三鼓時，則參已早見矣，與内地不同。』○《左傳》昭四年曰：『秋無苦雨。』《詩·終風》毛傳曰：『終日風爲終風。』○《晋書·謝重傳》曰：『會稽王道子驃騎長史，因侍坐，於時月夜明淨，道子歎以爲佳。重率爾曰：意謂乃不如微雲點綴。道子戲曰：卿居心不淨，乃復强欲滓穢太清邪！』○雲散句，王見大曰：『問章惇也。』○天容句，王曰：『公自謂也。』○《論語·公冶長篇》：『子曰：道不行，乘桴浮於海。』陶淵明《飲酒》詩曰：『汲汲魯中叟。』○《漢書·律曆志》曰：『黄帝始垂衣裳，有軒冕之服。故天下號曰軒轅氏。』《莊子·天運篇》曰：『黄帝張咸池之樂於洞庭之野。』○《離騷》曰：『雖九死其猶未悔。』

黄魯直（庭堅）（十三首）

姚曰：『山谷刻意少陵，雖不能到，然其兀傲磊落之氣，足與古今作俗詩者澡濯胷胃，導啟性靈。』方曰：『杜七律所以横絶諸家，只是沈著頓挫，恣肆變化，陽開陰合，不可方物。山谷之學專在此等處。』

寄黃幾復

原注曰：『乙丑年德平鎮作。』案黃子耕《山谷先生年譜》（卷七）曰：『元豐八年乙丑，先生是歲春夏猶在德平。』又《山谷内集目録》任注曰：『山谷在太和凡三年，至元豐癸亥移監德州德平鎮。』又《年譜》（卷一）曰：『幾復名介，豫章西山人。先生作《幾復墓誌》載幾復年甚少則有意於六經，方士大夫未知讀《莊》《老》時，幾復爲余言云云，則是幾復與先生少年交遊，蓋幾復自熙寧九年同學究出身，爲長樂尉，廣州教授，楚州推官，知四會縣，仕於嶺南者十年。元祐三年没於京師。』

我居北海君南海，寄雁傳書謝不能。吴曰：『黄詩起處每飄然而來，亦奇氣也。』桃李春風一杯酒，江湖夜雨十年燈。方曰：『浩然一氣湧出。』持家但有四立壁，治病不蘄三折肱。想見讀書頭已白，隔溪猿哭瘴溪藤。方曰：『五六頓住，結句出場。』

任注曰：『山谷跋云：幾復在廣州四會，予在德州德平鎮，皆海濱也。按《輿地廣記》：四會舊屬廣州，熙寧六年割隸端州。此詩元豐末所作，猶云廣州，蓋欲表見南海之意也。山谷古詩亦云：四會有黄令。《左傳》（僖公四年）：君處北海，寡人處南海，惟是風馬牛不相及也。』案：宋四會縣，今廣東四會縣治。德平鎮，今山東德平縣治。○《史記·司馬相如傳》曰：『家居徒四壁立。』○《左傳》定十三年：高彊曰：『三折肱知爲良醫。』任曰：『此借用，言其諳練世故，不待困而後知也。』○杜子美《九日》詩曰：『殊方日落玄猿哭。』○任曰：『四會在廣東，故曰瘴溪。』

次韻王定國揚州見寄

王定國已見蘇子瞻《百步洪》詩注。

清洛思君晝夜流，北歸何日片帆收？未生白髮猶堪酒，垂上青雲卻佐州。

飛雪堆盤膾魚腹，明珠論斗煮鷄頭。平生行樂自不惡，豈有竹西歌吹愁？

吴曰：『蘇奇處在才氣，黄奇處在工力。如未生白髮麒麟墮地等聯，皆痛譔出奇，前無古人，自闢一家蹊徑。』

任注曰：『元豐中，導洛水人汴河謂之清汴，揚州水所過之地也。詩意謂相思之心與水無極。』〇盧仝《聞韓員外職方貶國子博士有感》詩曰：『力小垂垂上，天高又不登。』〇揚子雲《解嘲》曰：『當塗者升青雲。』〇杜子美《觀打魚歌》曰：『甕子左右揮雙刀，膾飛金盤白雪高。』又《姜七少府設膾戲贈長歌》曰：『無聲細下飛碎雪，有骨已剁觜春葱。偏勸腹腴愧年少，軟炊香飯緣老翁。』〇《證類本草》（卷二十三）曰：『雞頭實一名芡實。蜀本《圖經》云：此生水中，葉大如荷，皺而有刺，花子若拳大，形似雞頭，實若石榴，肉白。』劉夢得《泰娘歌》曰：『斗量明珠鳥傳意。』〇楊子幼《報孫會宗書》曰：『人生行樂耳。』

次韻柳通叟寄王文通

故人昔有淩雲賦，何意陸沈黃綬間？頭白眼花行作吏，兒婚女嫁望還山。方曰：『敘事往復頓挫。』心猶未死杯中物，春不能朱鏡裏顏。寄語諸公肯湔祓，割雞聊得近鄉關。

《史記·司馬相如傳》曰：『相如既奏大人之頌，天子大悅，飄飄有淩雲之氣，似游天地之間意。』○《莊子·則陽篇》：『仲尼曰：是陸沈者也。』郭注曰：『人中隱者，譬無水而沈也。』○杜子美《病後過王倚飲贈歌》曰：『頭白眼暗坐有胝。』又《飲中八仙歌》曰：『眼花落井水底眠。』○嵇叔夜《與山巨源絶交書》曰：『一行作吏，此事便廢。』○《後漢書·逸民傳》曰：向長，字子平，男女婚嫁畢，遂恣意遊五岳名山。○心猶句，任曰：『言飲興未衰也。』○陶淵明《責子》詩曰：『天運苟如此，且進杯中物。』○白樂天《漸老》詩曰：『白髮逐梳落，朱顏辭鏡去。』○《楚策四》：汗明曰：『君獨無意湔祓僕也。』鮑注曰：『湔，手浣也。祓，去惡也。』○《論語·陽貨篇》曰：『子之武城，聞絃歌之聲，夫子莞爾而笑曰：割雞焉用牛刀？』任曰：『割雞謂爲令宰。』

清明

佳節清明桃李笑，野田荒隴祇生愁。雷驚天地龍蛇蟄，雨足郊原草木柔。人乞祭餘驕妾婦，士甘焚死不公侯。賢愚千載知誰是，滿眼蓬蒿共一丘。

後半蒼涼沈鬱，感喟無窮。

史公儀注曰：『《本事詩》：崔護清明獨遊都城南，得居人莊，酒渴叩門求飲，有女子以盂水至。來歲清明往尋之，門庭如故而扃鎖之，因題詩曰：人面不知何處去，桃花依舊笑春風。』李義山《李花》詩曰：『强笑欲春風。』○雷驚句，史曰：『謂已過驚蟄節。』案《易・繫辭上》曰：『龍蛇之蟄。』○祭餘句，史曰：『《孟子》所謂齊人乞墦間之祭，歸而驕其妻妾。（《離婁下》）以言清明上塚。』○焚死句，史注引陸翽《鄴中記》曰：『寒食斷火，起於子推。《左傳》《史記》無介推被焚事。《周禮・司烜》：仲春以木鐸修火禁，則禁火蓋周之制也。』案《初學記·歲時部下》，《御覽·時序部十五》引《鄴中記》較詳。史注蓋節引之耳。《左傳》僖二十四年曰：『晉侯賞從亡者，介之推不言禄，禄亦弗及，遂隱而死。』《大戴禮·衛將軍篇》稱介山子推，《史記·晉世家》《吕氏春秋·介立篇》《説苑·復恩篇》載介子推事，皆不言焚死。《莊子·盜跖篇》曰：介子推抱木燔死。《楚辭·九章·惜往日》曰：『介子忠而立枯兮。』王逸注謂子推抱樹燒而死。（《盜跖篇》，蘇子瞻以爲後人僞託。《惜往日》，吴摯甫先生以爲弔屈者之詞，非屈原作。）而《新序·節士篇》、蔡邕《琴操》、王肅《喪服要記》（《水經·汾水注》引）、周斐《汝南先賢傳》（《藝文類聚·歲時部中》及《初學》《御覽》皆引之）皆言子推焚死，然《琴操》以爲五月五日斷火。《後漢書·周舉傳》以爲冬中輒一月寒食。而《玉燭寶典》（卷二）、《藝文類聚》（《歲時部中》）、《初學記》、《御覽》引《范書》皆作春中寒食一月。疑今本《後漢書》冬字有誤。魏武帝《明罰令》然《容齋三筆》（卷二）引以證寒食在冬月，非春月，是宋本已作冬字矣。（《玉燭》《類聚》《初學》皆引之）、陸翽《鄴中記》（《玉燭》《類聚》《初學》皆引之）皆以爲冬至後百五日。《荆楚歲時記》注謂據歷合在清明前二日，亦有去冬至一百六日者。《玉燭寶典》謂今世常於清明前二日。諸説又自不同。要之，介推焚死本後人傅會。故《鄴中記》、《歲時記》注、《玉燭寶典》、《容齋三筆》、《路史發揮》（卷一）、《日知録》（二十五）皆辨其謬。然詩人用事，固無庸刻舟求劍。山谷此詩借以寓慨，不必辨其事之有無也。

徐孺子祠堂

《後漢書·徐穉傳》曰：『穉，字孺子，豫章南昌人也。家貧常自耕稼，非其力不食，恭儉義讓，所居服其德。屢辟公府不起。時陳蕃爲太守，以禮請署功曹，穉不之免，既謁而退。蕃在郡，不接賓客，唯穉來特設一榻，去則懸之。後舉有道，家拜太原太守，皆不就。延熹二年，尚書令陳蕃、僕射胡廣等上疏薦穉等，桓帝徵之，並不至。靈帝初，欲蒲輪聘穉，會卒。』《太平寰宇記》曰：『江南西道洪州南昌縣：徐孺子臺在州東南二里。《輿地志》云：臺在縣東湖小洲上，郡守陳蕃所立。』曾子固《徐孺子祠堂記》曰：『孺子，豫章南昌人。按《圖記》，章水北歷南塘，其東爲東湖，湖南有小洲，上有孺子宅，號孺子臺。予爲太守之明年，始即其處結茆爲堂，圖孺子像，祠以中牢。』《輿地紀勝》曰：『江南西路隆興府：孺子亭在東湖西城上，孺子宅即孺子亭也。曾南豐即其地剏祠堂。』《清統志》曰：『江西南昌府：徐孺子祠有二：一在府治南東湖之南，南唐徐廙《續豫章志》以穉宅在州東北，陳蕃爲遷於南塘湖南際小洲，是也。宋曾鞏始即故處結茅爲堂，圖孺子像，有記。其一南唐所建，徐鉉有記。明洪武初遷於南昌縣學之左。』案：此詩有湖水句，知即曾子固所記者。

喬木幽人三畝宅，生芻一束向誰論？藤蘿得意干雲日，簫鼓何心進酒尊？

白屋可能無孺子，黃堂不是欠陳蕃。古人冷淡今人笑，湖水年年到舊痕。

姚曰：『從杜公《詠懷古蹟》來而變其面貌，凡詠古詩鎔鑄事蹟，裁對工巧，此西崑纖麗之體。若大家以自吐胷臆，兀傲縱橫，豈以儷事爲尚哉！』

《後漢書·徐穉傳》曰：『郭林宗有母憂，穉往弔之，置生芻一束於廬前而去。衆怪不知其故。林宗曰：此必南州高士徐孺子也。《詩》不云乎：生芻一束，其人如玉。（《白駒》）吾無德以堪之。』○《韓詩外傳三》曰：『周公踐天子之位七年，窮巷白屋先見者四十九人。』《漢書・蕭望之傳》顔注曰：『白屋謂白蓋之屋，以茅覆之，賤人所居。』○《後漢書・郭丹傳》曰：『丹字少卿，南陽穰人也。太守杜詩敕以丹事編署黃堂，以爲後法。』章懷注曰：『黃堂，太守之聽事。』史注引《鷄跖集》曰：『蘇州太守所居堂（《演繁露》卷三以爲春申君之子假君所居之地。）以數遭火，因塗雌黃，故曰黃堂。』○《太平寰宇記》曰：『洪州南昌縣東湖：按雷次宗《豫章記》云：州城東有大湖，北與城齊，隨城迴曲，至南塘水通章江，增減與江水同。』《清統志》曰：『南昌府：東湖在府城東南隅。』

次韻裴仲謀同年

史曰：『時仲謀爲舞陽尉。』《年譜》曰：『仲謀名綸。』

交蓋春風汝水邊，客牀相對卧僧氊。舞陽去葉纔百里，賤子與公俱少年。

白髮齊生如有種，青山好去坐無錢。吴曰：『絶好頓挫。』煙沙篁竹江南岸，輸與鸕鷀取次眠。吴曰：『此詩章法絶妙。』

《漢書·地理志》注：『應劭曰：汝水出弘農入淮。』《清統志》曰：『河南府：汝水在嵩縣南，東北流入伊陽縣界。』○史曰：『裴官於潁昌之舞陽，山谷尉汝州葉縣。』案：宋京西北路潁昌府舞陽縣，今河南舞陽縣治；宋汝州葉縣，今河南葉縣治。○賤子句，史曰：『山谷時年二十四。』○《史記·陳涉世家》：涉曰：『王侯將相寧有種乎！』○《雲溪友議》（卷上）曰：『鄭太穆致書於襄陽于司空頔云云，又有匡廬符載山人遣三尺童子齎數幅文書，乞買山錢百萬，公遂與之。』温飛卿《春日訪李十四處士》詩曰：『自是無錢可買山。』○《爾雅·釋鳥》曰：『鶿鷧。』郭注曰：『即鸕鷀也，觜頭曲如鉤食魚。』

池口風雨留三日

此蓋元豐三年山谷赴太和縣任，經貴池，風雨留三日。《年譜》曰：『元豐三年庚申，是歲改官授知吉州太和縣。』（今江西太和縣治）《元豐九域志》曰：『江南東路池州治貴池縣，貴池有池口鎮。』《清統志》曰：『安徽池州府：池口鎮在貴池縣西北。』

孤城三日風吹雨，小市人家只菜蔬。水遠山長雙屬玉，身閒心苦一舂鉏。翁從傍舍來收網，我適臨淵不羨魚。俯仰之間已陳迹，暮窗歸了讀殘書。

方曰：『起句順點，次句夾寫夾敘，三四以物爲比，五六以人爲比，收出場入妙。此詩别有風味，一洗腥腴。』

杜子美《題忠州龍興寺》詩曰：『小市常爭米，孤城早閉門。』○《文選·上林賦》曰：『駕鵝屬玉。』郭璞注曰：『屬玉似鴨而大，長頸赤目，紫紺色。』○《爾雅·釋鳥》曰：『鷺，舂鉏。』郭注曰：『白鷺也。』陸元恪《毛詩疏》曰：『鷺，水鳥也，好而潔白，故謂之白鳥。齊、魯之間謂之舂鉏，遼東、樂浪、吳、揚人謂之白鷺。』○王逸少《蘭亭詩序》曰：『向之所欣，俛仰之間，已爲陳迹。』

次元明韻寄子由

史曰：『山谷兄大臨，字元明，《寄子由》詩云：鍾鼎功名淹管庫，朝廷翰墨寫風烟。管庫謂監筠州鹽酒税也。子由在筠有《東軒記》，實元豐三年十二月作，是歲庚申，山谷得太和，辛酉到官。』

半世交親隨逝水，幾人圖畫入淩烟。春風春雨花經眼，江北江南水拍天。

欲解銅章行問道，定知石友許忘年。脊令各有思歸恨，日月相催雪滿顛。

方曰：『平敘起，次句接得不測，不覺其爲對，筆勢宏放。三四即從次句生出，更橫闊。五六始入題敘情，收別有情事親切。』

史曰：『《漢官儀》：縣令秩五百石，銅章墨綬。』〇《莊子・在宥篇》曰：『黄帝聞廣成子在於空同之上，故往見之，曰：敢問至道之精。』《知北遊篇》曰：『齧缺問道乎披衣，披衣曰：若正汝形，一汝視，天和將至。』〇《晉書・潘岳傳》曰：『岳《金谷詩》云：投分寄石友，白首同所歸。』○《梁書·文學傳》曰：『何遜弱冠，州舉秀才，范雲見其對策，大相稱貴，因結忘年交好。』《陳書·江總傳》曰：『范陽張纘、琅琊王筠、南陽劉之遴並高才碩學，總時年少有名，纘等雅相推重，爲忘年友。』又杜子美《寄杜位》詩曰：『鬢髮還應雪滿頭。』史曰：言彼此皆有兄弟之思，如脊令在原也。』

再次韻寄子由

想見蘇耽攜手僊，青山桑柘冒寒煙。麒麟墮地思千里，虎豹憎人上九天。風雨極知鷄自曉，雪霜寧與菌爭年？何時確論傾尊酒，醫得儒生自聖顛？

吳曰：『中四句妙絶天下，黃詩所以不朽，全賴此等。』

《水經·耒水注》曰：『馬嶺山高六百餘丈，漢末有郡民蘇耽棲遊此山。《桂陽·列仙傳》云：耽，郴縣人，少孤，養母至孝，面辭母云：受性應仙，當違供養。後見耽乘白馬還此山中，百姓爲立壇祠，因名爲馬嶺山。』案左太沖《招隱詩》曰：『左挹浮邱袖，右拍洪厓肩。』攜手疑用此意。○史曰：『《韻書》曰：騏驎，白馬黑脊。傅玄《豫章行》云：男兒當門戶，墮地自生神。』案魏武帝《短歌行》曰：『老驥伏櫪，志在千里。』○《楚辭·招魂》曰：『魂兮歸來，君無上天些，虎豹九關，啄害下人些。』○《詩序》曰：『風雨，思君子也。亂世則思君子不改其度焉。』《詩》曰：『風雨淒淒，鷄鳴喈喈。』毛傳曰：『風且雨淒淒然，鷄猶守時而鳴喈喈然。』○《莊子·逍遥遊》曰：『朝菌不知晦朔，蟪蛄不知春秋，此小年也。』杜牧之《題魏文貞》詩曰：『蟪蛄寧與雪霜期，賢哲難教俗士知。』史曰：『詩意謂松柏冒霜雪，豈與朝菌較修短耶？』○末句原注曰：『出《素問》。』史曰：『今按《難經》五十九難曰：狂顛之病，何以別之？自高，賢也。自辯，智也。自貴，倨也。妄笑好歌，樂也。』

登快閣

史曰：『快閣在太和，山谷《送呂知常赴太和丞》云：我去太和欲朞矣，呂君初得太和官。又云：快閣六月江風寒。』《年譜》曰：『閣在太和，今有先生祠堂。』《清統志》曰：

『江西安吉府：快閣在太和縣治東澄江之上，以江山廣遠景物清華，故名。』

癡兒了卻公家事，快閣東西倚晚晴。落木千山天遠大，澄江一道月分明。朱絃已爲佳人絶，青眼聊因美酒橫。萬里歸船弄長笛，此心吾與白鷗盟。

方曰：『起四句且敘且寫，一往浩然。五六對意流行，收尤豪放。此所謂寓單行之氣於排律之中者。』吳曰：『意態兀傲。』

《晉書·傅咸傳》曰：『夏侯駿弟濟素與咸善，與咸書曰：江海之流混混，故能成其深廣也。天下大器非可稍了，而相觀每事欲了，生子癡，了官事，官事未易了也，了事正作癡復爲快耳。』○《呂氏春秋·本味篇》曰：『鍾子期死，伯牙破琴絶絃，終身不復鼓琴，以爲世無足復爲鼓琴者。』史曰：『用鍾期事，不知謂誰。』○《晉書·阮籍傳》曰：『籍又能爲青白眼，嵇喜來弔，籍作白眼，喜不懌而退。喜弟康聞之，乃齎酒挾琴造焉，籍大悅，乃見青眼。』

過方城尋七叔祖舊題

《年譜》曰：『七叔祖諱注，字夢升，終南陽主簿。歐陽文忠公爲作墓銘。載《六一居士集》。方城屬唐州。』案：宋京西南路唐州方城縣，今河南方城縣治。

壯氣南山若可排，今爲野馬與塵埃。吴曰：『沈痛。』清談落筆一萬字，白眼舉觴三百杯。奇氣湧起，亦有排南山之勢。周鼎不酬康瓠價，豫章元是棟梁材。眷然揮涕方城路，冠蓋當年向此來。

諸葛孔明《梁父吟》曰：『力能排南山。』○《後漢書·鄭太傳》曰：『孔公緒清談高論，噓枯吹生。』○杜子美《飲中八仙歌》曰：『舉觴白眼望青天。』《世説新語·文學篇》注引《鄭玄别傳》曰：『袁紹辟玄，及去，餞之城東，欲玄必醉，會者三百餘人，皆離席奉觴，自旦及莫，度玄飲三百餘桮，而温克之容，終日無怠。』○賈生《弔屈原文》曰：『斡棄周鼎，寶康瓠兮。』《爾雅·釋器》曰：『康瓠謂之甈。』郭注曰：『瓠，壺也。』○杜子美《雙楓詩浦》曰：『自驚衰謝力，不道棟梁材。』

答龍門潘秀才見寄

《水經·伊水注》曰：『伊水又北入伊闕。昔大禹疏以通水，兩山相對，望之若闕。伊水歷其間北流，故謂之伊闕矣。傅毅《反都賦》曰：因龍門以暢化，開伊闕以達聽也。』《元豐九域志》曰：『西京河南府河南郡治河南縣。又河南縣有龍門鎮。』《清統志》曰：『河南府：闕塞山在洛陽縣南，亦名龍門山。』又曰：『龍門鎮在洛陽縣南二十里。』

男兒四十未全老，便入林泉真自豪。明月清風非俗物，輕裘肥馬謝兒曹。
山中是處有黃菊，洛下誰家無白醪？想得秋來常日醉，伊川清淺石樓高。

方曰：『起兀傲，一氣湧出，三四頓挫，五六略衍，收出場。』

《周書·韋夐傳》曰：『所居之宅，枕帶林泉。』○《世說新語·言語篇》：『劉尹云：清風朗月，輒思玄度。』又《排調篇》曰：『嵇、阮、山、劉在竹林酣飲，王戎後往，步兵曰：

俗物已復來敗人意。』○《後漢書·耿弇傳》：光武笑曰：『小兒曹乃有大志哉！』○《洛陽伽藍記》（卷四）曰：『河東人劉白墮善能釀酒，游俠語曰：不畏張弓拔刀，唯畏白墮春醪。』蘇子瞻《次韻張安道詩》詩曰：『時蒙致白醪。』○《水經·伊水篇》曰：『伊水出南陽魯陽縣西蔓渠山，至洛陽縣南北入於洛。』《清統志》曰：『河南府：伊水自陝州盧氏縣熊耳山發源至洛陽，又東北至偃師縣北入於洛。』○《新唐書·白居易傳》曰：『東都所居履道里，疏沼種樹，構石樓香山，鑿八節灘。』

題落星寺（四首録一）

史曰：『山谷真蹟第三首（即所録之一首）題云：落星嵐漪軒。』案《水經·廬江水注》曰：『湖中有落星石，周迴百餘步，高五丈，上生竹木。傳曰有星墜此，因以名焉。』《太平寰宇記》曰：『江南西道江州德化縣：廬山在州南，落星石（今本作山，依史注引改。）在山東周迴一百五十步，高丈許。《圖經》云：昔有星墜水化爲石，當彭蠡灣中，俗呼爲落星灣。』《輿地紀勝》曰：『江南東路建康軍：落星石，《輿地廣記》云：昔有星墜水化爲石，今爲落星寺。又有落星灣。夏秋之季，湖水方漲，則星石泛於波瀾之上，至隆冬水涸則可以步涉。』（今《廣記》無此文）《清統志》曰：『江西南康府（今南康縣）有落星寺，在城南三里落星石上，一名法安院。唐乾寧中建，今廢。』

落星開士深結屋，龍閣老翁來賦詩。小雨藏山客坐久，長江接天帆到遲。宴寢清香與世隔，畫圖妙絶無人知。蜂房各自開戶牖，處處煑茶藤一枝。

姚曰：『此詩真所謂似不食煙火人語。』方曰：『此摹杜公《終明府水樓》，音節氣味逼肖，而別出一段風趣。』

原注曰：『寺僧擇隆作宴坐小軒，爲落星之勝處。』○慧琳《一切經音義》卷十玄應撰《明度無極經》第一卷《音義》曰：『開士謂以法開道士也。梵云扶薩。』又卷十六《文殊師利佛土嚴淨經》下卷《音義》曰：『開士，梵語菩薩者也。謂以法開道之士，故名開士也。』○杜子美《玄都壇歌》曰：『獨在陰崖結茅屋。』○史曰：『龍閣老翁當謂李公擇，南康軍建昌人，廬山亦在南康境内，必有賦詠。按元祐三年八月丙子，御史中丞李常充龍圖直學士，其賦詩當在此前。』步瀛案：疑此當屬山谷自謂，詩中始有主腦。但《宋史·本紀》《文藝傳》及《續通鑑長編》《年譜》皆不言山谷任職龍圖閣。繹此詩四首本非同時作，此首當在紹聖元年辭編修居鄉待命除知宣州又除知鄂州之時。《長編》自元祐八年七月以後至紹聖四年四月以前已闕，不能詳考。（浙江局本有拾補，亦甚略。）竊疑知宣州、鄂州或有直龍圖閣之銜。是年山谷已五十歲，故以龍閣老翁自署也。○史曰：『《莊子·大宗師篇》：藏舟於壑，藏山於澤。』○韋應物《郡齋雨中與諸文士燕集》詩曰：『燕寢凝清香。』○畫圖句，原注曰：『僧隆畫甚富，而寒山、拾得畫最妙。』○《魏志·方伎·管輅傳》：輅射覆卦成曰：『家室倒懸，門戶眾多，藏精育毒，得秋乃化，此逢窠也。』

陳履常（師道）（四首）

九日寄秦觀

秦觀一作秦觀，《宋史·文苑傳》曰：『秦觀，字少游，一字太虛，揚州高郵人。弟覿，字少章，覯字少儀，皆能文。』

疾風迴雨水明霞，瓜步叢祠欲暮鴉。九日清樽欺白髮，十年爲客負黃花。雋永有味，使人之意也消。登高懷遠心如在，向老逢辰意有加。淮海少年天下士，獨能無地落烏紗。紀曰：『詩不必奇，自然老健。』

《述異記》（卷下）曰：『瓜步在吳中，吳人賣瓜於江畔，因用名焉。』柳子厚《鐵爐步志》曰：『江之滸，凡舟可縻而上下者曰步。』《清統志》曰：『江蘇揚州府：瓜洲渡在江都縣南四十五里，渡中與鎮江府（今丹徒縣）相對。』又：『儀徵縣（今併入江都縣）西南四十里亦名瓜步渡，接六合縣界。』〇《漢書·陳勝傳》顏注曰：『叢謂草木岑蔚也。祠，神祠也。』〇杜子美《夔府書懷》詩曰：『生逢酒賦欺。』郎君胄《送彭偃房由赴朝因寄錢大李十七》詩曰：『風光欺鬢髮。』○潘安仁《秋興賦》曰：『登山懷遠而悼近。』○《史記・魯仲連傳》：新垣衍曰：『吾乃今日知先生爲天下之士也。』任注曰：『秦觀，漣水軍人，在揚州之境，故云淮海少年。』○末句，任曰：『用孟嘉落帽事。唐令狐楚《重陽日登落帽臺》詩云：貴重近臣光綺席，笑談從事落烏紗。』○紀曰：『後四句言己已老興尚不淺，況以秦之豪傑，豈有不結伴登高者乎？乃因以寄相憶耳。』

寄侍讀蘇尚書

任曰：『據《實録》：元祐七年八月，蘇公（軾）以兵部尚書兼翰林學士。十一月，又除端明殿學士兼侍讀，守禮部尚書。此詩似八年所作，蓋有六月西湖之句。』案：方虛谷以此詩作於潁州召入時。王宗稷《蘇文忠年譜》曰：『元祐七年，先生年五十七，在潁州以兵部尚書召還，復兼侍讀。是年遷禮部尚書，遷端明侍讀學士。』

六月西湖早得秋，二年歸思與遲留。一時賓客餘枚叟，在處兒童説細侯。

經國向來須老手，有懷何必到壺頭？遥知丹地開黄卷，解記清波没白鷗。

方虚谷曰：『此規東坡以進用不已，恐必有後患也。』紀曰：『規戒語以婉約出之，故是詩人之筆。』

蘇子瞻有《陪歐陽公宴西湖》詩，王注引趙堯卿曰：『潁州西湖。』《清統志》曰：『安徽潁州府：西湖在阜陽縣西北三里，長十里，廣二里。潁河合諸水匯流處也。宋晏殊、歐陽修、蘇軾相繼爲守，皆常宴賞於此，與杭州西湖並稱。』案：子瞻以元祐六年到潁，七年召還，凡首尾二年。○《文選》謝惠連《雪賦》曰：『梁王不悦，遊於兔園。迺置旨酒，命賓友，召鄒生，延枚叟。』杜子美《寄漢中王》詩曰：『空餘枚叟在。』任曰：『枚叟謂枚乘，后山取以自比也。』○《後漢書·郭伋傳》曰：『伋字細侯，扶風茂陵人也。爲并州牧。伋前在并州，素結恩德，及後行部到西河美稷，有童兒數百，各騎竹馬道次迎拜。』任曰：『此句屬蘇公。』○《後漢書·馬援傳》曰：『武威將軍劉尚擊武陵五溪蠻夷，深入，軍没，援因復請行，時年六十二。明年三月，進營壺頭，會暑甚，士卒多疫死，援亦中病，遂困，乃穿岸爲室，以避炎氣。左右哀其壯意，莫不爲之流涕。』章懷注引《武陵記》曰：『壺頭山邊有石窟，即援所穿室也。』《清統志》曰：『湖南辰州府：壺頭山在沅陵縣東北一百三十里。』〇舟地句，任曰：『謂蘇公在經筵也。《北史·周紀》曰：椒房丹地有衆如雲。《漢書·梅福傳》注曰：以丹淹泥塗殿上地。《晋書》：褚陶曰：聖賢備在黄卷中。（《文苑傳》）』〇任曰：『此篇又勸蘇公高退，蘇公在潁和子由詩有明年兼與士龍去，萬頃滄波没兩鷗之句。』

東山謁外大父墓

任曰：『后山蓋龐丞相籍之外孫。司馬温公作《丞相墓誌》云：葬雍丘（今河南杞縣治）東山。』《宋史·龐籍傳》曰：『字醇之，單州成武人，參知政事，拜工部侍郎、樞密使，遷户部，拜中書門下平章事、昭文館大學士，以太子太保致仕，封潁國公，薨，謚莊敏。』方虚谷曰：『后山先母夫人，皇祐丞相龐公籍之女。初丞相父格官彭城，丞相與孔道輔從后山祖洎游而成此姻。后山父諱琪，字寶之，受丞相恩仕至國子博士，通判絳州。熙寧九年卒，年六十。母夫人紹聖二年卒，年七十七歲。』

土山宛轉屈蒼龍，下有槃槃蓋世翁。萬木刺天元自直，叢篁侵道更須東。百年富貴今誰見，一代功名託至公。少日拊頭期類我，暮年垂淚向西風。

紀曰：『一氣渾成，后山最渾厚之作。』

《御覽·禮儀部三十九》引《圖墓書》曰：『凡相山陵之法，望如龍狀有頭尾蟠蛇者葬之，出二千石。凡依山作冢，皆當立在山東爲利，得山之形力也。』○任注引《晉陽秋》云：『諺曰：大才槃槃。』《史記·項羽本紀》曰：『項王自爲詩曰：力拔山兮氣蓋世。』○張平子《南都賦》曰：『森蕁蕁而刺天。』○任曰：『《齊民要術》曰：竹性愛西南引，諺云：東家種竹，西家治地。（今本佚此文）此言更須東，謂自已侵道，不須復東引也。』案：紀曉嵐改東字爲通，斥任注爲附會，然通字太平，恐非后山用字法。任注引《齊民要術》解東字甚確，但云不須復東引，疑未是。上句喻龐之孤直，此句喻當日黨議紛紜，不免謗譔，日久則公論自出，當反前日之論議矣。○任曰：『《龐丞相墓誌銘》蓋司馬温公所作，曾子固《謝歐陽舍人先大父誌銘書》曰：後之作銘者，苟記之非人，則書之非公與是，不足以行世而傳後。』案：此注似近附會，此追論龐之所爲託於至公耳，不必糾纏誌銘。○任曰：『《後漢·吴祐傳》：父恢揃其首曰：吴氏世不乏季子矣。揚子曰：螟蛉之子殪而逢果蠃祝之曰：類我類我，久則肖之矣。（《法言·學行篇》）揃頭字見《魏志·劉廙傳》。』○王介甫《謝公墩》詩曰：『暮年垂淚對桓伊。』

和寇十一晚登白門

后山有贈寇國寶及與魏衍、寇國寶、田從先二侄分韻等詩，殆即其人。案：此詩任子淵列於元符三年，曰：『是歲后山在徐州，正月徽宗即位，七月除棣州教授，其冬往赴未至間，十一月，除祕書正字。』案：此詩作於三年之春，故有白首逢新政之句。遊子故鄉，蓋爲元祐諸賢喜也。

重門傑觀屹相望，表裏山河自一方。小市張燈歸意動，輕衫當戶晚風長。孤臣白首逢新政，遊子青春見故鄉。富貴本非吾輩事，江湖安得便相忘？

後半沈著往復有致。

韓退之《記夢》詩曰：『隆樓傑閣磊嵬高。』〇《左》襄二十八年：子犯曰：『表裏山河，必無害也。』〇杜子美《聞官軍收河南河北》詩曰：『青春作伴好還鄉。』〇富貴二句，任曰：『言富貴固不可期，而江湖之志亦未遂也。《莊子》曰：魚相忘於江湖。』案：見《大宗師篇》，此特摘用其字耳。

劉景文（季孫）（一首）

劉季孫，字景文，開封祥符人。初以右班殿直監饒州酒稅，後以左藏副使爲兩浙兵馬都監，駐杭州。蘇子瞻知杭州，一見遇以國士，表薦之，得隰州卒。見施注《蘇詩》。（卷二十八《次韻答劉景文左藏》）

寄蘇内翰

《宋史·蘇軾傳》曰：『在翰林數月，復以讒請外，乃以龍圖閣學士知潁州。』《續通鑑長編》（四百六十三）曰：『元祐六年八月壬辰，翰林學士承旨兼侍讀蘇軾爲龍圖學士，知潁州。』《蘇詩總案》曰：『元祐六年八月二十二日，到潁州任。』案：此詩有重陽句，當是是年九月作。子瞻有次韻和詩，《又送劉景文》詩有云：『一篇向人寫肝肺，四海知我霜鬢鬚。』（《石林詩話》以此二句爲和詩，誤。）自注曰：『君前有詩見寄云：四海共知霜鬢滿，重陽曾插菊花無？』蓋深喜之也。

倦壓鼇頭請左符，笑尋潁尾爲西湖。二三賢守去非遠，六一清風今不孤。四海共知霜鬢滿，重陽曾插菊花無？吴曰：『至語入人心脾。』聚星堂上誰先到，欲傍金樽倒玉壺。

姚合《和盧給事酬裴員外》詩曰：『蓬萊宫闕壓鼇頭。』○《漢書·文帝紀》注曰：『與郡守爲符，各分其半，右留京師，左以與之。』○《水經·潁水注》曰：『潁水東南入于淮。』《春秋》昭公十二年：『楚子狩于州來，次于潁尾。』蓋潁水之會淮也。餘見歐陽永叔《鵯鴂詞》注。○西湖已見陳履常《寄侍讀蘇尚書》詩注。○《宋史·歐陽修傳》曰：『晚更號六一居士。』案永叔《六一居士傳》曰：『客有問曰：六一何謂也？居士曰：吾家藏書一萬卷，集録三代以來金石遺文一千卷，有琴一張，有棊一局，而常置酒一壺。客曰：是爲五一爾。居士曰：以吾一翁老於此五物之間，是豈不爲六一乎？』○《名勝志》曰：『安徽潁州府聚星堂：歐陽文忠守潁時，於州治起聚星堂，與僚官王回深父、臨江劉攽貢父、州人常秩夷甫、六安焦千之强伯爲日夕燕遊之所。』《清統志》曰：『潁州府：聚星堂在府治内。』○《玉臺新詠》（卷一）辛延年《羽林郎》詩曰：『絲繩提玉壺。』

陳去非（與義）（四首）

方虛谷曰：『古今詩人但以老杜、山谷、后山、簡齋四家爲一祖三宗，餘可預配饗者有數焉。』步瀛案：此説稱頌二陳太過，實不免門戶之見，然二家佳處自不可没也。

巴丘書事

胡仲孺（穉）《陳簡齋先生年譜》曰：『建炎二年戊申正月，自鄧往房州遇虜，奔入南山，抵回谷，至春末出山至青溪，夏至均陽。八月離均陽，經高舍，度石城，上岳陽。』案《吴志·吴主傳》曰：『建安十九年，使魯肅以萬人屯巴丘，以御關羽。』裴注曰：『巴丘今曰巴陵。』《水經·湘水篇》曰：『又北至巴丘山入江。』注曰：『山在湘水左岸，山有巴陵故城，本吴之巴丘邸閣城也。晋太康元年立巴陵縣於此。』《元豐九域志》曰：『荆湖北路岳州巴陵郡治巴陵縣。』案：即今湖南岳陽縣治。

三分書裏識巴丘，臨老避胡初一遊。晚木聲酣洞庭野，晴天影抱岳陽樓。雄秀。四年風露侵遊子，十月江湖吐亂洲。言水落而洲出也，吐字下得奇警。未必上流須魯肅，腐儒空白九分頭。

諸葛孔明《出師表》曰：『今天下三分。』案：書指《三國志》。○《年譜》曰：『宣和七年乙巳至陳留，靖康元年丙午正月，北虜（金）入寇，復丁外艱，自陳留尋避地至商水，由舞陽次南陽。七月，復北征，還陳留。未幾，再從汝州葉縣經方城至光化上崇山。建炎元年丁未正月，自襄陽光化復入鄧。案：自宣和七年至建炎二年凡四年。』○《左》昭十七年，司馬子魚曰：『我得上流，何故不吉？』《吳志·魯肅傳》曰：『字子敬，臨淮東城人也。拜漢昌太守。』《呂蒙傳》曰：『知羽（關羽）居國上流，其勢難久。』

除夜

此詩當是建炎二年除夕作，至三年九月則去岳陽赴湘潭矣。

城中爆竹已殘更，朔吹翻江意未平。多事鬢毛隨節換，盡情燈火向人明。吳曰：『句句驚創。』比量舊歲聊堪喜，流轉殊方又可驚。明日岳陽樓上去，島烟湖霧看春生。紀曰：『氣機生動，語亦清老，結有神致。』

《神異經》曰：『西方深山中有人焉，名曰山臊，人嘗以竹著火中，爆烞而出，臊皆驚憚。』《荆楚歲時記》曰：『正月一日，鷄鳴而起，先於庭前爆竹，以辟山臊惡鬼。』○張見賾《賦得寒柳晚蟬疎詩》曰：『朔吹犯梧桐。』

陪粹翁舉酒於君子亭下海棠方開

《年譜》曰：『建炎三年己酉，留岳陽，從使君王粹翁借後圃君子亭居之，自號園公。』案：簡齋有《火後借居君子亭書事四絶呈粹翁》詩。胡仲孺曰：『粹翁姓王，名摭，樞密彦霖名巖叟之子。』（《宋史·王巖叟傳》曰：『大名清平人。』）

世故驅人殊未央，聊從地主借繩牀。春風浩浩吹遊子，暮雨霏霏溼海棠。意境微妙。去國衣冠無態度，隔簾花葉有輝光。使君禮數能寬否，酒味撩人我欲狂。

方虛谷曰：『此詩中四句，兩句説己，兩句説花，而錯綜用之，意謂花自好人自愁耳。』

《左》哀十二年曰：『地主歸餼。』○《晉書·藝術·佛圖澄傳》曰：『澄坐繩牀，燒安息香。』李太白《草書歌》曰：『吾師醉後倚繩牀。』○杜子美《醉歌行别從侄勤落第》曰：『風吹客衣日杲杲，樹攪離思花冥冥。』杜牧之《東兵》詩曰：『便逐春風浩浩聲。』又《寄遠詩》曰：『溪邊殘照雨霏霏。』○《荀子·脩身篇》曰：『容貌態度由禮則雅。』○阮嗣宗《詠懷》詩曰：『夭夭桃李紅，灼灼有輝光。』○杜子美《嚴公仲夏枉駕草堂》詩曰：『自識將軍禮數寬。』○秦仲明《長安書懷》詩曰：『鄉思撩人撥不平。』

懷天經智老因以訪之

簡齋有《與智老天經夜坐》詩。胡曰：『智老即大圓洪智，天經姓葉名懋先，生之子，洪本之嘗從其學云。』又《年譜》曰：『紹興六年春有《訪智老天經詩》。』

今年二月凍初融，睡起苕溪綠向東。客子光陰詩卷裏，杏花消息雨聲中。西菴禪伯還多病，北栅儒先只固窮。忽憶輕舟尋二子，綸巾鶴氅試春風。

《輿地紀勝》(卷二)曰:『兩浙東路臨安府:苕溪在於潛、臨安二縣界,東流經餘杭入錢塘,六十里二百步入湖州。』《咸淳臨安志》(卷三十六)曰:『餘杭縣苕溪,《祥符志》云:闊七十步,秋冬深五尺,春夏深九尺,耆老傳云:夾岸多苕花,每秋風飄散水上如飛雪然,因名。』《清統志》曰:『浙江杭州府:苕溪在餘杭縣治南,源出臨安縣天目山之陽,亦名南溪,東南流至縣東獨山下合石鏡溪,又東流百五十里,經本縣南,又東北流二十七里,入錢塘縣界。』○紀曰:『次句言睡起出門正見苕溪東流耳。馮氏以睡時不向西詆之,太苛。』○西庵二句,胡曰:『謂洪智老居西庵,葉天經居北栅,皆烏鎮中。』○《晉書·謝萬傳》(附《安傳》)曰:『簡文帝作相,聞其名,召爲撫軍從事中郎,萬著白綸巾鶴氅裘,履版而前,既見,與帝共談移日。』吴仲舉曰:『簡齋嘗賦墨梅,受知徽宗,遂登册府。高宗尤喜其客子光陰詩卷裏,杏花消息雨聲中之句。晚年益工,旗亭傳舍摘句題寫殆徧,號稱新體。』

陸務觀(游)(十首)

姚曰：『放翁激發忠憤，横極才力，上法子美，下擥子瞻，裁制既富，變境亦多，其七律爲南渡後一人。』吴曰：『陸詩豪邁激宕，而氣未沈著，其七古勝今體也。』

黄州

姚曰：『此是自蜀東歸時，在蜀爲幕僚，故有楚囚之歎。召回乃以詩上聞，非欲登用，故以齊優自比。』案：放翁乾道六年赴夔州通判任，淳熙五年赴召東歸，往還皆經黄州。然按錢曉徵《陸放翁年譜》，東歸時正月五日次歸州，六月十四日在江州，其過黄州當在春夏時，與詩草木秋句不合。其赴夔州時以八月十八日至黄州，《入蜀記》(卷四)曰：(乾道六年)八月十八日晡時至黄州，二十日曉離黄州，江平無風，挽船正自赤壁磯下過，與詩中寒日赤壁等皆合，則姚以爲東歸時作非也。楚囚齊優，特借以寓慨，不必如姚所云矣。

局促常悲類楚囚，遷流還歎學齊優。江聲不盡英雄恨，天地無私草木秋。

萬里羈愁添白髮，一帆寒日過黄州。君看赤壁終陳迹，生子何須似仲謀？

方曰：『此非詠黄州也，胸中無限淒涼悲感，適於黄州發之。起自詠，三四即景生感，五六寫行役情景，收即黄州指點以抒悲憤。』吴曰：『收處筆意横絶。』

《左傳》成九年曰：『晉侯觀於軍府，見鍾儀問之曰：南冠而縶者誰也？有司對曰：鄭人所獻楚囚也。』〇《史記·樂書》曰：『自仲尼不能與齊優遂容於魯。』〇杜子美《八陣圖》詩曰：『江流石不轉，遺恨失吞吴。』蘇子瞻《念奴嬌·赤壁懷古》曰：『大江東去，浪淘盡、千古風流人物。』〇《吴志·吴主傳》曰：『孫權字仲謀，建安十八年正月，曹公攻濡須，權與相距月餘，曹公望權軍，歎其齊肅，乃退。』裴注引《吴歷》曰：『曹公喟然歎曰：生子當如孫仲謀，劉景升兒子若豚犬耳。』

寒食

此詩當是乾道七年在夔州任作。

峽雲烘日已成霞，瀼水生文淺見沙。方曰：『起句精湛。』又向蠻方作寒食，强持巵酒對梨花。情韻皆佳。方評爲遒勁，似未盡合。身如巢燕年年客，心羨游僧處處家。賴有春風能領略，一生相伴遍天涯。

杜子美《送段功曹》詩曰：『峽雲籠樹小，湖日落船明。』○《水經·江水注》曰：『白帝山城周迴二百八十步，東榜東瀼溪，即以爲隍。』《入蜀記》（卷六）曰：『夔州在山麓沙上，所謂魚復永安宮也，在瀼之西，故一曰瀼西。土人多謂山間之流通江者曰瀼。』《清統志》曰：『四川夔州府：東瀼水在奉節縣東。』○《詩·抑》曰：『用逷蠻方。』《太平寰宇記》（卷一百四十七）曰：『夔州，春秋時爲夔子國，其後爲楚滅，後秦滅楚，此即爲巴郡。』○杜子美《燕子來舟中作》詩曰：『可憐處處巢君屋，何異飄飄託此身？』○張文昌《題山寺僧院》詩曰：『今朝暫共游僧語。』

南定樓遇急雨

《年譜》曰：『淳熙五年戊戌，在成都任，時孝宗念其久在外，召東歸，乃別成都。再遊眉州，至瀘州，有行遍梁州到益州，今年又作渡瀘遊之句。』《輿地紀勝》曰：『潼川府路瀘州：南定樓在州治，晁公（當有武字，誤奪。）取諸葛《出師表》中語爲名。』案：宋瀘州治瀘川縣，今四川瀘縣治。

行遍梁州到益州，今年又作度瀘遊。江山重複爭供眼，風雨縱橫亂入樓。人語朱離逢峒獠，櫂歌欸乃下吴舟。天涯住隱歸心懶，登覽茫然卻欲愁。

吴曰：『此詩當於神氣縱宕超忽處求之。』

梁州謂漢中，益州謂成都也。《通典·州郡典五》曰：『梁州：秦置漢中郡，二漢因之。魏末平蜀，又置梁州。晉、宋、齊、梁皆爲梁州。』《州郡六》曰：『益州：秦置蜀郡，兩漢因之。自魏、晉、宋、齊、梁皆爲益州。』案：唐山南西道梁州。興元元年升爲興元府，宋因之，屬利州路。唐劍南道益州，至德二年升爲成都府，宋因之，屬成都府路。《年譜》

曰：『乾道八年壬辰，樞密使王炎宣撫四川，駐漢中，辟先生幕府，以左承議郎權四川宣撫使司幹辦公事兼檢法官。正月，自夔州啓行，取道萬州，過梁山軍、鄰水、岳池、廣安入利州，三月抵漢中。其秋以事自三泉泛嘉陵至利州入閬中，十月復還漢中，會宣撫召還，幕僚皆散去，十一月改除成都府安撫司參議官，復自漢中適成都。』○放翁自眉州赴瀘州，不度金沙江。此云度瀘者，江水至瀘州亦有瀘江之名也。《輿地紀勝》：潼川府路瀘州引王皇《西山堂記》曰：『郡得名爲瀘者，蓋始因梁大同中嘗徙治馬湖江口，置瀘州，蓋馬湖即瀘水下流，當時於此立州，因遠取瀘水以爲名。』《水經·若水篇》曰：『至犍爲朱提縣西爲西江水，又東北至僰道入於江。』注曰：『若水至僰道又謂之馬湖。』《清統志》曰：『四川敘州府：馬湖江即金沙江，東北逕府城南，與大江會，本古繩、若二水下流。又曰瀘水。』案：此瀘水於宜賓縣入於江，非放翁所度者也。《清統志》於四川瀘州引《寰宇記》：汶江入瀘川縣，又名瀘江（今卷八十八無此文，而於瀘川縣載瀘江，故《統志》以意引如此。）詩言度瀘，蓋指此耳。宋瀘州治瀘川縣，即今四川瀘縣治。

○《後漢書·南蠻傳》曰：『言語侏離。』章懷注曰：『侏離，蠻夷語聲也。』案：朱離與侏離同。○《太平寰宇記》（八十八）曰：『瀘州，其夷獠性多獷戾，巢居巖谷，因險憑高。著班布，擊銅鼓，弄鞘刀。男則露髻跣足，女即椎髻横裙。銜冤則累代相酬，乏用則鬻賣男女。其習俗如此。』○《元次山集》（卷四）有《欸乃曲》，柳子厚《漁翁》詩曰：『欸乃一聲山水緑。』《苕溪漁隱叢話前集》（卷十九）引《元次山集》注云：欸音襖，乃音靄，棹船之聲。（今本無此注）又據黄山谷所書欸音媪，乃音靄，湘中節歌聲，而誚洪駒父《詩話》欸音靄乃音襖反其音者爲妄。《柳集音辯》及世綵注皆取其説。王觀國《學林》（卷八）謂《廣韻》上聲欸，于改切，相然譍也，則欸音靄，乃音媪，而斥《柳集》欸音襖乃音靄爲非。（此宋本非前二注）《楚辭·九章·涉江》、朱晦菴《集注》曰：『方言云：南楚謂然爲欸（卷十），《史》《漢》亞父曰唉（《項羽本紀》及《項籍傳》），及唐人欸乃皆此字也。』楊用修《丹鉛總録》（卷十四）引《朱子辨證》謂《柳集》注靄乃一本作襖靄，欸音靄，乃音襖，近日倒讀。（今《楚辭辨證》無此文）又引《項氏家説》謂劉蜕文集有《湖中靄迺歌》，劉言史《瀟湘遊》詩有閑歌曖迺深峽裏，靄迺曖迺欸乃皆一事，但用字異爾，欸本音哀，亦轉作上聲，後人因《柳集》中有注字云一本作襖靄，遂欲音欸爲襖，音乃爲靄，不知彼注自謂別本作襖，非謂欸乃當音襖靄也。（今本《家説》亦無此文）楊曰：『欸乃，歌聲，本無定字。劉蜕、劉言史惟寫方言，元結、柳宗元略依字義，唉者應聲如噫嘻之類，乃者曳詞之難，如詞賦中若乃、乃若之例。朱子始正世俗倒讀之誤，項平菴始正前人混淆之失。』步瀛案：款、欸二字音義皆不相通。欸乃款之俗字，或以作欸字，非是，欸乃徑作款乃者尤謬，今並正之。然欸字與靄襖皆同紐，欸可轉靄，即亦可轉爲襖。乃與靄襖皆不同紐，既可轉爲襖，亦何不可轉爲靄？《柳集》舊音亦不爲誤也。○《楚辭·九章·涉江》曰：『齊吴榜以擊汰。』《詩·緇衣》毛傳曰：『吴，譁也。』吴榜及此詩吴舟當取諠譁進船之義，非吴、越之吴。

六月十四日宿東林寺

《年譜》曰：『淳熙五年六月十四日，在江州宿廬山東林寺。』案《輿地紀勝》曰：『江南西路江州東林寺：晉武帝太和十年建。唐號太平興龍寺，最爲廬山之古刹。寺有遠公袈裟，梁武帝鉢囊，謝靈運翻經貝葉五六片。《潯陽志》云：東林寺自唐開元以來，迄於保大、顯德間，文士碑志遊人歌詠題名，班班猶在，自淳熙己酉回祿之後，往往不存。』

看盡江湖千萬峯，不嫌雲夢芥吾胸。戲招西塞山前月，來聽東林寺裏鐘。

遠客豈知今再到，老僧猶記昔相逢。虛窗熟睡誰驚覺，野碓無人夜自舂。

姚曰：『最似東坡。』方曰：『通首情景交融，收有奇氣。』

司馬長卿《子虛賦》曰：『吞雲夢者八九於其胸中，曾不蔕芥。』《輿地紀勝》曰：『江南西路興國軍：西塞山在大冶縣東五十里。』又引薛能詩曰：『西塞長雲盡，南湖片月斜。』

登賞心亭

此詩觀首二句，亦當是淳熙五年作，建康正歸途所經也。（觀《入蜀記》可知）《輿地紀勝》

曰：『江南東路建康府：賞心亭下臨秦淮，盡觀覽之勝。丁晋公謂建。』《清統志》曰：『江蘇江寧府：賞心亭在江寧縣西下水門城上。』

蜀棧秦關歲月遒，今年乘興卻東游。全家穩下黃牛峽，半醉來尋白鷺洲。黯黯江雲瓜步雨，蕭蕭木葉石城秋。孤臣老抱憂時意，欲請遷都淚已流。

意極沈著，詞亦健拔，放翁佳構。

瓜步見陳履常《九日寄秦觀》詩注。○《宋史·陸游傳》曰：『和議將成，以書白二府曰：江左自吴以來，未有捨建康他都者，駐蹕臨安，出於權宜，形勢不固，饋餉不便，海道逼近，凜然意外之憂。一和之後，盟誓已立，動有拘礙。今當與之約，建康、臨安皆係駐蹕之地，北使朝聘，或就建康，或就臨安，如此則我得以暇時建都立國，彼不我疑云云。』案：上此書時在孝宗初元，旋以與張燾言龍大淵、曾覿招權植黨事觸孝宗怒，出判建康，故此時至建康有感舊事而生悲也。

夜登千峯榭

此詩當是在嚴州任作。《年譜》曰：『淳熙十三年丙午，六十二歲，權知嚴州軍州事。七月三日到嚴州任。』《輿地紀勝》曰：『兩浙西路嚴州：千峯榭在州宅北偏，自唐有之，范文正公重建，紹興潘良貴復名千峯榭。』《清統志》曰：『浙江嚴州府：千峯榭在府治北。』今建德縣。

夷甫諸人骨作塵，至今黃屋尚東巡。度兵大峴非無策，收泣新亭要有人。

薄釀不澆胸壘塊，壯圖空負膽輪囷。危樓插斗山銜月，徙倚長歌一愴神。

吴曰：『前半奇横，後半浮弱。』

《世説新語·輕詆篇》曰：『桓公入洛遇淮泗，践北境，與諸僚登平乘樓，眺矚中原，慨然曰：遂使神州陸沈，百年丘墟，王夷甫諸人不得不任其責。』《晋書·王衍傳》曰：『衍字夷甫，將死顧而言曰：吾曹雖不如古人，向若不祖尚浮虚，戮力以匡天下，總可不至今日。』○《史記·項羽本紀》曰：『紀信乘黄屋車。』正義曰：『李裴云：天子車以黄繒爲蓋裹。』案：東巡指晋東遷，實傷宋之南渡也。○《宋書·高祖本紀》曰：『義熙四年三月，公（劉裕）抗表北討，慕容超聞王师将至，其大将公孫五樓説超宜斷據大峴，超不從。公既入峴，舉手指天曰：吾事濟矣。』《元和郡縣志》曰：『河南道沂州沂水縣：大峴山在縣北九十里。伍緝之《從征記》曰：大峴去半城八十里，直度山二十五里，崖坂峭曲，石徑幽危，四岳三塗不是過也。』《清統志》曰：『山東青州府：大峴山在臨朐縣東南一百五里。沂州府：大峴山在沂水縣東北二十里。』○《晋書·王導傳》曰：『過江人士每至暇日，相要至新亭宴飲，周顗中坐而歎曰：風景不殊，舉目有山河之異。皆相視流涕，惟導愀然變色曰：當共戮力王室，克復神州，何至作楚囚相對泣耶？』《清統志》曰：『江蘇江寧府：古新亭在江寧縣南。』○《世説新語·任誕篇》曰：『王孝伯問王大：阮籍何如司馬相如？王大曰：阮籍胸中壘塊，故須酒澆之。』○鄒陽《獄中上書自明》曰：『蟠木根柢，輪囷離奇。』韓退之《别元協律》詩曰：『肝膽還輪囷。』○《文選·長門賦》曰：『閒徙倚於東廂兮。』

冬夜讀書忽聞鷄唱

齷齪常談笑老生，丈夫失意合躬耕。天涯懷友月千里，燈下讀書鷄一鳴。事去大牀空獨卧，時來豎子或成名。春蕪何限英雄骨，白髮蕭蕭未用驚。

吳曰：『以下三首則極精悍，不可磨滅矣。』

《史記·司馬相如傳》索隱引孔文祥曰：『握齪，局促也。』案：握、齷字通。○《魏志·方伎·管輅傳》：『鄧颺曰：此老生之常譚。管輅答曰：夫老生者見不生，常譚者見不譚。』○諸葛孔明《出師表》曰：『臣本布衣，躬耕於南陽。』○謝希逸《月賦》曰：『隔千里兮共明月。』○《魏志·陳登傳》：許汜曰：『昔遭亂過下邳，見元龍，元龍無主客之意，久不相與語，自上大牀卧，使客卧下牀。』○《史記·孫子吳起傳》曰：『龐涓自刎曰：遂成豎子之名。』《魏志·王粲傳》注引《魏氏春秋》曰：『阮籍嘗登廣武，觀楚、漢戰處，乃歎曰：『時無英才，使豎子成名乎！』

書憤（二首録一）

原注曰：『慶元三年丁巳，七十三歲。』

鏡裏流年兩鬢殘，寸心自許尚如丹。衰遲罷試戎衣窄，悲憤猶爭寶劍寒。遠戍十年臨的博，壯圖萬里戰臯蘭。關河自古無窮事，誰料如今袖手看？

沈鬱激宕。

阮嗣宗《詠懷》詩曰：『丹心失恩澤。』何仲言《夜夢故人》詩曰：『直在寸心中。』○杜子美《奉和嚴鄭公軍城早秋》曰：『已收滴博雲間戍。』滴一作的。《新唐書・韋臯傳》曰：『臯乃命大將董勔、張芬分出山西靈關，破峨和、通鶴、定廉城，踰的博嶺，遂圍維州。』《困學紀聞》（十八）曰：『的博嶺在維州。』《清統志》曰：『四川雜谷廳：的博嶺在廳東南。』（雜谷在今理番縣西南）○《漢書・霍去病傳》：『上曰：票騎將軍過焉支山千有餘里，合短兵鏖皋蘭下。』顔注曰：『皋蘭，山名也。』沈文起曰：『皋蘭山蓋在張掖塞外。』○韓退之《祭柳子厚文》曰：『大匠旁觀，縮手袖閒。』

後寓歎

放翁有《寓歎》詩，故此加後字。紀曰：『此當爲韓侂胄議北伐時作。』

貂蟬未必出兜鍪，要是蒼鷹憶下韝。彭澤徑歸端爲酒，輕車已老豈須侯？千年精衛心平海，三日於菟氣食牛。會與高人期物外，摩挲銅狄霸陵秋。

紀曰：『五六最沈著，言志士本不忘復仇，但少年恃氣輕舉則可慮耳。末句言他日時事變遷，我老猶當及見之意。』

《南齊書·周盤龍傳》曰：『盤龍爲散騎常侍、光祿大夫，世祖戲之曰：貂蟬何如兜鍪？盤龍曰：此貂蟬從兜鍪中出爾。』○《東觀漢記·趙勤傳》：『桓虞歎曰：善吏如良鷹矣，下韝即中。』○《晉書·隱逸傳》曰：『陶潛爲彭澤令，在縣公田悉令種秫穀，曰：令吾嘗醉於酒足矣。妻子固請種秔，乃使一頃五十畝種秫、五十畝種秔。義熙二年解印綬去縣，乃賦《歸去來》。」○《史記·李將軍傳》曰：『廣與從弟李蔡俱爲郎中，事文帝。景帝時蔡積功至二千石，武帝元朔中爲輕車將軍，從大將軍擊右賢王有功中率，封爲樂安侯。』○《北山經》曰：『發鳩之山有鳥焉，其狀如烏，名曰精衛，是炎帝之少女，名曰女娃。女娃遊於東海，溺而不返，故爲精衛，常銜西山之木石以堙於東海。』○《左傳》宣二年曰：『楚人謂虎於菟。』《史記·陳涉世家》索隱引《尸子》曰：『虎豹之駒未成文，已有食牛之氣。』○《漢書·五行志》（下之上）曰：『秦始皇帝二十六年，有大人長五丈，足履六尺，皆夷狄服，凡十二人，見於臨洮。始皇以爲瑞，銷天下兵器作金人十二以象之。』《晉書·五行志》曰：『魏明帝取長安金狄，金狄泣，於是因留霸城。』《後漢書·方術傳》曰：『薊子訓者，不知所由來也。時有百歲翁，自說童兒時見子訓賣藥於會稽市，顏色不異於今。後人復於長安東霸城見之，與一老翁共摩挲銅人相謂曰：適見鑄此已近五百歲矣。』

枕上作

一室幽幽夢不成，高城傳漏過三更。孤燈無燄穴鼠出，枯葉有聲鄰犬行。壯日自期如孟博，殘年但欲慕初平。不然短楫棄家去，萬頃松江看月明。

《後漢書·黨錮傳》曰：『范滂字孟博，汝南征羌人也。少厲清節，爲州里所服，舉孝廉光祿四行。時冀州飢荒，盜賊羣起，乃以滂爲清詔使，使案察之。滂登車攬轡，慨然有澄清天下之志。』○《神仙傳》（卷二）曰：『黄初平者，丹溪人也。年十五，家使牧羊，有道士將至金華山石室中四十餘年。其兄初起就初平學，共服松脂茯苓，至五百歲而有童子之色。』○《水經·沔水注》曰：『牽山去太湖三十餘里，東則松江出焉。』《清統志》曰：『江蘇蘇州府：松江自太湖分流，逕吴江縣入長洲縣界，（今併入吴縣）又東入崑山縣界，又東南入嘉定縣界，即古笠澤也。』

元裕之（好問）（九首）

吴曰：『遺山沈痛激烈，神似杜公，千載以來不可再得者。讀之最能增長筆力，是少陵嫡派也。』

李屏山挽章（二首録一）

《金史·文藝傳》曰：『李純甫字之純，弘州襄陰人。承安二年，經義進士，宰執愛其文，薦入翰林。正大末出倅坊州，未赴改京兆府判官，卒於汴，年四十七。』劉京叔（祁）《歸潛志》（卷一）曰：『李翰林純甫天資喜士，後進有一善，極口稱推，一時名士皆由公顯于世。又與之拍肩爾汝，忘年齒相歡，教育撫摩，恩若親戚，故士大夫歸附，號爲當世龍門。嘗自作《屏山居士傳》，末云：雅喜推借後進，如周嗣明、張㲄、李經、王權、雷淵、余先子姓名、宋九嘉皆以兄呼，而居士使酒玩世，人忤其意，輒嫚罵之，皆其志趣也。其自贊曰：軀幹短小而芥視九州，形容寢陋而蟻蝨公侯，語言蹇吃而連環可解，筆札訛廢而挽回萬牛。寧爲時所棄，不爲名所囚。是何人也邪？吾所學者，淨名、莊周。每酒酣歷歷論天下，或談儒釋異同，雖環而攻之，莫能屈，世豈復有俊傑人哉？』

世法拘人蝨處褌，忽驚龍跳九天門。牧之宏放見文筆，白也風流餘酒樽。落落久知難合在，堂堂原有不亡存。中州豪傑今誰望，擬喚巫陽起醉魂。

詩亦有龍跳虎卧之概。

《勝鬘經》曰：『大悲安慰哀愍衆生爲世法母。』○《晉書·阮籍傳》：『著《大人先生傳》曰：獨不見羣蝨之處褌中，逃乎深縫，匿乎壞絮，自以爲吉宅也。然炎丘火流，焦邑滅都，羣蝨處於褌中而不能出也。君子之處域内，何異夫蝨之處褌中乎？』○《法書要録》（卷二）載袁千里（昂）《古今書評》曰：『蕭思話書若龍跳天門，虎卧鳳闕。』《歸潛志》（卷九）曰：『李屏山平日喜佛，曰中國之書不及也。及其屬疾，蓋酒後傷寒，至六七日發黄，偏身如金，迄卒，色不變，醫所謂酒疸者。交遊因戲之曰：屏山平日喜佛，今化爲丈六金身矣。』○《舊唐書·杜牧傳》（附《佑傳》）曰：『牧好讀書，工詩爲文，嘗自負經緯才略，上宰相書論兵事。』《歸潛志》（卷一）曰：『純甫爲文法莊周、左氏，故其詞雄奇簡古，後進宗之，文風由此一變。又喜談兵，慨然有經世志。泰和南征，兩上疏策其勝負。』○杜子美《春日懷李白》詩曰：『白也詩無敵，飄然思不群。』又曰：『何時一樽酒，重與細論文？』《歸潛志》（卷一）曰：『純甫居閒與禪僧士子遊，惟以文酒爲事，嘯歌袒裼，出禮法外，或飲數月不醒。人有酒見招，不擇貴賤，必往，往輒醉。』○《後漢書·耿弇傳》：帝謂曰：『將軍前在南陽，建此大業，常以爲落落難合，有志者事竟成也。』○裕之《中州集》（卷四）曰：『迄今論天下士，之純與雷御史希顏則以中州豪傑數之。』○《楚辭·招魂》曰：『帝告巫陽曰：有人在下，我欲輔之。魂魄離散，汝筮予之。』

雨後丹鳳門登眺

《金史·地理志》曰：『南京路：周初曰汴京。』注曰：『宮城門北門曰丹鳳。』案：李恢垣（光廷）《廣元遺山年譜》列此詩於天興元年壬辰。是年正月，元軍圍金汴京，四月始退軍河、洛。

絳闕遙天霽景開，金明高樹晚風迴。長虹下飲海欲竭，老雁叫羣秋更哀。

劫火有時歸變滅，神嵩何計得飛來？窮途自覺無多淚，莫傍殘陽望吹臺。

吴曰：『此等處沈痛入骨，是遺山獨絶處，乃從杜公得來。』

《宋史·禮志》曰：『淳化三年三月，帝幸金明池，命爲競渡之戲。』○《漢書·武五子·燕剌王旦傳》曰：『是時天雨虹，下屬宫中，飲井水，水泉竭。』○元微之《大雲寺》詩曰：『燒畬劫火焚。』○《新唐書·禮志》曰：『則天改嵩山爲神岳。』○《水經·漸江水注》曰：『浙江又北逕山陰縣西，西門外百餘步有怪山，本琅邪郡之東武縣山也，飛來徙此。百姓怪之，號曰怪山。』又《輿地廣記》曰：『兩浙路杭州錢塘縣：有靈隱山，昔梵僧云：自天竺鷲山飛來。』○《水經·渠水注》曰：『渠水又北屈分爲二水。《續述征記》曰：汳、沙到浚儀而分也，汳東注，沙南流，其水更南流逕梁王吹臺。《陳留風俗傳》：縣有倉頡、師曠城，上有列仙之吹臺，北有牧澤方十五里，梁王增築以爲吹臺。』《清統志》曰：『河南開封府：吹臺在祥符縣東南六里。』案：裕之《九日讀書山中》詩有九日登吹臺之句。

壬辰十二月車駕東狩後即事（五首録二）

《金史·哀宗紀》曰：『天興元年十二月甲申，詔議親出。乙酉，除拜扈從及留守京城官，以右丞相樞密使兼右副元帥賽不等率諸軍扈從，參知政事兼樞密院副使完顏奴申等留守。庚子，上發南京。辛丑，鞏昌元帥完顏忽斜虎至金昌爲上言京西三百里之間無井竈，不可往，東行之議遂決。乙巳，諸將請幸河朔，從之。二年正月丙午朔，濟河，北風大作，後軍不克濟。丁未，元兵追擊於南岸。己未，上以白撒謀棄六軍渡河，與副元帥合里合六七人走歸德。庚申，諸軍始知上已行，遂潰。辛酉，司農大卿蒲察世達，元帥完顏忽土出歸德西門，奉迎上入歸德。』曾曰：『遺山時在圍城中，此詩詠其事。』

慘澹龍蛇日鬬爭，干戈直欲盡生靈。高原水出山河改，戰地風來草木腥。精衛有冤填瀚海，包胥無淚哭秦庭。痛切。并州豪傑知誰在，莫擬分軍下井陘。沈摯冤煩，神氣迸出。

陶淵明《擬古》詩曰：『忽見山河改。』○陸務觀《題十八學士圖》詩曰：『雷塘風吹草木腥。』○精衛見陸務觀《後寓歎》詩注。案《金史·宣宗紀》曰：『貞祐二年三月，奉衛紹王公主歸於元太祖皇帝，是爲公主皇后。』趙周臣《從軍行》曰：『漢家公主嫁烏孫，聖主重戰議和親。』○《左》定四年曰：『申包胥如秦乞師，立依於庭牆而哭，日夜不絕聲，勺飲不入口七日。』《金史·世宗諸子傳》曰：『天興初，璹已卧疾，是時曹王出質，璹見哀宗於隆德殿，奏曰：聞訛可欲出議和，訛可年幼，不苦諳練，恐不能辨大事。臣請副之，或代其行。上慰之，於是君臣相顧泣下。』○《金史·白撒傳》曰：『天興元年十二月甲辰，車駕至黄陵岡，白撒得河朔降將，上赦之，授以印及金虎符。羣臣議以河朔諸將前導，鼓行入開州，取大名、東平，豪杰當有響應者，破竹之勢成矣。温敦昌孫曰：太后中宫皆在南京，北行萬一不如意，聖主孤身欲何所爲？若往歸德，更五六月不能還京，不如先取衛州還京爲便。白撒奏曰：今可駐歸德，臣等帥降將往東平，俟諸軍到，可一鼓而下，因而經略河朔。上以爲然。』案《通鑑·唐紀》（三十三）曰：『顏杲卿合崔安石等徇諸郡，云大軍已下井陘，朝夕當至。於是河北諸郡響應，凡十七郡，皆歸朝廷，合兵二十餘萬。』又：『至德元載，選良將一人分兵先出井陘定河北，郭子儀薦李光弼，以光弼爲河東節度，分朔方兵萬人與之。』是經略河朔必分兵出井陘。然金時情勢不同，經略河朔已非計，故云莫更分兵下井陘也。施注以并州爲指河朔九公事。案：河朔九公見《金史·苗道潤傳》，與此詩無大關涉，故不復引。《清統志》曰：『直隸正定府：井陘關在井陘縣東北。』

萬里荊襄入戰塵，汴州門外即荊榛。蛟龍豈是池中物，蟣蝨空悲地上臣。喬木他年懷故國，野煙何處望行人。秋風不用吹華髮，滄海橫流要此身。

結語最見抱負。吴曰：『滄海橫流正要此身，故言西風不用吹華髮也。』曾本誤要字爲到字，其義意俱失矣。

《金史·哀宗紀》曰：『正大八年十一月，元進兵嶢峯關，乃詔諸將屯軍襄、鄧。』案：金南京路鄧州治穰城縣，在今河南鄧縣東南，南陽縣，今河南南陽縣治。後漢南陽郡屬荊州，而與襄陽郡相近，故統稱之爲荆襄，其實襄陽並未屬金也。○《吴志·周瑜傳》：瑜上疏曰：『劉備以梟雄之姿，必非久屈爲人用者，恐蛟龍得雲雨，終非池中物也。』○《孟子·梁惠王下》曰：『所謂故國者，非謂有喬木之謂也，有世臣之謂也。』顏延年《還至梁城作》詩曰：『故國多喬木。』○唐昭宗《菩薩蠻》詞曰：『野煙生碧樹，陌上行人去。何處有英雄，迎儂歸故宫。』○《晋書·王尼傳》：『尼常歎曰：滄海横流，處不安也。』范甯《穀梁傳序》曰：『孔子觀滄海之横流，乃喟然而歎曰：文王既没，文不在兹乎！』

癸巳四月二十九日出京

《金史·哀宗紀》曰：『天興二年正月戊辰，西面元帥崔立爲亂，殺參知政事完顏奴申、樞密副使完顏斜捻阿不，立衛王子從恪爲梁王監國。尋自稱左丞相、都元帥、尚書令、鄭王，遂送欵元軍。癸酉，元將碎不觪（即速不臺）進兵汴京。夏四月癸巳，崔立以梁王從恪、荆王守純及諸宗室男女五百餘人至青城，皆及於難。』《歸潛志》（卷十一）曰：『四月二十日（四月乙亥朔，則二十日丙申。），使者發三教醫匠人等出城，俄復遣三教人入城。余同諸生復入居八仙館中。五月二十又二日（丙寅）會使者召三教人從以北。』施北研曰：『先生出京乃二十九日（癸卯），殆以亡金故官將拘管聊城，故不同日也。』

塞外初捐宴賜金，當時南牧已駸駸。只知灞上真兒戲，誰謂神州竟陸沈？華表鶴來應有語，銅槃人去亦何心？興亡誰識天公意，留著青城閱古今。

頓挫往復，一結尤沈痛。

《金史·李愈傳》曰：『明昌二年授曹王傅，王奉命宴賜北部，愈從行，還過京師，表言擬自臨潢至西夏沿邊創設重鎮十數，仍選猛安、謀克勳臣子孫有材力者，使居其職。田給於軍者許募漢人佃種，不必遠輓牛頭粟而兵自富强矣。自是命五年一宴賜，人以爲便。』○賈生《過秦論》曰：『胡人不敢南下而牧馬。』《詩·四牡》毛傳曰：『駸駸，驟貌。』○《史記·絳侯周勃世家》曰：文帝曰：『霸上、棘門軍若兒戲耳，其將固可襲而虜也。』《金史·完顔合達傳》曰：『正大八年，北軍攻鳳翔，二省提兵出關二十里，與渭北軍交，至晚復收兵入關，鳳翔遂破。』○神州句已見陸務觀《夜登千峯榭》詩注。○《續搜神記》曰：『遼東城門有華表，忽有一鶴集，徘徊空中言曰：有鳥有鳥丁令威，去家千年今來歸，城郭如故人民非，何不學仙去，空伴冢纍纍？遂上沖天。』案：李俊民《聞蔡州破》詩曰『銅人淚泣秋風客』，亦用此事。○青城句自注曰：『國初取宋於青城受降。』《歸潛志》（卷七）曰：『大梁城南五里號青城，乃金國初粘罕駐軍受宋二帝降處。當時后妃皇族皆詣焉，因盡俘而北。後天興末，末帝東遷，崔立以城降，北兵亦於青城下寨，而后妃内族復詣此地多僇死，亦可怪也。』又（卷十一）曰：『崔立又聚皇族皆入宫，俄遣詣青城，皆爲北兵所殺，如荆王、梁王輩皆與焉。獨太后、皇后、諸妃嬪、宫人北徙。』《清統志》曰：『河南開封府：青城有二，一在開封府城南門外，號南青城，一在北門外，號北青城。』

甲午除夕

《金史·哀宗紀》曰：『天興二年六月己亥，上入蔡州。九月辛亥，元兵圍蔡城。三年正月戊申夜，上集百官，傳位于東面元帥承麟。己酉，承麟即皇帝位。大軍（元軍）入城中，軍不能禦，帝自縊于幽蘭軒，末帝爲亂兵所害，金亡。』《廣年譜》曰：『二年癸巳，是年城降後挈家隨衆北渡，羈管聊城。（金屬山東西路博州，元屬中書省東昌路，今山東聊城縣治。）三年甲午，是年寓居聊城之至覺寺。』曾曰：『金亡以甲午正月，遺山是年在聊城度歲。』

暗中人事忽推遷，坐守寒灰望復然。已恨大官餘麵餅，爭教漢水入膠船。神功聖德三千牘，大定明昌五十年。甲子兩周今日盡，空將衰淚灑吴天。

五六撐起，結語倍覺沈著。

《史記·韓長孺傳》曰：『獄吏田甲辱安國，安國曰：死灰獨不復然乎？田甲曰：然即溺之。』○《漢書·百官公卿表》注曰：『大官主膳食。』《晉書·愍帝紀》曰：『京師饑甚，太倉有麴數十餅，麴允屑爲粥以供帝。』《歸潛志》（卷十七）曰：『上以餘兵狼狽入歸德杜門，京民大恐，二守臣素庸闇無謀，但知閉門自守，百姓食盡，無以自生，米升直銀二兩，貧民往往食人，殍死者相望，官載數車出城，一夕皆剮食其肉淨盡。』○《史記·周本紀》正義引《帝王世紀》曰：『昭王德衰，南征濟於漢，船人惡之，以膠船進王，王御船至中流，膠液船解，王及祭公俱没於水中而崩。』○《漢書·東方朔傳》曰：『東方朔初上書，凡用三千奏牘。』《金史·太祖紀》曰：『天會十三年立開天啓祚睿德神功之碑於燕京城南。』○《金史·世宗紀》曰：『正隆六年十月，改元大定。』《章宗紀》曰：『明昌元年正月丙辰朔，改元。』案：世宗大定元年辛巳至章宗泰和八年戊辰，凡四十八年。曰五十年，蓋舉成數也。○裕之《續夷堅志》（卷二）曰：『古人上壽皆以千萬歲爲言，國初種人質純，每舉觴惟祝百二十歲而已。』蓋武元以政和五年遼天慶五年乙未爲收國元年，至哀宗天興三年蔡州陷，適兩甲子週矣。歷年之讖遂應。』○杜子美《秋日夔府詠懷》詩曰：『朝海蹴吴天。』

眼中

眼中時事益紛然，擁被寒窗夜不眠。骨肉他鄉各異縣，衣冠今日是何年！沈痛。枯槐聚蟻無多地，秋水鳴蛙自一天。何處青山隔塵土，一菴吾欲送華顛。

亡國之痛隨觸而發。

《文選・飲馬長城窟行》曰：『他鄉各異縣。』○淳于棼至大槐安國，王以金枝公主名瑤芬妻之，尋出守南柯郡，後公主薨，王遣歸本里，乃驚寤，始知爲夢也。乃尋槐下有大穴，上有積土壤爲城郭臺殿之狀，有蟻數斛隱聚其中，中有小臺，其色若丹，二大蟻處之。素翼朱首，長可三寸，左右大蟻數十輔之，諸蟻不敢近，是其王矣。即槐安國都也。又窮一穴直上南柯，可四丈，宛轉方平，亦有土城小樓，羣蟻亦處其中，即生所領南柯郡也。見李公佐《南柯記》。○《後漢書・崔駰傳》：駰作達旨曰：『唐且華顛以悟秦。』李賢注曰：『《爾雅》曰：顛，頂也。（《釋言》）華顛謂白首也。』蘇子瞻《龜山》詩曰：『僧卧一菴初白頭。』

出都（二首録一）

《廣年譜》列此詩於蒙古太宗十五年癸卯（即六皇后乃馬真稱制二年）曰：『是年秋出雁門，游龍山北岳，至宏州，入燕都，冬回趙。』案《金史·地理志》曰：『中都路，遼爲南京，開泰元年號燕京，海陵貞元元年，定都，改爲中都。』《清統志》曰：『京師：金爲中都，元爲大都。』

歷歷興亡敗局棊，登臨疑夢復疑非。斷霞落日天無盡，老樹遺臺秋更悲。滄海忽驚龍穴露，廣寒猶想鳳笙歸。從教盡劃瓊華了，留在西山儘淚垂。

李恢垣曰：『追昔感今，最爲沈痛。』

左太沖《吴都賦》曰：『龍穴内蒸，雲雨所儲。』○《龍城録》（卷上）曰：『開元六年，上皇與申天師、道士鴻都客八月望日夜，因天師作術同在雲上游月中，見一大宫府，榜曰廣寒清虚之府。』又下見瓊島注。○周弘讓《春秋醮五岳圖》詩曰：『十洲迴鳳笙。』○

瓊華句自注曰：『萬寧宫有瓊華島，絶頂廣寒殿，近爲黄冠輩所撤。』案：裕之《新樂府》（卷二）有《九日同燕中諸名勝登瓊口故基南鄉子》詞。施曰：『陳時可《長春真人本行碑》：壬午之明年春，住燕京大天長觀，繼而行省又施瓊華島爲觀。丁亥五月，有旨以瓊華島爲萬安宫。案：注中黄冠所撤指此。』步瀛案：《輟耕録》（卷一）曰：『萬歲山在大内西北太液池之陽，金人名瓊華島，山上有廣寒殿七間，金亡，世皇徙都之。至元四年，興築宫城，山適在禁中，遂賜今名云。』《清統志》（卷二）曰：『瓊華島在西苑太液池上。』案：在今北海公園内。○《清統志》（卷四）曰：『順天府：西山在宛平縣西三十里，太行山支阜也。』

洛陽

《金史·地理志》曰：『南京路河南府：宋西京河南府雒陽郡，初置德昌軍，興定八年，陞爲中京，府曰金昌。』案：金金昌府治洛陽縣，今河南洛陽縣治。又《廣年譜》列此詩於蒙古太宗十六年甲辰，曰：『洛陽之破亦在壬辰，追悼前事，是再來詩。』

千年河岳控喉襟，一日神州見陸沈。已爲操琴感衰涕，更須同輩夢秋衾。城頭大匠論蒸土，地底中郎待摸金。擬就天公問翻覆，蒿萊丹碧果何心？

神氣迸發，極近少陵。

《漢書·翼奉傳》：上疏曰：『成周前鄉嵩高，後介大河。』《文選·東京賦》曰：『泝洛背河。』又《西京賦》李善注引李尤《函谷關銘》曰：『襟帶咽喉。』〇神州陸沈已見陸放翁《夜登千峯榭》詩注。〇《説苑·善説篇》曰：『雍門子周以琴見乎孟嘗君，引琴而鼓之，孟嘗君涕泣欷歔而就之曰：先生之鼓琴，令文若破國亡邑之人也。』〇李長吉《還自會稽歌》曰：『臺城應教人，秋衾夢同聲。』〇《晉書·赫連勃勃載記》曰：『以叱干阿利傾爲將作大匠，營起都城，阿性殘忍，乃蒸土築城，錐入一寸，即殺作者而再築之。』〇《文選》陳孔璋《爲袁紹檄豫州》曰：『操又特置發邱中郎，摸金校尉，所過隳突，無骸不露。』蘇子瞻《遊聖女山石室》詩曰：『會有中郎解摸金。』以校尉爲中郎。《藝苑雌黃》（見《苕溪漁隱叢話後集》卷二十七）、《敬齋古今黈》（卷二）皆辨其誤。施曰：

『誤自東坡，先生仍而不改。』○徐孝穆《與楊僕射書》曰：『偃師還望咸爲草萊。』楊景山《早朝》詩曰：『朝時但向丹墀拜，仗下方從碧殿回。』

五言絶句

王介甫（安石）（四首）

山中

隨月出山去，尋雲相伴歸。春晨花上露，芳氣著人衣。

秣陵道中口占二首

經世才難就，田園路欲迷。殷勤將白髮，下馬照青溪。

李注曰：『次句謂故廬在臨川。』〇《太平寰宇記》曰：『江南東道昇州上元縣：蔣山西，臨青溪。』又曰：『青溪在縣北六里，以洩玄武湖水，南入秦淮。』《清統志》曰：『江蘇江寧府：青溪在上元縣東北。』

歲熟田家樂，秋風客自悲。茫茫曲城路，歸馬日斜時。

李注曰：『曲城在秣陵。』

雜詠（四首録一）

桃李石城塢，餉田三月時。柴荆常自閉，花發少人知。

蘇子瞻（軾）（二首）

聖燈巖廬山五詠之一

《清統志》曰：『山東青州府：廬山在諸城縣南三十里。《縣志》：山陽有盧敖洞，俗名休糧洞，其巔有巨石，爲飲酒臺，洞左腋爲聖燈巖。』

石室有金丹，山神不知祕。何必吐光芒，夜半驚童稚。

韋應物《送宫人入道》詩曰：『金丹擬駐千年貌。』〇趙彦材曰：『此本詠聖燈而詩人立新意，以爲丹之光芒爾。』案：此以金丹爲陪，非以聖燈爲丹之光芒也，趙似誤會。

儋耳山

儋耳一本作松林山。查注曰：『《名勝志》：松林山在儋州北二十里，即《隋志》之藤山也，而附載此詩於後，不知能始何據。』

突兀隘空虚，他山總不如。君看道旁石，盡是補天餘。

《列子·湯問篇》曰：『天地亦物也，物有不足，故昔者女媧氏鍊五色之石以補其闕。』《墨莊漫録》（卷一）曰：『東坡作《儋耳山》詩，突兀隘空虚云云，叔黨云：石當作者，傳寫之誤。』

黄魯直（庭堅）（二首）

離福嚴

任注曰：『寺在衡山。張舜民《南遷録》云：舊名般若寺，陳泰建中，思公（慧思）道場。唐懷公（懷讓）磨磚之地。』《清統志》曰：『湖南衡州府：福嚴寺在衡山縣北，祝融峯前。』案：任注及《年譜》皆編此詩於崇寧三年。任曰：『是歲二月過洞庭，經潭、衡、永、桂等州，五六月間至宜州貶所。』

山下三日晴，山上三日雨。不見祝融峯，還泝瀟湘去。

任曰：『此退之南遷得歸之祥也。山谷意謂不見祝融峯，歸期未可卜耳。』○瀟湘見李太白《古別離》注。

竹下把酒

竹下傾春酒，愁陰爲我開。不知臨水語，更得幾回來！

陸務觀（游）（一首）

柳橋晚眺

小浦聞魚躍，橫林待鶴歸。閒雲不成雨，故傍碧山飛。

七言絶句

歐陽永叔（修）（四首）

豐樂亭遊春（三首録一）

《居士集》目録原注曰：『慶曆七年。』案永叔《豐樂亭記》曰：『修既治滁之明年夏，始飲滁水而甘，問諸滁人，得於州南百步之近。其上豐山聳然而特立，下則幽谷窈然而深藏，中有清泉滃然而仰出，俯仰左右，顧而樂之。於是疏泉鑿石闢地以爲亭，而與滁人往遊其間。』《年譜》曰：『慶曆五年乙酉知滁州。』記作於六年六月，此詩則作於七年三月也。《輿地紀勝》曰：『淮南東路滁州：豐樂亭在幽谷寺。慶曆太守歐陽修建。』《清統志》曰：『安徽滁州（今縣）：豐樂亭在州西南瑯琊山幽谷泉上。』

緑樹交加山鳥啼，晴風蕩漾落花飛。鳥歌花舞太守醉，明日酒醒春已歸。

《年譜》曰：『慶曆六年丙戌，公年四十，自號醉翁。』案永叔《醉翁亭記》曰：『太守與客來飲於此，飲輒醉，而年又最高，故自號曰醉翁也。』

再至汝陰（三首録一）

《居士集》目録原注曰：『治平四年。』案《年譜》曰：『皇祐元年己丑正月丙午，移知亳州。二月丙子至郡。治平四年丁未，公年六十一，正月丁巳，神宗即位。三月，御史彭思永、蔣之奇以飛語污公，上察其誣，斥之，公力求去。壬申，除觀文殿學士，轉刑部尚書，知亳州。閏三月辛巳，陛辭，乞便道過潁少留，許之。五月甲辰，至亳。』據此，則再至汝陰當在四月，與詩桑葚、麥風正合。《元豐九域志》曰：『京西北路潁州汝陰郡治汝陰縣。』案：今安徽阜陽縣治。

黄栗留鳴桑葚美，紫櫻桃熟麥風涼。朱輪昔愧無遺愛，白首重來似故鄉。

陸阮恪《毛詩疏》曰：『黄鳥，黄鸝留也。或謂之黄栗留。幽州人謂之黄鶯，或謂之黄鳥。一名倉庚，一名商庚，一名鵹黃，一名楚雀，齊人謂之摶黍，關西謂之黄鳥。當葚熟時，來在桑閒，故里語曰：黄栗留看我，麥黄葚熟。亦是應節趨時之鳥。』○朱輪見宋公序《寄子京》詩注。○第三首自注曰：『余時將赴亳社，恩許枉道過潁也。』

高樓

《外集》目録，此詩統歸明道以前，未能確定爲何時作。繹其意旨似充西京留守推官時作。

六曲雕欄百尺樓，簾波不定瓦如流。浮雲已映樓西北，更向雲西待月鉤。

李義山《燒香曲》曰：『簾波日暮衝斜門。』○《文選·古詩》曰：『西北有高樓，上與浮雲齊。』○鮑明遠《翫月詩》曰：『纖纖如玉鉤。』

贈歌者

《外集》目録原注曰：『慶曆八年。』《年譜》曰：『慶曆八年戊子，徙知揚州。二月庚寅，至郡。』案：詩言江都，則作於到揚州任後矣。

病客多年掩綠樽，今宵爲爾一顔醺。可憐《玉樹庭花》後，又向江都月下聞。

《太平寰宇記》曰：『淮南道揚州：景帝四年更名江都國。』《元豐九域志》曰：『淮南路揚州廣陵郡：治江都縣。』案：即今江蘇江都縣治。

王介甫（安石）（五首）

北山

李注曰：『北山即鍾山，周顒隱處。孔稚圭作《北山移文》。』案：《輿地紀勝》曰：『江南東路建康府鍾山：《金陵覽古》云：在上元縣東北十八里。按《輿地志》云：蔣山古曰金陵，縣名因此山。漢末秣陵尉蔣子文死事于此，吴大帝爲立廟，子文祖諱鍾，因改蔣山。諸葛亮云：鍾山龍盤。是也。一名北山。』

北山輸綠漲橫陂，直塹回塘灩灩時。細數落花因坐久，緩尋芳草得歸遲。

《石林詩話》（卷上）曰『王荆公晚年詩律尤精嚴，造語用字，間不容髮。然意與言會，言隨意遣，渾然天成，殆不見有牽率排比處。如：細數落花因坐久，緩尋芳草得歸遲。但見舒閒容與之態耳。而字字細攷之，若經隱括權衡者，其用意亦深刻矣。』《能改齋漫録》（卷八）曰：『蓋本王摩詰興闌啼鳥散，坐久落花多。（《過楊氏別業》）而其辭意益工。』《三山老人語録》曰：『歐公靜愛竹時來野寺，獨尋春偶過溪橋，與荆公細數落花詩聯皆狀閒適，而王爲工。』（《漁隱叢話前集》二十三）

寄蔡天啟

杖藜緣塹復穿橋，誰與高秋共寂寥？佇立東岡一搔首，冷雲衰草暮迢迢。

《輿地紀勝》曰：『建康府：白土岡在建康城東，其土白色。』《清統志》曰：『江寧府：白土岡在上元縣東。』

李曰：『劉賓客詩：人道逢秋轉寂寥，我言秋日勝春朝。晴空一鶚排雲上，便引詩情到碧霄。兩詩相似，亦相角也。余友楊方子直嘗哦公此詩，以爲奇。』

書湖陰先生壁二首

李注曰：『楊德逢也。』案：介甫有《元豐行示德逢》。李注曰：『德逢姓楊，與公鄰曲。』又引王直方《雜記》曰：『德逢號湖陰先生。』

茆簷長掃净無苔，花木成畦手自栽。一水護田將緑遶，兩山排闥送青來。

李曰：『《漢書·西域傳序》云：自敦煌西至鹽澤，往往起亭，而輪臺、渠犂皆有田卒數百人，置使者校尉領護。師古曰：統領保護營田之事也。又桑弘羊奏遣屯田卒詣故輪臺以東，置校二人分護。』（二當作三，此見《西域傳下》。）又曰：『樊噲乃排闥直入，大臣隨之。（《樊噲傳》）《石林詩話》（卷中）云：荆公詩用法甚嚴，尤精於對偶，嘗云用漢人語止可以漢人語對，若參以異代語，便不相類。如此句護田、排闥之類，（如字下原引此二句，此李氏引改省。）皆漢人語也。此法惟公用之不覺拘窘。』步瀛案：此不過摘字，與《漢書》原意無關，亦蓋偶合耳。石林所稱，實皮膚之見，此詩佳處決不在此。《韻語陽秋》（卷二）謂以樊噲排闥事對護田，豈護田亦有所出邪？蓋以《西域傳》所言護田與此詩無關耳。又謂有人稱五柳庚桑爲的對，荆公謂庚亦是數，乃好事者之説，荆公未必有此意。其説是也。《能改齋漫録》（卷八）謂此蓋本五代沈彬詩：地隈一水巡城轉，天約羣山附郭來。又本許渾詩：山形朝闕去，河勢抱關來。案：此亦句法偶同耳，未必有意效之也。

桑條索漠柳花繁，風斂餘香暗度垣。黄鳥數聲殘午夢，尚疑身在半山園。

李曰：『《首楞嚴》：如聲度垣，不能爲礙。』○介甫《示元度》詩曰：『今年鍾山南，隨分作園圃。』指半山園而言也。詳見《半山春晚即事》詩注。

烏塘

李曰：『公母家吴氏，居臨川三十里外，地名烏石岡。吴氏所居又有柘岡，即詩所指。』

又詩云：

《輿地紀勝》曰：『江南西路撫州：烏石岡距臨川三十里，荆公《烏塘》詩云云。又詩云：烏石岡頭躑躅紅。』（《雜詠》）案：又《烏石》詩曰：『烏石岡邊繚繞山。』

烏塘渺渺緑平堤，堤上行人各有攜。試問春風何處好？辛夷如雪柘岡西。

首句，李曰：『言水與堤平。』

《輿地紀勝》曰：『柘岡在臨川，荆公《送黄吉父將赴南康官歸金溪》詩：柘岡西路白雲深。公雖徙居金陵，而念鄉里每切，又詩：柘岡西路花如雪，回首春風最可憐。（《柘岡》）又《送吴彦珤》詩：柘岡定有辛夷發。吴所居在柘岡。』

蘇子瞻（軾）（十首）

東欄梨花 和孔密州五絶之一

《東都事略》（卷六十）曰：『孔道輔，孔子四十五世孫，子宗翰，字周翰，舉進士，知蘄、密、陝、揚、洪、兗六州。』

梨花淡白柳深青，柳絮飛時花滿城。惆悵東欄一株雪，人生看得幾清明？

《老學菴筆記》（卷十）曰：『紹興中，予在福州，見何晋之大著，自言嘗從張文潛（耒）游，每見文潛哦此詩，以爲不可及。余按杜牧之有句云：砌下梨花一堆雪，明年誰此凭欄干？東坡因非竊牧之詩者，然竟是前人已道之句，何文潛愛之深也？豈別有所謂乎？』《逸老堂詩話》（卷下）曰：『余愛坡老詩渾然天成，非模仿而爲之者，放翁正所謂洗瘢索垢者矣。』

中秋月 陽關詞三首之一

子瞻《書彭城觀月詩》曰：『余十八年前中秋與子由觀月彭城作此詩，以陽關歌之。』朱少章《風月堂詩話》（卷下）曰：『紹聖元年，自録此詩，仍題其後云云。』王見大《蘇詩總案》曰：『元豐元年八月十五日詠《中秋月》。』

暮雲收盡溢清寒，銀漢無聲轉玉盤。此生此夜不長好，明月明年何處看？

鮑明遠《夜聽妓詩》曰：『銀漢傾露落。』○李太白《古朗月行》曰：『小時不識月，呼作白玉盤。』

虔州八境圖（八首録二）

序曰：『南康《八境圖》者，太守孔君之所作也。君既作石城，即其城上樓觀臺榭之所見而作是圖也。東望七閩，南望五嶺，覽羣山之參差，俛章、貢之奔流。雲烟出没，草木蕃麗，邑屋相望，鷄犬之聲相聞。觀此圖也，可以茫然而思，粲然而笑，嘅然而歎矣。蘇子曰：此南康之一境也，何從而八乎？所自觀之者異也。且子不見夫日乎？其旦如槃，其中如珠，其夕如破璧，此豈三日也哉？苟知夫境之爲八也，則凡寒暑朝夕雨暘晦冥之異，坐作行立哀樂喜怒之接於吾目而感於吾心者，有不可勝數者矣，豈特八乎？如知夫八之出乎一也，則夫四海之外。詼詭譎怪，《禹貢》之所書，鄒衍之所談，相如之所賦，雖至千萬，未有不一者也。後之君子必將有感於斯焉！迺作詩八章題之圖上。』案：《宋史·孔宗翰傳》（附其父道輔傳）曰：『字周翰。登進士第，知虔州。』《元豐九域志》曰：

『江南西路虔州南康郡治贛縣。』案：今江西贛縣治。《輿地紀勝》曰：『江南西路贛州（原注引《中興小歷》《宋會要》《繫年録》，紹興二十三年改虔州爲贛州。）：南康八境本孔宗翰爲太守始作石城，即城上樓觀臺榭所見爲圖，而東坡實紀以八詠云八境見畫圖。』又曰：『八境臺在城上。』《清統志》曰：『江西贛州府：八境臺在府東北城上。』

案：孔宗翰作八境圖，未嘗專以名臺，此後人所爲。

濤頭寂寞打城還，章貢臺前暮靄寒。倦客登臨無限思，孤雲落日是長安。

趙閲道（抃）《章貢臺記》曰：『水別二派，合流城郭，於文爲贛。予嘉祐六年出守，間爲游觀，治西北隅有野景亭舊址，於是復臺其上，以新其名爲章貢，蓋不失實也。』《輿地紀勝》曰：『贛州章貢臺在州城西北，據章、貢二水之會，憑高瞰遠，城北水色山光盡出乎几席履舄之間。』〇李太白《春日獨酌》詩曰：『落日孤雲邊。』

朱樓深處日微明，皁蓋歸時酒半醒。薄暮漁樵人去盡，碧溪青嶂繞螺亭。

《續漢書・輿服志上》曰：『中二千石、二千石皆皁蓋朱兩轓。』○《太平寰宇記》曰：『江南西道虔州贛縣：螺亭石山在縣東南七十里，有大石臨水，號曰螺亭。按《南康記》云：昔有貧女採螺爲業，與伴侶暮宿此亭，忽夜中聞風雨之聲，見衆螺張口亂囓其肉，伴侶驚走，貧女乃死。明旦往視之，但有骨存。因報其家，遂殯水濱，其冢化爲巨石，螺殼無數，故號曰螺亭石山。』《清統志》曰：『江西贛州府：螺亭石在贛縣東南。』

惠崇春江晚景（二首録一）

惠崇已見王介甫《純甫出釋惠崇畫要予作詩》注。馮星實曰：『《宋詩紀事》：惠崇，淮南人，一作建陽人。』

竹外桃花三兩枝，春江水暖鴨先知。蔞蒿滿地蘆芽短，正是河豚欲上時。

施注曰：『梅聖俞《河豚詩》：春洲生荻芽，春岸飛楊花。河豚於此時，貴不數魚蝦。』

翁《補注》曰：『王漁洋《詩話》：《爾雅》：購，蔏蔞。（《釋草》）郭璞注：蔏蔞，蔞蒿也，生下田，初出可啖，江東用羹魚。故坡詩云然，非泛詠景物也。』（今《漁洋詩話》卷中與此文異，而《居易録》卷十三一條與翁引同。）

《漁隱叢話前集》（卷三十一）曰：『此正是二月景致，是時河豚已盛矣，但欲上之語，似乎未穩。』步瀛案：《叢話前集》此條上引孔毅夫《雜記》曰：『永叔稱聖俞《河豚詩》，謂河豚食柳絮而肥，（見永叔《詩話》）其實不爾。此魚盛於二月，至柳絮時魚已過矣。』胡氏之説殆本此。然《石林詩話》（卷上）謂：『浙人食河豚於上元前，常州、江陰最先得，方出時，一尾至直千錢，然不多得。二月後，日益多，一尾纔百錢耳。柳絮時，人已不食，謂之斑子。或言腹中生蟲，故惡之，而江西人始得食，蓋河豚出於海，初與潮俱上，至春深，其類稍流入於江西（西字依《叢話》引增）。』陳子象（巖肖）《庚溪詩話》（卷下）曰：『余嘗寓居江陰及毘陵，見江陰每臘盡春初已食之，毘陵則二月初方食。其後官於秣陵，則三月間方食之。蓋此由海而上，近海處先得之，魚至江左則春已暮矣。江陵、毘陵無荻芽，秣陵等處則以荻芽芼之，然則聖俞所詠乃江左河豚魚也。』據此，則河豚上時各地不同，子瞻所詠殆與聖俞同耳。

書李世南所畫秋景（二首録一）

《畫繼》（卷四）曰：『李世南，字唐臣，安肅人。明經及第，終大理寺丞。嘗與晁无咎同試諸生，无咎有求横幅長篇，又有題扇詩，蓋長於山水也。東坡亦嘗題其秋景平遠云云。』

野水參差落漲痕，疏林攲倒出霜根。扁舟一櫂歸何處，家在江南黄葉村。

《畫繼》載此詩，扁舟作浩歌，曰：『浩歌，雕本皆以爲扁舟，其實畫一舟子張頤鼓枻，作浩歌之態。今作扁舟，甚無謂也。』步瀛案：扁舟字勝，鄧公壽説似泥。

贈劉景文

荷盡已無擎雨蓋，菊殘猶有傲霜枝。一年好景君須記，最是橙黄橘緑時。

或以此詩與韓退之《早春呈水部張員外》詩相似，徒以最是一年春好處句偶近耳。其意境各有勝處，殊不相同也。

淮上早發

《總案》曰：『元祐七年壬申二月，以龍圖閣學士知揚州軍州事。取道自潁下淮，三月早發淮上，有此生定向江湖老，默數淮中十往來句。誥按：元豐二年己未，公自徐至宋，赴湖過淮，有好在長淮水，十年三往來句。蓋熙寧辛亥倅杭，甲寅移密，元豐己未赴湖，是爲三往來。其十往來當由此積算。其四，元豐己未八月赴臺獄。其五，甲子乞常至南都。其六，乙丑四月自南都歸常。其七，是年九月赴登，公過邵伯堰有吾生七往來，送老海上城句。其八，元祐己巳帥杭。其九，辛未召還。合是帥揚爲十往來。而治平丙午載喪歸蜀，自淮泝江不在此數，若并計之，則十一往來也。』

澹月傾雲曉角哀，小風吹水碧鱗開。此生定向江湖老，默數淮中十往來。

沈雲卿《桂州臘夜》詩曰：『曉角分殘漏。』○白樂天《感春》詩曰：『池浪碧魚鱗。』

縱筆(三首録一)

《總案》曰：『元符二年己卯十二月，作《縱筆》詩。』

父老爭看烏角巾，應緣曾現宰官身。溪邊古路三叉口，獨立斜陽數過人。

杜子美《南鄰》詩曰：『錦里先生烏角巾。』○《妙法蓮華經·妙音品》曰：『妙音菩薩現種種身，處處爲衆生説是經典。或現居士身，或現宰官身。』又《觀音品》曰：『應以宰官身得度者，即現宰官身而爲説法。』

《彦周詩話》曰：『李太白詩云：問余何事棲碧山云云，東坡嶺外詩云：老父爭看烏角巾云云，賀知章呼李白爲謫仙人，世傳東坡是戒禪師後身，僕竊信之。』

澄邁驛通潮閣(二首録一)

《太平寰宇記》曰：『嶺南道瓊州：澄邁縣在舊崖州西九十里。隋置澄邁縣，以界内邁山爲名。』《清統志》曰：『廣東瓊州府：澄江在澄邁縣南里許。邁山在澄邁縣東。隋名縣，以澄江、邁山同在境，故謂之澄邁。通潮閣在澄邁縣治西。宋蘇軾嘗憩其上，有詩，其後胡銓和之，李光書扁。』

餘生欲老海南邨，帝遣巫陽招我魂。杳杳天低鶻没處，青山一髮是中原。

《楚辭・招魂》曰：『帝告巫陽曰：有人在下，我欲輔之。魂魄離散，汝筮予之。巫陽焉乃下招曰：魂兮歸來。』

《漁隱叢話後集》（卷三十）曰：『《次韻沈長官》詩云：莫道山中食無肉，玉池清水自生肥。《天慶觀乳泉賦》云：鏘瓊佩之落谷，灩玉池之生肥。《澄邁驛通潮閣》詩云：杳杳天低鶻没處，青山一髮是中原。《伏波將軍廟碑》有云：南望連山，若有若無，杳杳一髮耳。皆兩用之。其語倔奇，蓋得意也。』

黃魯直（庭堅）（八首）

題伯時畫嚴子陵釣灘

《宋史·文苑傳》曰：『李公麟，字伯時，舒州人。歸老肆意於龍眠山，善畫。』《畫繼》（卷三）曰：『龍眠居士李公麟，字伯時，有《孝經圖》《九歌圖》《歸去來圖》《陽關圖》《嚴子陵釣灘圖》。』案《後漢書·逸民傳》曰：『嚴光，字子陵，一名遵，會稽餘姚人也。少與光武同游學，及光武即位，遣使聘之，三反而後至，除爲諫議大夫，不屈，乃釣於富春山。後人名其釣處爲嚴陵瀨焉。』章懷注曰：『桐廬縣南有嚴子陵漁釣處，今山邊有石，上平，可坐十人，臨水，名爲嚴陵釣壇也。』《太平寰宇記》曰：『江南東道睦州桐廬縣：嚴子陵釣臺在縣南大江側，下連七里瀨。』《清統志》曰：『浙江嚴州府：釣臺在桐廬縣西富春山，漢嚴子陵垂釣處，有東西二臺，各高數百丈，下瞰大江，古木叢林，鬱然深杳。』

平生久要劉文叔，不肯爲渠作三公。能令漢家重九鼎，桐江波上一絲風。

《論語·憲問篇》曰：『久要不忘平生之言。』《後漢書·光武帝紀》曰：『世祖光武皇帝諱秀，字文叔。』○任注曰：『汲黯曰：夫以大將軍有揖客，反不重耶？（《史記·汲黯傳》）《史記·平原君傳》曰：毛遂使趙，重於九鼎大呂。按：東漢多名節之士，賴以久存，迹其本原，政在子陵釣竿上來耳。』

同元明過洪福寺戲題

任注及《年譜》皆編此詩於元祐四年。《年譜》曰：『先生是歲在祕書省兼史局。』任曰：『舊本有山谷序云：三月中同吕元明、畢公叔遊洪福寺，見元明壁間舊題云：與晋之醉後使騎升木撼花以爲笑戲題。』又曰：『洪福在汴京。』案蘇子瞻《安國寺尋春》詩曰：『王仙洪福花如海。』查注曰：『《汴京遺跡志》：洪福寺有二，其一在開封城西金水河北，其一在東北沙窩岡。』

洪福僧園拂紺紗，舊題塵壁似昏鴉。春殘已是風和雨，更著遊人撼落花。

《唐摭言》（卷七）曰：『王播少孤貧，嘗客揚州惠昭寺木蘭院，隨僧齋餐，諸僧厭怠，播至已飯矣。後二紀，播自重位出鎮是邦，因訪舊遊，向之題已皆碧紗幕其上。』〇任注引

《法書苑》曰：『鄔彤善草書，如寒林棲鴉。』

雨中登岳陽樓望君山（二首）

任注及《年譜》皆編於崇寧元年。《年譜》曰：『是歲在荆南，先生有手書《雨中登岳陽樓望君山》二詩，跋云：崇寧之元正月二十三日，夜發荆州，二十六日至巴陵，數日陰雨不可出，二月朔旦，獨上岳陽樓，太守楊器之、監郡黄彦并來率同遊君山。』案《水經·湘水注》曰：『洞庭湖中有君山，是山湘君之所遊處，故曰君山矣。』《清統志》曰：『湖南岳州府：君山在巴陵縣（今岳陽縣）西南洞庭湖中，一名湘山，亦稱洞庭山。』

投荒萬死鬢毛斑，生出瞿塘灩澦關。未到江南先一笑，岳陽樓上對君山。

案：紹聖二年山谷謫涪州别駕，黔州安置（宋夔州路涪州治涪陵縣，今四川涪陵縣治。黔州治彭水縣，今四川彭水縣治。）元符元年徙戎州。（宋梓州路戎州治僰道縣，今四川宜賓縣治。）

元符三年正月，徽宗即位，五月得放還。十月改簽書寧國軍節度判官。建中靖國元年，改知舒州。四月，至荆南，又召以爲吏部員外郎，辭命，乞知太平州，（宋江南東路太平州治當塗縣，今安徽當塗縣治。）留荆南。崇寧元年將赴太平州，正月發荆州，至巴陵，（宋荆湖北路岳州治巴陵縣，今岳陽縣治。）故有投荒萬死及未到江南之語也。

滿川風雨獨憑欄，綰結湘娥十二鬟。可惜不當湖水面，銀山堆裏看青山。

任曰：『君山狀如十二螺髻。』○劉夢得《望洞庭》詩曰：『遥望洞庭山水翠，白銀盤裏一青螺。』張懿仲《九日巴丘楊公臺上宴集》詩曰：『萬疊銀山寒浪起。』

題陽關圖（二首録一）

史注及《年譜》編入元祐二年。案：李伯時《陽關圖》已見前注。又魯直《書伯時陽關圖草後》曰：『元祐初作此詩，題伯時所作《陽關圖》。崇寧元年五月見此草於趙升叔家，殊妙於定本。』升叔，伯進婿也。《漁隱叢話後集》（卷九）引《復齋漫録》云：『《送元二安西絶句》云：渭城朝雨浥輕塵，客舍青青柳色新。勸君更盡一杯酒，西出陽關無故人。李伯時取以爲畫，謂之《陽關圖》，予嘗以爲失，按《漢書》：陽關去長安二千五百里，唐人送客西出都門三十里，特是渭城耳，今有渭城館在焉。據其所畫，當謂這《渭城圖》可也。東坡《題陽關圖》詩：龍眠獨識慇懃處，畫出陽關意外聲。皆承其失耳。山谷題此圖云：渭城柳色關何事？自是離人作許悲。（第二首未録）然則詳味山谷詩意，謂之《渭城圖》宜矣。』

斷腸聲裏無形影，畫出無聲亦斷腸。想得陽關更西路，北風低草見牛羊。

杜子美《前出塞》曰：『欲輕腸斷聲。』〇《樂府詩集》（八十六）《敕勒歌》曰：『天蒼蒼，野茫茫，風吹草低見牛羊。』

觀化（十五首録三）

序曰：『南山之役，偶得小詩一十五首，書示同懷，不及料簡銓次。夫物與我若有境，吾不見其邊，憂與樂相過乎前，不知其所以然。此其物化歟？亦可以觀矣。故寄名曰《觀化》。』案《外集》補原注曰：『崇寧元年罷太平府後，自荊州居家作。』《年譜》亦編於崇寧元年。

柳外花中百鳥喧，相媒相和隔春煙。黃昏寂寞無言語，恰似人歸鎖管絃。

生涯蕭灑似吾廬，人在青山遠近居。泉響風搖蒼玉佩，月高雲插水晶梳。

《禮記·玉藻》曰：『大夫佩蒼玉。』柳子厚《小石潭記》曰：『從小丘西行百二十步，隔篁竹，聞水聲，如鳴佩環。』

故人去後絕朱絃，不報雙魚已隔年。鄰笛風飄月中起，碧雲爲我作愁天。

絶朱絃已見《登快閣》詩注。

陸務觀（游）（八首）

秋風亭拜寇萊公遺像（二首）

案：此乾道六年赴夔府作。《入蜀記》（卷六）曰：『十月二十一日晚泊巴東縣，謁寇萊公祠堂，登秋風亭，下臨江山，是日重陰微雪，天氣飂飂，復觀亭名，使人悵然，始有流落天涯之歎。遂登雙柏堂白雲亭，堂下舊有萊公所植柏，今已槁死。』《輿地紀勝》曰：『荆湖北路歸州秋風亭在巴東縣，寇萊公所建也。』《清統志》曰：『湖北宜昌府：秋風亭在巴東縣治西。宋寇準建。』案《宋史・寇準傳》曰：『準字平仲，華州下邽人也。中第授大理評事，知歸州巴東。景德元年參知政事，同中書門下平章事。天禧三年，封萊國公，貶道州司馬。乾興元年，再貶雷州司戶參軍，踰年卒，賜謚曰忠愍。』

江上秋風宋玉悲，長官手自葺茅茨。人生窮達誰能料，蠟淚成堆又一時。

《歸田録》（卷一）曰：『鄧州花蠟燭名著天下，雖京師不能造，相傳云是寇萊公燭法。公嘗知鄧州，而自少年富貴，不點油燈，尤好夜宴劇飲，雖寢室亦燃燭達旦。每罷官去後，人至官舍，見廁溷間燭淚在地，往往成堆。』《後山叢談四》曰：萊公性資豪侈，自布衣夜常設燭，廁間燭淚成堆，及貴而後房無嬖幸也。《居易録十二》引以證此詩，似未甚合。放翁之意，蓋謂在巴東時儉約，而後宦達則豪侈也。』

豪傑何心後世名，材高遇事即崢嶸。巴東詩句澶州策，信手拈來盡可驚。

司馬光《温公續詩話》曰：『寇萊公詩才思融遠，年十九進士及第，初知巴東縣，有詩云：野水無人渡，孤舟盡日横。』《韻語陽秋》（卷十八）曰：『寇忠愍少知巴東縣，有野水無人渡，孤舟盡日横之句。固以公輔自期矣。奈何時未有知者，東坡《巴東訪萊公遺跡》詩云：江山養豪俊，禮數困英雄。執版迎官長，趨塵拜下風。當年誰刺史，應未識三公。公以瑰奇忠讜之才，而當路者袛以常輩遇之，信乎知人之難也。』〇《宋史·寇準傳》曰：『景德元年冬，契丹大入，準請帝幸澶州，及至南城，契丹兵方盛，衆請駐蹕以覘軍勢，準固請曰：陛下不過河，則人心益危，敵氣未攝，非所以取威決勝也。帝遂渡河，御北城門樓，遠近望見御蓋，踴躍懽呼，聲聞數十里。契丹相視驚愕，不能成列。帝盡以軍事委準，準承制專決，號令明肅，士卒喜悦，敵數千騎乘勝薄城下，詔士卒迎擊，斬獲大半，乃引去。其統軍撻覽督戰，中矢死，乃密奉書請盟，準不從，而使者來請益堅，帝將許之，準欲邀使稱臣且獻幽州地，帝厭兵，欲羈縻不絕而已。有譖準幸兵以自取重者，準不得已，許之。帝遣曹利用如軍中議歲幣，曰：百萬以下皆可許也。準召利用至幄語曰：雖有敕，汝所許毋過三十萬，過三十萬吾斬汝矣。利用至軍，果以三十萬成約而還。河北罷兵，準之力也。』○蘇子瞻《次韻孔毅父集句見贈》詩云：『信手拈得俱天成。』

小雨極涼舟中熟睡至夕

此淳熙戊戌歸自成都經巴陵舟中作。

舟中一雨掃飛蠅，半脱綸巾卧翠籐。清夢初回窗日晚，數聲柔艣下巴陵。

綸巾見陳與義《懷天經智老因以訪之》詩注。○巴陵見陳與義《巴丘書事》詩注。

東關（二首）

陸務觀《老學菴筆記》（卷六）曰：『會稽鏡湖之東，地名東關，有天花寺。吕文靖嘗題詩云：賀家湖上天花寺，一一軒牕向水開。不用閉門防俗客，等閒能有幾人來？今寺乃在草市通衢中，三面皆民間廬舍，前臨一支港，與詩殊不合。豈陵谷之變遽至如此乎！或謂寺本在湖中，後徙於此。』《清統志》曰：『浙江紹興府：鏡湖在山陰縣南三里。』

天華寺西艇子横，白蘋風細浪紋平。移家只欲東關住，夜夜湖中看月生。

煙水蒼茫西復東，扁舟又繫柳陰中。三更酒醒殘燈在，卧聽蕭蕭雨打篷。

秋晚思梁益舊遊（三首録二）

梁州謂漢中益州，謂成都也。已見《南定樓遇雨》詩注。

憶昔西行萬里餘，長亭夜夜夢歸吴。如今歷盡風波惡，飛棧連雲是坦途。

韓退之《寄盧仝》詩曰：『近來自説尋坦途。』

滄波極目江鄉恨，衰草連天塞路愁。三十年間行萬里，不論南北怯登樓。

王仲寶《褚淵碑文》曰：『鼓棹則滄波振蕩。』〇沈休文《歲暮愍衰草》詩曰：『愍衰草，衰草無容色。』

示兒

錢辛楣《陸放翁先生年譜》曰：『先生六子：子虡、子龍、子坦、子修、子布、子聿（亦作綍，又作遹）。』

死去元知萬事空，但悲不見九州同。王師北定中原日，家祭無忘告乃翁。